性을 노래한 古時調

性을 노래한 古時調

2008년 3월 20일 1판 1쇄 인쇄
2008년 3월 30일 1판 1쇄 발행

　지은이 • 황　충　기
　펴낸이 • 한　봉　숙
　펴낸곳 • 푸른사상사

등록 제2-2876호(등록일자 1999.8.7)
서울시 중구 을지로3가 296-10 장양B/D 701호
대표전화02) 2268-8706 마케팅부02) 2268-8707
팩시밀리02) 2268-8708
메일 prun21c@yahoo.co.kr / prun21c@hanmail.net/
홈페이지 //www.prun21c.com
편집 · 심효정/지순이/이선향/김조은
기획 마케팅 · 김두천/한신규
ⓒ 2008, 황충기

값 18,000원

ISBN 978-89-5640-606-0-93810

性을 노래한 古時調

황충기

푸른사상

이 도서의 국립중앙도서관 출판시도서목록(CIP)은
e-CIP 홈페이지(http://www.nl.go.kr/cip.php)에서 이용하실 수 있습니다.
(CIP제어번호 : CIP2008000889)

序文

    사람이 가진 본능적 욕구(慾求) 가운데 하나가 성욕(性慾)일 것이다. 이를 해결하는 방법은 생리적인 방법과 정신적인 방법이 있다고 하겠다. 정신적인 해결 방법은 말과 글로 하는 것이라 생각된다. 말로 해결 하는 방법은 즉흥적인 것으로 욕설(辱說)과, 격언(格言)이나 속담(俗談)과 같이 경구적(警句的)인 것이 있다고 하겠다. 또 탈놀음이나 판소리와 같이 대중 앞에서 공연의 형식을 취하여 단독으로 혹은 등장인물들의 대사를 통하는 방법도 이에 속한다고 하겠다.

    그러나 글로 하는 경우는 민요를 비롯해서 시조나 소설의 형태로 볼 수 있다. 민요의 경우는 사회 집단적인 정서나 개인의 정서를 시가(詩歌)의 가장 기본적인 형식인 2구의 연속적인 형태로 이어간 것이다. 시조의 경우는 대부분 서정적인 것이나, 가끔은 서사적인 내용도 있다. 이는 어디까지나 개인적인 노래이며, 가장 구체적이고 서사적인 내용을 가진 것은 소설이라 하겠다.

    조선시대에 유교적인 이념이 규범으로 되어 있는 사회에서 성(性)을 거론하는 것은 상당히 어려운 일이었다.

시조에서 성(性)을 표현하는 경우 아직도 유교적인 이념이 지배하는 사회적인 영향으로 인해 직설적으로 표현하기보다는 간접적으로 표현하는 경우가 많았다. 직설적인 표현은 아무래도 조선조 후기에 와서 시조의 작가로 양반계층보다는 여항인 작가들의 활동이 두드러진 이후라 하겠다.

성을 글로 표현하는 것이 말초적인 신경을 자극하여 사람을 흥분시키기에 충분한 경우도 있으나 사람들에게 정서적인 감동을 줄 수도 있고, 경우에 따라서는 성의 무지(無知)를 알려주는 교육적인 효과도 가질 수가 있다.

여기서는 고시조 가운데 성에 대해 노골적으로 표현한 것을 비롯해 은유적인 방법으로 성을 표현한 시조 등을 모아 보았다. 경우에 따라 성을 표현한 것이 아니라 생각되는 것도 있으나, 작품 전체를 놓고 자세히 음미하면 결국 성과 관련된 작품으로 이해하게 될 것이다.

작품을 감상하는 데에는 표현된 것의 피상적인 의미만을 이해하려 하지 말고 그 이면에 들어있는 의미가 무엇인지를 안다면 비록 짧은 작품이라도 그 안에 많은 의미가 내포되어 있음을 이해하게 될 것이다.

시조란 우리 고전 문학에서 가장 짧은 형태의 문학이기 때문에 대부분 즉흥적으로 지어졌고, 이것들이 모여 하나의 가집을 이룰 정도에 이르러 여항인의 손에 의해 가집(歌集)으로 편집되었다. 그러나 가집의 출판이란 것이 없었기 때문에 최초의 편자가 수집해 놓은 것이 시대가 흐르고 다른 사람의 손을 거치는 동안에 많은 변개(變改)가 있어 같은 작품이나 내용이 달라진 것들도 상당히 많다. 여기서는 이런 경우에 같은 작품의 달라진 형태로 보고 이를 가능한 경우 다 수

록하여 작품 이해에 도움이 되도록 하였다.

시조를 공부하고 주석서를 내면서 비교적 가벼운 마음으로 읽을 수 있는 것을 찾다가 누구나 부담 없이 읽을 수 있으리라 생각하고 엮었다. 읽으면서 잠시라도 생활의 긴장을 풀고 즐길 수 있다면 편자는 다행으로 여긴다.

이런 책을 읽어 볼 수 있게 출판해 주신 푸른사상의 韓鳳淑 사장님께 고마움을 표한다.

2007년 11월 23일
편자 적음

目次

성(性)과 고시조(古時調)

1. 들어가는 말

우리의 고시조(古時調)에는 성(性)을 노래한 작품이 상당히 많다. 조선시대에는 물론 현대사회에서도 성문제나 성에 대한 담론(談論)을 공개적으로 할 수 있는 것이 아니기 때문에 그 표현이 노골적인 경우는 많지 않다. 그러나 성이 인간 본연의 욕구이기 때문에 아무리 폐쇄적인 사회라 하더라도 성에 관련된 이야기나 문헌을 접할 수 있는 경우는 항상 우리 곁에 있었다고 하겠다. 성에 관련된 이야기는 연장자가 연하자의 앞에서나 사회적 지위가 낮은 사람이 높은 사람에게 말하기는 어려운 것이다. 공개적인 곳에서는 말하기 어려우나 친구나 친근한 사람들이 모인 장소에서는 조금도 거리낄 것이 아니기 때문에 의례 이런 장소에서는 소화(笑話)의 성격을 띠고 있는 육담(肉談)이 오고 간다.

우리의 고전에서 성에 관련된 것을 가장 많이 볼 수 있는 장르는 탈놀이(假面劇)와 판소리의 대사(臺詞)들이다. 판소리가 소설로 발전한 판소리계의 소설들도 성과 관련된 대화나 묘사 장면이 많다. 이는 아무래도 서사적(敍事的)인 문학이기 때문에 짧은 내용보다는 긴 이야기 형태를 띠고 있는 것들이다. 서정문학인 짧은 형태의 시조보다는 성에 관련된 화제가 많다.

시조는 시(詩)와 마찬 가지로 짧은 형태의 문학이기 때문에 일반적인 어휘보다는 상징성이 강한 시어(詩語)들이 많이 쓰였다. 성에 대한 언급을 하는 것이 극히 어려운 사회이기에 직설적인 표현보다는 은유적인 표현이 많다. 따라서 겉에 나타난 낱말 그대로의 뜻이 아닌 숨어 있는 의미를 모르고서는 그 작품을 바르게 이해할 수는 없을 것이다.

여기서는 성에 관련된 이야기를 이해하기 위해 성(性)과 성에 관련된 이야기인 육담(肉談)에 대해 알아보고 <춘향전>의 경우를 들어 같은 국면이라도 이본(異本)에 따라 달라진 내용을 비교함으로써 시조도 수록된 가집에 따라 작품이 달라짐을 살펴보았다. 끝으로 성을 노래한 고시조를 전반적으로 고찰하였다.

참고로 고시조가 현대문학과 단절된 것이 아니라 현대문학에서도 그 소재를 가져다 쓰고 있음을 金光均(김광균)의 시 「설야」(雪夜)를 통하여 보고자 한다.

어느 먼 곳의 그리운 소식이기에
이 한밤 소리 없이 흩날리느뇨
처마 끝에 호롱불 여위어 가며
서글픈 옛 자취인양 흰 눈이 내려
하이얀 입김 절로 가슴에 메어
마음 허공에 등불을 켜고
내 홀로 밤 깊어 뜰에 내리면
머언 곳에 여인의 옷 벗는 소리. (설야의 앞 부분)

金樽(금준)에 酒滴聲(주적성)과 玉女(옥녀)의 解裙聲(해군성)이
兩聲之中(양성지중)에 어니 소리 더 됴흐니
아마도 月沈三更(월침삼경)에 解裙聲이 더 됴왜라. (樂學 730)

2. 성(性)과 육담(肉談)

우리말에 "의식(衣食)이 족(足)해야 예절을 안다."는 말이 있다. 누
가 뭐라고 하든 먹고사는 문제가 해결되지 않으면 인간의 기본적 사
회질서인 예절을 지킬 수가 없을 것이고 생각조차 할 수 없을 것이
다. 의식이 충족되면 그 다음에 생각나는 것이 무엇일까? 배부르고
등 따스우면 생각나는 것이 아마도 성(性)일 것이다. 성욕(性慾)이 인
간의 본능적 욕구 가운데 하나라고 하지만 우선순위를 따진다면 식
욕(食慾)이나 수면욕(睡眠慾) 다음일 것이다.

미국의 심리학자 Maslow(1908 1970)의 '욕구위계론'의 이론에 따르
면 인간의 욕구를 생리적 욕구, 안전 욕구, 사회적 욕구, 자존의 욕
구, 자아실현의 욕구로 나누고 있다. 이에 따르면 식욕이나 수면욕이
나 성욕이 모두가 다 생리적 욕구에 들어가는 것으로 어느 것 하나
우선순위를 따질 것이 아니라 모두가 같은 것이라는 말이다.

성(性)을 李鍾哲(이종철)은

남녀의 구분 또는 남녀의 육체적 결합행위를 일컫는 말. 생물학적
개념으로서의 성행위는 인간 본능의 기본적 욕구를 충족시켜주고
자손을 번식시켜 사회의 기초인 가족을 이루게 한다. 사회적 개념
으로서의 성생활은 노동에 따른 심신의 피로를 덜어주고 휴식의
시간을 가지게 하는 생체리듬의 촉진제 구실을 해주며, 부부결합의

매개체로서의 기능을 한다. 남녀의 성적결합은 인간사회를 지속시
키는 고리의 구실을 하며, 따라서 성욕은 식욕과 더불어 인간 본능
의 양대 산맥의 하나다. (한국민족문화대백과사전, 권12)

라고 하여 식욕과 성욕은 어느 것이 앞서는 것이 아니라 동등한 것
이라고 하였다. 성욕의 해결 방법으로 여성을 정복했을 때 흔히 '먹
었다'는 표현을 쓴다. 이렇게 보면 성욕과 식욕은 같은 것이라고 할
수 있다.

　전통적인 유교사회에서 성을 거론(擧論)한다는 것은 거의 금기시(禁
忌視)하여 왔기 때문에 아무 곳에서나 누구나 하는 이야기는 아니었
다. 특정한 장소에서 특정한 사람들만 있는 곳에서만 이야기가 이루
어지는 것이기 때문에 공론화(公論化)에는 어려움이 있지만 사람들의
호기심을 끌기에는 절대적인 힘을 가졌기 때문에 전파력(傳播力)은
대단했던 것이 아닌가 한다. 성이 본능적인 것임에도 불구하고 이를
화두(話頭)로 삼는 것은 유교적이 사회규범에서 자유롭지 못했을 것
이고 이렇게 철저한 생활규범 아래에서 살았던 조선시대 유명한 학
자들도 이에 반하는 내용들의 글을 모아 책으로 내었다는 것은 참으
로 아이러니하다고 하겠다.

　宋世琳(송세림:1479~?)의 <禦眠楯>(어면순), 成汝學(성여학)의 <續
禦眠楯>(속어면순), 姜希孟(강희맹:1424~1483)의 <寸談解頤>(촌담해이)
등을 비롯한 <古今笑叢>(고금소총)에 수록되어 있는 많은 글들의 편
자가 다 학자나 사대부로 이름 있는 사람들이다. 이네들이 공식적인
장소에서 성을 화두로 담론(談論)했으리라고는 생각되지 않는다. 그러
면서도 성과 관련된 이야기들을 모아 책을 만들었다는 것은 그들의
사회적 지위나 학력과 관계없이 인간 본연의 문제에 관심을 가지는

것은 당연한 일일 것이다.

성과 관련된 이야기들을 육담(肉談)이라 부르는데 이에 대한 정의를 민속학자인 任晳宰(임석재)는

> 남녀간의 색정(色情)이나 성생활(性生活), 그리고 이와 관련된 사항이나 현상을 소재로 한 이야기. 육담은 주로 성(性)에 관한 소재로 꾸며진 민담이기에 외설담이라고도 한다. 성에 관련된 것을 소재로 한 이야기가 민중 속에 퍼져 있으면서도 이를 저속하게 여기거나 공개하지 않으려는 경향이 있다. 그러한 관계로 육담은 친근한 사람이 모인 경우에만 이야기되고 이것의 기록물은 특수인에 의해서만 이루어졌다. (한국민족문화대백과사전, 권17)

라고 했다. 인간 본연에 관련된 이야기면서도 이를 거론하는 것은 어딘지 천박한 사람들이나 하는 것이라 생각했다. 공개적인 장소에서 하게 되면 혹 인성이 잘못된 사람으로 취급받기 쉬워 아는 이야기도, 하고 싶은 이야기도 혼자서나 보고 듣고 즐길 수밖에 없는 것이다. 성에 관한 이야기는 지위가 낮은 사람이 높은 사람에게, 연장자(年長者)가 연하자(年下者)에게 드러내놓고 이야기할 수 있는 성질의 것은 아니다. 그러니까 자연 친근한 사람들이 모인 장소에서나 웃음거리로나 하는 것이 고작이다.

육담에 대해 임석재는

> 그 서술이 담백하고 은유성이 짙으며 암시적으로 모호하게 묘사하는 경향이 있다. 성기(性器)나 성적행위나 성적 정황 등을 사실적이고 노골적으로 묘사하는 것을 피하여 성적인 것과 별로 관계가 없는 표현어구를 사용하여 서술하였다. 육담에는 성에 관한 무지나

오해로 인하여 기이한 행위, 오류 실수 등이 일어나는 것을 내용으로 한 것도 있는데, 이러한 육담은 유소자(幼少者)에게 성적지식을 알려주는 역할도 한다. 또한 육담에는 이성을 유혹하고 성욕을 자극하며 성감을 고조시키기 위하여 계략 책략 기지 등을 구사하는 것도 있는데, 이러한 것은 생활의 지혜를 터득하게 하여주기도 한다. 육담을 서술하는 데는 고사성어나 격언 등을 인용하는 것보다 친근한 일상용어를 사용하여 간결하게 쓰는 것이 공감을 느끼고 효과도 높인다. 이 점은 우리나라의 대부분의 문헌에서 중국의 역사적 사실이나 고사성어, 중국의 인물이나 사상 등을 많이 인용한 데 비하여 육담에서는 일반백성이 사용하는 어구를 이용하였음을 고려할 때, 육담이 더욱 우리의 문화요건을 갖추었다고도 할 수 있다. (앞의 인용과 같음)

라고 하여, 서술이 담백하고, 은유성이 짙으며, 암시적이며 모호하게 묘사되는 경향이 있다고 하였다. 이는 유교를 생활 규범으로 하고 있는 우리의 사회에서 당연한 결과라고 하겠다.

육담의 효능에 대해서 유소자(幼少者)에게 성교육을 시키는 효과가 있고, 생활의 지혜를 터득하게 한다고 하였다. 성교육의 효과에서 빼놓을 수 없는 것이 흔히 결혼한 첫날밤에 신방을 지키게 되었다는 이야기의 유래담일 것이다. 신부를 벗긴다고만 안 신랑이 신부의 옷이 아닌 가죽을 벗겨 죽게 하였다는 이야기는 성의 무지가 어떤 결과를 가져오는 것인가를 잘 알려주는 것이라 하겠다.

3. 성(性)을 표현한 고전문학

성을 표현한 것으로 가장 짧고 직설적인 것은 아마도 욕설(辱說)일 것이다. 아무런 가식(假飾)이나 비유(比喩) 없이 상대방에게 모욕감을 줄 수 있기 때문에 우리 주변에서 흔히 볼 수 있다. 상대방에게 인격적인 모욕을 주고자 할 때나 흔히 볼 수 있는 시비에서 제일 먼저 나오는 것이 욕설이다. 그것도 의례 남녀의 성기(性器)를 들먹이는데 재미있는 것은 성기의 이름을 대는 것보다 이를 비하하는 의미를 가진 말(좆, 씹)로 대체한다. 사전에서는 이를 성숙한 남녀의 성기(性器)라 설명하고 있으나, 일반적으로 성기를 들먹이는 것보다 성생활을 직접하고 있는 성인의 성기를 지칭하는 말이 더 효과적이기 때문일 것이다. 다음은 동물을 끌어들이는 것이다. 그것도 '개'라고 하는 특정한 동물만을 단골로 사용하고 있음은 아마도 그 동물이 우리 인간의 생활과는 밀접한 관련을 가지고 있는 매우 친근한 동물이기 때문일 것이다. 그 밖에 '쥐'나 '말', '소'가 등장하나 이는 성적인 모멸감을 주기보다는 하는 행동이 야비하거나, 행동이 굼뜰 때에 흔히 쓴다.

욕설을 촌철살인(寸鐵殺人)에 비유할 수 있다면 정문일침(頂門一鍼)에 해당하는 것이 속담이라 하겠다. 욕설보다야 길겠지만 짧은 형태로 말하는 사람의 의지나 상황을 나타낸다든지 정황의 표현으로 속담만한 것이 없을 것이다. 여기에는 성기를 직접 거명하기도 하지만 여전히 이를 대체하여 성숙의 남녀의 성기를 표현하는 말이 더 많이 쓰이고 사람을 거론하기보다 동물로 대체하기도 하나 여기에서도 가장 많이 쓰이는 것은 개다.

1) 옴 덕에 ○○ 긁는다. (남을 꺼리던 일을 할 핑계가 생겼을 때를 일컫는 말)

2) ○ 본 벙어리. (말도 아니하고 혼자서 히죽이죽 웃는 사람을 일

컫는 말)

3) 열두 살 먹어서부터 서방질을 하여도 배꼽에 ○박는 것을 못 보
았다. (지금까지 여러 가지 일을 겪어 왔으나 몰상식하고 어리석
은 사람을 처음 보았다는 뜻으로 쓰는 말)

4) 어린아이 자지가 크면 얼마나 클까.(분량이 한정되어 있으니 많
으면 얼마나 많을까. 특별한 것이 없는 경우에 쓰는 말)

5) 모기 밑구멍에 당나귀 신(腎)이 당할까.(작은 구멍에 큰 물건을
넣는 것이 부당하다는 말)

6) 과부가 재수 좋으면 요강꼭지에 앉는다. (운수 좋은 사람은 좋은
일만 생긴다는 말)

7) 열녀전 끼고 서방질하기. (겉으로는 깨끗한 체하나 속으로는 추
잡하다는 뜻)

8) 안성(安城) 피나발(皮喇叭). (남자의 양물(陽物)을 익살스럽게 표
현한 말)

위의 보기에서 보면 남녀의 성기를 그대로 쓰거나 성숙한 사람의 성
기를 부르는 말로 쓰는 것은 흔한 일이다. 위의 보기 5), 6), 7)처럼 우
리의 일상생활에서 흔히 볼 수 있는 상황들을 표현하는 데에도 성과
관련시켜 표현하는 경우를 예사롭게 볼 수가 있다. 8)과 같은 경우에는
특별한 지명이 갖는 지리적인 위치에서 생각할 수 있는 것과 신체의
특수한 부위가 있는 곳을 결부시키고 남성의 양물(陽物)을 외형대로
'가죽나팔'에 비유한 것은 속담만이 가질 수 있는 특성이라 하겠다.

성에 대한 것을 언급한다는 것은 전통적인 유교사회에서 상당히 어려운 것이라 남이 보거나 듣는 공개적인 장소에서 언급한다는 것은 여간 어려운 일이 아니었다. 그렇기에 군자는 보는 사람이 없는 곳이라 하더라도 행동을 삼가라고 하여(愼其獨) 본능적인 행위마저도 삼갈 것을 강요하고 있다. 인간의 본능인 성은 우리네 일상생활에서 항상 겪는 것이기 때문에 성에 대한 표출은 자연적인 것이지만 사회적 제약을 받는 것은 어쩌면 당연한 것으로 알고 있다.

그러나 이런 것도 어떤 개인적인 것이 아니고 사회적인 것과 관련이 있을 경우에는 개인적인 사정이나 사회적인 억압을 떠나 집단적인 힘을 발휘할 경우가 있다. 우리 문학에서 이런 것을 민요에서 볼 수가 있다. 개인적인 사상 감정을 표출하는 경우도 있겠지만 민요는 개인적인 것이 아닌 집단 사회의 현상을 노래하는 것이기 때문에 우선은 노래로 부르기가 쉬운 말로 직설적인 표현을 함으로써 민중들과 친근감을 준다는 사실일 것이다. 자연히 가사에는 성을 개재시킨 것이 주종을 이루고 있으며, 그것을 부른다고 해서 부르는 사람의 체면이나 인격에 어떤 불리함이 따르지 않는다. 이런 노래만 찾아 부른다면 문제가 있겠지만 기억하기 어렵지 않고 노래 부르기가 쉬우면 자연 오래 기억될 것이다.

1)
앞 남산의   딱따구리는
생 구멍도   뚫는데
우리 집의   저 멍텅구리는
뚫어진 구멍도 못 뚫네. (任東權 ; 韓國民謠集 2)

2)

질로 질로   가다가
엽전 한 닙   좌았네
좠는 엽전   뭐 핫고
떡이나 한   사먹지
떡전에   들어서
먹고 나이   친굴세
친우 대접   뭐 할고
내 좃이나   빨아라. (任東權 ; 韓國民謠集 5)

3)

단지단지   보단지야
늦게 붙었다   한탄마라
늦게 붙고도   택되단다
전라감사도   꿇어앉고
평양감사도   꿇어앉고
쪼망 도구로   쪼았는가
질 바르게   갈라졌네
니가 무어   점잖아서
구레세미는   무슨 일고
니가 무슨   부랑자라
다달이 토혈은 무슨 일고
칠팔월을   만났던고
양대꽃은   웬 일인고
유행감기   만났는가
코물은 왜   쭐쭐 나오나. (보단지노래)

보기의 1)과 2)는 일상생활에서 볼 수 있는 현상들이고 3)은 여성의 성기를 노래한 것이다. 1)은 성생활의 고민을 누구에게도 하소연하지 못하고 혼자서 고민하는 모습을 실감나게 표현했다. 2)는 작중화자가 남자임에 틀림없다. 그는 성적으로 성숙한 것을 다른 사람이 제대로 대접해주지 않자 자신이 성적으로 결함이 없음을 증명하려 하는 것이라 하겠다. 3)은 여성의 성기를 노래한 것으로, 노래로 봐서 그 뒷부분이 더 있을 가능성이 충분한 것으로 보인다.

이처럼 민요에서 성을 소재로 한 것은 그 수를 헤아리기 어려울 만큼 많다. 은폐된 성을 다른 사람들 앞에서 노골적으로 표현한다는 것은 억압되었던 성을 표출함으로 윤리적인 속박에서 벗어났다는 쾌감을 얻을 수 있기 때문일 것이다.

탈놀이(=假面劇)는 음악 반주에 의한 춤이 주가 되며, 거기에 노래가 따르는 가무적(歌舞的) 부분과, 몸짓과 덕담, 재담이라고 하는 사설, 즉 대사(臺詞)가 따르는 연극적 부분의 두 부분으로 구성되어 있다. 여기서 덕담과 재담이라 부르는 사설(辭說)은 대체적으로 비속어(卑俗語)와 육담(肉談)으로 구분된다고 하겠다. 탈놀이는 연극의 일종이기에 반드시 등장인물이 있고 등장인물은 대부분 단독이 아니라 둘 이상의 복수(複數)이기 때문에 대사의 전달방식이 대화(對話)에 의해 이루어진다. 관객의 흥미를 끌기 위해서는 일상적인 언어보다는 비속어가 많은 비중을 차지하고 내용도 성과 관련이 있는 육담이라야 관객의 호기심을 자극할 수밖에 없다고 하겠다. 여기에 일상적인 내용보다는 어떤 형태로든 등장인물 사이에 언쟁(言爭)을 놀이의 주된 형식으로 하기 때문에 자연 비속어가 가장 합당한 대사일 수밖에 없다.

1) 이 제웅의 아들 녀석들아! 무얼 보고 그렇게 지랄들을 하느냐?

2) 이년아, 저리 가거라, 이 육실할 년아, 저리가.

3) 상통은 붉으디디 하고 코는 줄룩줄룩 매미잔등 같고 입은 기르마까치 같은 놈들아.

4) 이년이 무얼 잘 했다고 이 지랄이야.

5) 떨어진 중우 가래 좆대강이 나온 듯.

6) 너 같은 쌍놈 오면,

위의 1), 2)는 양주별산대놀이에 나오는 대사이며, 3), 4)는 봉산탈춤에, 5), 6)은 동래야유에 나오는 대사의 일부이다. 이처럼 일상적인 어휘보다는 비속한 어휘가 많다. 대사의 내용도

1) 요런 안갑을 할 녀석 봤을까? 요 체면에 무슨 생각이 있어서 요 녀석아 숫국을 거르고 와? 솔개미 꾸미 가게 보낸 모양이지, 나는 어떻게 하란 말이냐? 네 비역이라도 할 수밖에 없다.

2) 술이나 한 잔 먹고, 두 잔 먹고, 석 잔 먹어서, 한 반취(半醉)쯤 되면 세 댁으로 다니면서 조개라는 조개, 작은 조개, 큰 조개, 묵은 조개, 햇 조개 여부없이 잘 까먹는 영해 영덕 소라, 고등어 애들놈 문안드리오 이렇게 하였다오.

3) 세상이 험하기도 험하다. 그놈에 곳이 좌우에 솔밭이 우거지고,

산고심곡(山高深谷) 물 많은 호수 중에 굽이굽이 동굴섬 피섬이
요 갈피갈피 유자로다. 자아 여기서 봉산을 갈라면 몇리나 가나.
육로로 가면 삼십리요, 수로로 가면 이천리외다. 에라 수로에서
배를 타라. 배를 타고 오다가 바람을 맞어서 표풍이 되야 이에
다 딱 붙어났으니, 어떻게 떼어야 일어난단 말이여.

4) 대부인 마누라도 청춘이요, 말뚝이도 청춘이라. 청춘 흥몽(興夢)
이 겨워 두 몸이 한 몸 되야 왼갖 수작 놀이시니, 그 농락 어떠
하리.

위에서 1), 2)는 양주별산대놀이의, 3)과 4)는 각각 봉산탈춤과 동래
야유의 대사 가운데 하나다. 1)에서 '안갑'은 '근친상간'(近親相姦)을,
'숫국'은 '숫처녀'를, '비역'은 '계간'(鷄姦)을 뜻하는 말이다. 2)에서
조개는 여성을 의미하는 것으로 '세 댁'은 한 집안의 3대의 여자를
골고루 농락했다는 말이다. 3)은 성행위를 언급한 것이고, 4)는 양반
의 안댁과 하천(下賤)과의 간통을 말하는 것이다.

판소리는 한 사람의 창자(唱者)가 한 사람의 고수(鼓手)의 북장단에
맞추어 긴 서사적인 이야기를 소리(唱)와 아니리(말)로 엮어 발림을
곁들여 구연(口演)하는 창악적(唱樂的) 구비서사문학이다. 판소리 사설
은 대부분이 전승설화를 기본으로 하는 이야기로 구성되어 있다. 여
기에 시대에 따라 기존 전승에다 문학적으로나 음악적으로 새로움을
가진 부분이 첨가된다. 이를 '더늠'이라 하는데, 오늘날의 판소리 사
설은 이 같은 더늠의 축적의 결과라고 할 수 있다. 판소리 사설은 창
과 아니리가 결합된 것이기 때문에 운문과 산문이 혼합된 형태로 되
어 있다. 판소리는 여러 계층의 청중을 상대로 하기 때문에 전아한

한학(漢學)이 들어있는가 하면 아주 익살스럽고 노골적인 육담이나 쌍스런 욕설이 들어 있다. 등장인물이 존귀하고 품위가 있는 경우에 사설은 자연스럽게 전아한 한문체(漢文體)나 전고(典故)가 있는 문체가 되며, 비속한 사람이거나 해학적인 요소가 가미될 때에는 자연 그 문체가 평범하거나 속된 것으로 된다.

판소리는 대중을 상대로 창자(唱者) 한 사람에 의해 구연되는 형태이기 때문에 자연 일상정인 대화를 가지고는 관객들의 관심을 끌기가 어렵다. 무엇인가 흥미를 느낄 수 있는 것이라야만 창자나 관객들 간에 일체감을 가지고 연극적인 효과를 가질 수 있기 때문에 자연 사설(辭說) 가운데 성과 관련 있는 것을 삽입하는 것이 어쩌면 자연스러웠을 것이다. 창자 자신이 관객에게 웃음을 선사하거나 누구를 풍자하고 또는 성적인 호기심을 자극할 분위기 등을 만들기 위해 육담은 필요 불가결한 요소였을 것이다. 판소리는 본래 열두 마당이었으나 현재 일곱 마당은 전하지 않고 "변강쇠가"는 대본만 전한다. 육담은 "춘향가"를 비롯해 "심청가", "홍보가", "수궁가", "적벽가"에 정도의 차이는 있으나 모두 삽입되어 있다. 현재 사설은 남아 있으나 가창(歌唱)이 전하지 않는 "변강쇠가"는 내용 자체가 전부 성과 관련된 작품이기 때문에 다른 어느 것보다 노골적이 표현이 두드러지다. 다음은 신재효본(申在孝本)의 판소리 "변강쇠가"에서 주인공 변강쇠와 옹녀가 남녀의 성기를 묘사한 대목이다.

이상이도 싱기엿다　　孟浪이도 싱기엿다
늘근 즁의 입일넌지　　털은 돗고 이는 업다
소낙이를 마자썬지　　언덕 깁게 파이엿다
콩팟 팟밧 지니던지　　돔부꼿이 비최엿다

독긔 눌을 마져던지 　　금 바루게 터져 잇다
生水處 沃畓인지 　　　물리 恒常 고여 잇다
무슨 말을 하랴관디 　　옴질옴질 호고 잇노
千里行龍 나려오다 　　주먹 바위 신통호다
萬頃蒼波 죠긔던지 　　혀를 쎄쯤 쎄여시며
任實 곡감 먹어쩐지 　　고감씨가 장물이오
萬疊山中 으름인지 　　졔라 졀노 벌어졋다
健鷄湯을 머거던지 　　닭긔 벼슬 비최엿다
破明堂을 호엿쩐지 　　더운 김이 그져난다
졔 무엇이 질거월셔 　　반튼 우셔 두엇구나
고감 잇고 을음 잇고 　　죠긔 잇고 健鷄 잇고
祭祀장은 걱정 업다.

이싱이도 싱기엿네 　　孟浪이도 싱기엿네
前輩使令 셔랴는지 　　雙걸囊을 늣게 둘고
五軍門 軍奴던가 　　봇쩍이를 불게 씨고
닌물가에 물방안지 　　쎨구덩덩 쯔덕인다
쇼아치 말쑥인지 　　　털곱비를 둘너쑤나
感氣를 어더쓴지 　　　말근 쏘는 무숨일고
性情도 酷毒호다 　　　화곳 나면 눈물난다
얼린 아히 病일넌지 　　젓은 엇디 게워시며
祭祀에 쓴 秀魚인디 　　쏘장이 궁기 그져 잇다
뒤 졀 큰방 老僧인지 　　민더가리 둥구린다
少年人事 다 비왓다 　　쏘박쏘박 졀을 호늬
苦草 쪗턴 졀구쩐지 　　검불씨는 무삼 일고
七八月 알밤인지 　　　두 쪽 한티 부터잇다
물방아 졀구되며 　　　쇠고쎄 걸낭 等物
世間사리 걱정 업늬.

고소설의 경우에 주제 차원에서 성과 관련된 것을 찾아보기가 어렵다. 다만 판소리계의 소설에서는 전적으로 성과 관련된 작품이 아닌 단순한 소재나 단편적인 삽화 형식으로 작품 가운데 수용된 것을 볼 수 있을 따름이다. 그러나 현행 판소리 다섯마당 외에 "배비장타령"을 소설화한 작품인 "배비장전"은 성과 관련이 있는 대목이 많이 있음을 볼 수가 있다.

4. 〈춘향전〉(春香傳)의 성묘사(性描寫)

고소설 <춘향전>은 우리 고소설의 대표적인 작품으로 양반인 이도령과 퇴기(退妓)의 딸 춘향(春香)과의 로맨스를 그린 당시 사회에서는 상상을 초월하는 구도로 그려진 작품이다. 정렬(貞烈)을 주제로 한 소설이나 이본(異本)에 따라서는 육담(肉談)을 지나치게 삽입하여 오히려 주제를 흐리게 하고 있음을 볼 수 있다. 춘향전은 판본과 사본을 합하여 그 이본이 상당히 많아 백여 종을 헤아린다고 한다. 경판본(京板本)과 완판본(完板本)인 <열녀춘향수절가>(烈女春香守節歌)는 분량이나 내용에 있어 크게 차이가 난다. 이제 경판본과 완판본을 비롯한 몇몇의 이본을 비교하여 같은 대목을 이본에 따라 어떻게 표현하고 있는가를 비교하여 보면 시조에서도 각 가집에 따라 같은 작품이라도 상당한 차이가 있고, 필사자(筆寫者)가 자신의 의사대로 작품을 변개(變改)시킨 것을 짐작할 수 있을 것이다. 여기서는 이도령과 춘향이 처음으로 사랑을 나누는 대목을 비교해 보고자 한다.

도령이 술이 반취ᄒᆞ미 츈향더여 가즌 소리를 다ᄒᆞ여 흥을 도으라 ᄒᆞ니 연ᄒᆞ여 부르되 '군불견황ᄒᆞ지슈텬상님ᄒᆞ다 도희명명불부회를 우불견 고당명경비빅발ᄒᆞ다 조여쳥ᄉᆞ모셩셜을 인싱득의슈진환이라 막시금쥰공더월ᄒᆞ쇼' '노세 절머 노세 늘거지면 못 노느니 화무십 일홍이요 달도 ᄎᆞ면 기우느니 인싱이 일쟝츈몽이니 아니 놀구' 이 도령이 술울 진취토록 먹은 후의 횡셜슈셜 즁언부언하며 온 가지 로 힐는홀졔 이믜 슴횡두젼야 오경이라 츈향이 민망이 녀겨 엿즈 오더 '임이 월낙야심ᄒᆞ여스니 그만져만 즈셔이다' 도령이 죠타하고 먼져 벗기를 셔로 힐는할졔 도령 왈 '아모리 취즁이ᄂᆞ 그져 즈기 무미ᄒᆞ니 글즈타령 ᄒᆞ여 보즈' ᄒᆞ고 셰잔깅작 먹은 후의 글즈 류 모도되 '우리 두리 마ᄂᆞ쓰니 만날봉즈 비졈이요 우리 두리 마죠 셧스니 죠을호쓰 비졈이요 빅년가약ᄒᆞ여스니 즐길낙쓰 비졈이요 야반무인 ᄉᆞ람 업시이 버슬탈쓰 비졈이요 ᄒᆞ벼기 두리 베니 누을 와쓰 비졈이요 두 몸이 ᄒᆞᆫ 몸 되니 안을포쓰 관쥬요 두 닙이 마죠 다니 법즁녀쓰 관쥬요 네 아리 구버보고 닉 아리 구버보니 우슴쇼 쓰 관쥬로다 남디문이 게궁기요 인졍이 민방울이요 셔혜쳥이 오푼 이요 호죠가 셔푼이요 ᄒᆞ눌이 돈쪽 갓고 ᄯᅡᆫ히 미암돈다. (京板本)

춘향과 도련임과 마조 안져노와스니 그 이리 엇지 되것난야 사양 을 바드면서 삼각산 졔일봉학 안자 춤츄난 듯 두 활기를 에구부시 들고 춘향의 셤셤옥슈 바드드시 검쳐잡고 으복을 공교하계 벽기난 듸 두 손길 셕 놋턴이 춘향 가은 허리을 담숙 안고 '나상을 버셔 라' 춘향이가 쳠음 이릴쑨 안이라 북그러워 고기을 슈겨 몸을 틀 졔 이리 곰슬 져리 곰실 녹슈에 홍연화 미풍 맛나 굼이난 듯 도련 임이 초미 벽겨 졔쳐 노코 바지 속옷 벽길젹의 무한이 실난된다 이리 굼실 져리 굼실 쳥용이 구부를 지나 듯 '아이고 노와요 좀 노와요' '에라 안될 마리로다' 실난즁 옷슨 쓸너 발가락으 딱 길고

서 찌여안고 진드시 눌으며 지긔쓰니 발길 아리 써러진다 오시 활짝 버셔지니 형산의 빅옥쎵니 우에 비할소냐 오시 활신 버셔지니 도련임 거동을 보려하고 실금이 노으면셔 '아차차 손 썬졋다' 춘향이가 침금속으로 달여든다 도련임이 왈각 조차 들어누어 져고리을 벽겨너여 도련임 옷과 모도 한틔다 둘둘 뭉쳐 한편 구석의 던져두고 두리 안고 마조 누워슨니 그디로 잘이가 잇나 골집닐졔 삼승이 불 춤을 추고 시별요강은 장단을 맞추워 쳥그릉쳥그릉 징징 문고루난 달낭달낭 등잔불은 가물가물 마시 잇게 잘 자고 낫구나 기 가온디 진진한 이리야 오직하랴. (烈女春香守節歌)

春香과 道令님 단둘이 안젓스니 그 엇지 될 것이냐 道令님 씌 쓸으니 春香이 이러나 道袍 밧아 衣欌에 걸졔 壁上에 걸닌 검은고 도포자락에 씻치며 스르렁 흐는 소리 道令 됴화라고
(道) 됴타됴타 黃鶴樓吹笛聲이 이에셔 더흐며 寒山寺夜半鐘聲이 이에셔 더홀소냐 네가 먼져 버셔라
(春) 道令님 먼져 벗서시오
(道) 네가 먼져 버셔라
(春) 道令님 먼져 벗스시오
(道) 每事는 看主人이라니 네가 먼져 버셔라
(春) 每事는 看主人이라니 主人 식이는디로 흐오
(道) 네가 먼져 버셔라
(春) 道令님 먼져 버스시오
道令님 달녀드러 春香의 가는 허리를 후리쳐 잘끈 안꼬 옷을 츠츠 고히 벗겨 衾枕 속에 자머넛코 道令도 활신 벗고 花月三更 깁흔밤에 滋味 잇게 잘 놀앗더라. (獄中花)

그러나 高大本은 이 대목을

'츈향아' 에 '니가 네집의 올쎠의 일려케 노자고 왓건넌야' '그려면 웃지하올릿가' '밤이 깁허신이 잘 돌리을 ᄒ여브즈'

하고는 사랑가로 즐긴다.

이처럼 같은 대목이 전사자의 마음대로 달라짐을 볼 수 있다. 많은 고소설이 이처럼 전사자에 의해 내용이 변개됨은 전사자들이 자기 나름대로 작가가 되어 마음에 안 드는 대목은 빼어버리고 미진하다고 생각되는 대목은 자신의 생각을 보태 결과적으로 다른 작품을 창작해 내는 결과가 된 것이다.

5. 성(性)을 노래한 고시조

<春香傳>에서 춘향이 그네를 다 타고 나서 목욕을 하는 장면인

츄쳔을 다 흔 후의 츈흥을 못 이기여 목욕을 ᄒ랴하고 물가으로 나려갈졔 구름 갓튼 헛튼 머리 즌반 갓치 널게 싸아 오싴○금 도든랑당긔 씬만 물여 밉세 잇게 드리치고 셤셤玉手 변듯더려 나상 ᄌ락 부여줍고 물가으로 나료갈졔 양지ᄶᆞ 씨암탁 거름으로 더명젼 디들보의 명믹이 거름으로 시니 강변의 금ᄌ라갓치 힝동졉붓 갓은 양은 봉니션여 거름인양 창희의 잉어갓치 굼실굼실 느려가셔 물가의 졉붓셔며 씬을 글너 쵸마 버셔 졉쳠졉쳠 넌짓 기여 암상이 집어언고 고름글러 조고리 벼셔 벽도지의 졉어글고 씬을 쓸어 허리씌 벼셔 돌돌말아 한편의 노코 쇽것 버셔 암상의 졉어 언고 바롬의 옷 날일ㄱ 됴약돌도 덤벅집어 가만이 지지넉코 四面을 살펴보다가 물의 풍덩 쑤이드려 물한 줌 덤벅 집어 양쥬질도 하여보며

물한줌 집어 도화갓튼 두 귀밋틀 홍낭홀낭 씨셔보며 물한줌 덤벅 집어 연적갓튼 젓통이을 왕시미 마누라 풋나물 쥬무르듯 쥬물넝쥬물넝 씨셔보며 물한줌 덤벅지버 玉갓튼 목안지을 七八月의 가지 쑷덧 쏘도독 모러 한줌 덤벅줍어 양숀의 갈어 쥐고 "익비 밥이 만흔야 어미밥이 만흔야" 꼿 흔 숑이 직근 썩어 입의도 덤셕 물려보며 버들잎도 쥴루룩 홀터 물의 풍덩 드리치고 물글림즈 드려듯 보고 "네가 곤야 니가 곳지" (高大本 春香傳)

을 이도령이 몰래 지켜보는 대목이다. 젊은 사람이 이런 장면을 보고 춘심(春心)이 발동함은 정상일 것이다. 이처럼 호기심을 자극하는 것이 성적(性的) 충동을 일으키게 하는 계기가 될 것이다. 막상 남녀가 다정하게 앉아 있는 장면을 목격한다면 대부분이 아무런 성적인 충동이 일어나지 않으나 댓돌위에 남녀의 신발 한 쌍이 가지런히 노여 있고 발이 처져 있는 방안에 남녀의 그림자가 어른거리는 것을 보게 되면 무슨 일이 있는 것일까 하는 장면은 연상하면서 성적인 호기심이 발동하게 될 것이다.

고시조에는 남녀의 성기를 직접 거명(擧名)한 경우는 극히 드물다. 기껏해야 다음의 두 수뿐이다.

창 밧게 외는니 장스야 네 무어슬 사라느니
아리 등경 웃 등경 걸쇼 등경 노을 등경 남양놈의 보니 구녕 쑥
쑤러져 물이 졸졸퐁퐁 흘나 시는 귀쎤부리봉 미키라
져 장스야 미킬지라도 군말 마쇼. (시철가 72)

宅들에 주랏 등민 사소 저 장스야 네 등민 됴흔야 스자
흔 匹 쎤 등민에 半匹 바드라는가 파네 닉 좃 자소 아니 파니

眞實노 그러ᄒ여 풀거시면 첫말에 아니 풀라시랴. (樂學 1045)

　앞의 작품은 등잔을 파는 장수가 느닷없이 ○○구멍 막으라고 하면서 그것도 우리 주변의 인물이 아닌 남양놈이라 한 것을 보면 아직도 우리 사회에서 대놓고 성을 거론(擧論)하기가 어려웠던 것으로 짐작된다. 뒤의 작품은 등매장수가 자기의 등매를 터무니없는 싼 값으로 팔라고 하니 어이가 없어 차라리 "내 좆이나 먹어라" 하고 욕을 하는 장면으로 흔히 볼 수 있는 광경이다. 이렇게 성기를 직접 거명해도 성적인 호기심을 발동시키지는 못한다.
　성기를 대치하여 쓰인 말로 남성의 성기는 '얼굴', '벙거지', '연장'과 '거시기' 등이 쓰였고, 여성의 성기를 대신하는 말로는 '구멍'이 많이 쓰였고 그밖에도 '우물'과 '고래논', '외밤이 논' 등이 쓰였다.

　　石崇의 累鉅萬財와 杜牧之의 橘滿車風采라도
　　밤일을 홀저긔 제 연장 零星ᄒ면 쑴자리만 자리라 긔 무서시 貴ᄒᆞᆯ소냐
　　貧寒코 風度ㅣ 埋沒ᄒᆞᆯ지라도 졔 거시 무즘ᄒ여 내 것과 如合符節곳 ᄒᆞ면 긔 내 님인가 ᄒ노라. (珍靑 546)

　　텬쟝욕우에 디션습ᄒ니 하ᄂᆞ님끠셔 비를 주실나ᄂᆞᆫ지 짜흐로부터 누긔만 돌고
　　나갓든 님이 오실나ᄂᆞᆫ지 잠ᄌᆞᆫ든 거시기 거시기 싱야단 ᄒ누나
　　춤아루 님의 화용이 간절ᄒ여 나 못 살갓네. (樂高 893)

　　내 쇼실랑 일호 볼연지가 오늘날조차 츤 三年이오런이
　　輾轉틔틔 聞傳ᄒᆞᆫ이 閣氏네 房구석의 셔 잇드라 ᄒ데

柯枝란 다 썻쳐 쓸쩔아도 즈르 드릴 굼엉이나 보애게. (海一 561)

에서 '연장'이나 '거시기'는 남성의 성기를, '굼엉'은 여성의 성기를
가리키는 것임을 쉽게 알 수 있다. 그러나

내 얼굴 검고 얽씨 본시 안이 검고 얽에
江南國 大宛國으로 열두 바다 것너오신 작은 손님 큰 손님에 뜰이
紅疫 쪼약이 後덧침에 自然이 검고 얽에
글언아 閣氏네 房구석의 怪石 삼아 두고 보옵쏘. (海一 570)

밋남편 廣州ㅣ 싼리뷔 쟝스 쇼대난편 朔寧 닛뷔 쟝스
눈경에 거론 님은 쑤짝쑤짝 두드려 방망치 쟝스 돌호로 가마 홍도
쌔 쟝스 빙빙 도라 물레 쟝스 우물젼에 치다라 근댕근댕ㅎ다가 워
렁충창 빠져 물 듬복 쩌내는 드레곡지 쟝스
어듸가 이 얼골 가지고 죠릐쟝스를 못 어드리. (珍靑 565)

에서 앞의 작품에 나오는 '얼굴'은 남성의, 뒤의 작품에 나오는 '우
물'은 여성의 성기를 나타내는 말임을 곧바로 이해하기는 어려울 것
이다.
　성교(性交)를 뜻하는 말로는 '짓거리' '박음질'과 '곳갈씨름'(갈씨)
등이 쓰였다.

世上 衣服 手品制度 針線高下 허도ㅎ다
양樓緋 두올쓰기 샹침ㅎ기 쌈금질과 시발스침 감침질에 반당침 더
올쓰기 긔 다 죠타 ㅎ려니와
우리의 고온 님 一等 才質 삿쓰고 박금질이 제일인가 ㅎ노라.

(六青 861)

듕과 僧과 萬疊山中에 맛나 어드러로 가오 어드러로 오시는게
山 쪽코 물 좃혼듸 갈씨를 부쳐보오 두 곳갈이 혼듸 다하 너픈너
픈 흐는 양은 白牧丹 두 퍼귀가 春風에 휘듯는 듯
암아도 空山에 이 씰음은 즁과 僧과 둘 뿐이라. (靑謠 74)

에서 '박음질'은 쉽게 이해할 수 있으나, '갈씨'는 전후 내용을 음미
한 다음에라야 알 수 있을 것이다.

셋괏고 사오나온 저 軍牢의 쥬정보소
半龍丹 몸쑹이에 담벙거지 뒤앗고셔 좁은 집 內近혼듸 밤듕만 돌
녀 들어 左右로 衝突ᄒ여 새도록 나드다가 제라도 氣盡턴디 먹은
濁酒 다 거이네
아마도 醱酒를 잡으려면 져 놈부터 잡으리라. (蓬萊樂府 25)

에서 '軍牢'(군뇌)는 남성의 성기를 '半龍丹 몸쑹이에 담벙거지 뒤앗
고셔'는 남성 기물(器物)의 외형(外形)을, '좁은 집'은 여성의 성기를,
'濁酒'는 정액(精液)을 가리킴을 곧바로 이해하기는 어려울 것이다.

白樺山 上上頭에 落落長松 휘여진 柯枝 우희
부헝 放氣 쒼 殊常혼 옹도라지 길쥭넙쥭 어틀머틀 믜뭉슈로 ᄒ거
라 말고 님의 연장이 그러코라쟈
眞實로 그러곳 홀쟉시면 벗고 굴문진들 셩이 므슴 가싀리.
(珍靑 545)

에서 '白樺山 上上頭'는 넓적다리를 '落落長松 휘여진 柯枝'는 남성의 성기를 '殊常흔 옹도라지 질쥭넙쥭 어틀머틀 믜뭉슈로'는 남성 성기의 외형을 나타낸 말이다.

> 藥山東坮 여즈러진 바희 우희 倭躑躅 ヌ튼 져 내 님이
> 내 눈에 뮙거든 남의 눈에 지나보랴
> 시 만코 쥐 씐 東山에 오조 ㅈ 듯 하여라. (樂學 805)

> 오려논에 물 시러 노코 고소디에 올ᄂ 보니
> 나 심은 오됴 팟헤 시 안져스니 아희야 네 말녀 쥬렴
> 아모리 우여라 날녀도 감도라 듬네. (南太 41)

에서 '오조'(오됴)는 '일찍 수확하는 조'를 뜻한다. 앞의 작품은 내 눈에는 비록 부서진 바위틈에 난 왜철쭉처럼 보잘 것 없어 보이나 다른 사람들 눈에는 예쁘게 보이니 마치 새가 많고 쥐가 꼬이는 동산에 심은 오조와 같기 때문에 너도 나도 달려든다는 뜻이다. 뒤의 작품은 오조를 심은 밭에 이미 많은 새들이 모여들어 아무리 쫓아도 다시 달려든다는 말이다. 오조는 다른 곡식보다 일찍 수확하기 때문에 주변의 다른 곡식보다 새나 쥐가 모여드는 것은 당연하다. 여기서 '오조'가 뭇 남성들의 시선을 끌어드릴 아름다운 여성임을, '새'나 '쥐'가 아름다운 여성에게 관심을 가지고 모여드는 뭇 남성을 뜻하는 것을 이해하기는 쉽지 않을 것이다.

성(性)에 대한 이야기는 우선 소재가 성과 관련이 있는 것들이다. 또 성에 대한 이야기를 다른 사람에게 할 때에는 대개 듣는 사람들을 웃길 목적으로 하는 경우가 대부분이다. 성과 관련이 있는 말들을 직

접 사용하여 그 자리에서 박장대소를 하게 만드는 경우도 있겠지만 대개는 비유를 써서 완곡하게 표현하여 듣는 사람으로 하여금 미소를 짓게 하는 경우가 많다. 민속학자 任晳宰(임석재)는 육담(肉談)을 구술(口述)할 경우에 해서(楷書)와 반행(半行) 또는 행서(行書), 초서(草書)로 하는데, 해서는 점잖게, 반행은 좀 난잡스럽게, 행서 또는 초서는 아주 난잡스럽게 하여 포복절도(抱腹絕倒)케 하는 것이라 말하였다.

1)
각시니 玉 ᄀᆺᄐᆫ 가슴을 어이구려 다혀 볼고
물 綿紬 紫芝쟉 져구리 속에 깁젹삼 안섭히 되어 죤득죤득 대히고 지고
잇다감 씀나 붓닐제 쩌힐 뉘를 모르리라. (珍靑 480)

2)
각시니 내 妾이 되나 내 각시의 後ㅅ난편이 되나
곳 본 나븨 물 본 기러기 줄에 조츤 거믜 고기 본 가마오지 가지에 젓이오 슈박에 족술이로다
각시니 ᄒᆞ나 水鐵匠의 ᄯᆞᆯ이오 나 ᄒᆞ나 짐匠이로 솟 지고 나믄 쇠로 가마질가 ᄒᆞ노라.

3)
半 여든에 첫 계집을 ᄒᆞ니 어렷두렷 우벅주벅 주글 번 살 번 ᄒᆞ다가
와당탕 드리ᄃᆞ라 이리져리 ᄒᆞ니 老都令의 ᄆᆞᄋᆞᆷ 홍글항글
眞實로 이 滋味 아둣던들 결적보터 홀랏다. (珍靑 508)

4)
드립더 ㅂ득 안으니 셰허리지 주즉주즉
紅裳을 거두치니 雪膚之豊肥ᄒ고 擧脚蹲坐ᄒ니 半開ᄒᆫ 紅牧丹이
發郁於春風이로다
進進코 又退退ᄒ니 茂林山中에 水春聲인가 ᄒ노라. (珍靑 519)

5)
華堂 賓客 滿座中에 彈琴ᄒᄂᆫ 王上點아
네 집 出頭天이 왼 七月가 十二點가
眞實노 山上山이면 與爾同枕 ᄒ리라. (東國 313)

에서 1)을 해서(楷書)에 해당한다고 하면 2)는 반행에, 3)과 4)는 행서
와 초서에 해당한다고 하겠다. 3)은 즉흥적인 표현이라 한다면 4)는
어려운 문자(文字)를 써서 곧바로 뜻을 알기가 어렵지만 노골적인 성
행위(性行爲)를 표현한 것으로 가히 박장대소를 하고 포복절도할 표
현이라 하겠다. 이처럼 직설적인 표현을 한 것에 비하면 5)의 작품은
한자(漢字)의 파자(破字)를 적절히 사용하여 완곡하게 표현한 것으로,
'王上點'(왕상점)이 '主'(주)字를, '出頭天'(출두천)이 '夫'(부)字를, '왼
七月'(칠월)이 '有'(유)字를, '十二點'(십이점)이 '無'(무)字를, 그리고 '山
上山'(산상산)이 '出'(출)字을 뜻하는 것임을 알기는 쉽지 않을 것이다.

이처럼 고시조에서 많은 작품들이 직설적인 표현을 하기보다는 완
곡한 표현을 많이 하였기 때문에 겉에 나타난 뜻만 가지고 그 작품
을 옳게 이해하기는 쉽지 않다고 하겠다. 더구나 성(性)과 관련이 있
는 것들은 직설적인 표현보다는 비유 등을 통하여 완곡하게 표현한
작품이 많기 때문에 우선은 낱말 자체의 뜻을 옳게 이해하는 것도

중요하지만 반면에 그 이면(裏面)에 작자가 표현하고자 하는 의도가 무엇인지를 옳게 이해하기가 어렵다고 하겠다. 또 문학 작품이란 것이 작자가 따로 있지만 그 작품을 읽고 이해하고 감상하는 것은 전적으로 독자들의 몫이기 때문에 누구나 작자의 의도와 똑같이 이해할 것도 아니고 그럴 필요도 없는 것이다.

6. 맺는말

성(性)은 인간의 본능이기 때문에 이에 대한 욕망을 인위적으로 억제한다고 하지만 근본적으로 막을 수는 없을 것이다. 성을 담론화(談論化) 하는 것은 하는 것은 사회 규범상 규제할 수는 있지만 개인의 성적 욕구나 표현을 막을 수 없을 것이다.

성을 공개적으로 언급하는 것이 사회에 해독만 끼치는 것이 아니라 이를 통해 새로운 지식이나 사회생활의 지혜를 터득할 수 있는 것임에도 불구하고 유교이념을 사회 규범으로 살아온 우리에게는 많은 제약(制約)을 더 하고 있다.

여기에서는 성을 노래한 우리의 고시조를 옳게 감상하기 위해 성과 육담에 관해 고찰하였고, 우리 고전문학에서 성을 다룬 것을 개관해 보았다. 또 <춘향전>을 통해 같은 장면이라도 이본에 따라 다르게 표현된 것을 통하여 시조도 수록한 가집에 따라 내용이 달라짐을 살펴보았다. 끝으로 시조에서 성을 표현하는 경우에 직설적인 표현보다는 은유적인 표현을 주로 사용했으며, 성기(性器)를 직접 거명하기보다는 상징적인 언어로 대체했으며, 고도(高度)의 상징적인 수법을 사용했음을 밝혀 보았다.

• 일러두기

1. 각 가집 등에서 성(性)과 관련된 작품을 대상으로 하였다.
2. 작품은 작가나 작품의 형태와 관계없이 '가나다'순으로 하였다.
3. 작품은 수록된 최초의 문헌 그대로 하였다.
4. 작품은 초·중·종장으로 구분하였고, 띄어쓰기를 하였다.
5. 같은 작품이라도 수록된 가집에 따라 차이가 있다. 특별히 어느한 장(章)이 차이가 나는 것은 같은 작품의 달라진 형대로 다뤘다.
6. 국한문 혼용으로 표기된 원문의 이해를 위해 주석에서 독음을 달았다.
7. 작품의 이해에 도움을 주고자 '通釋'을 두었다.
8. 좀 더 자세한 주석은 졸저 『고시조주석사전』의 참조를 바란다.

작품 일람(作品一覽)과 주석(註釋)

 1

가다ㄱ 올디라도 오다ㄱ란 가지 마소

뮈다ㄱ 괼디라도 괴다가란 뮈지 마소

뮈거나 괴거나ㄷ중에 쟈고 갈ㄱ ㅎ노라.(源國 711)

가다ㄱ 올디라도=가다가 올지라도 ◇뮈다ㄱ 괼디라도=미워하다가
사랑할지라도.

通釋

가다가 오더라도 오다가는 가지 마시오.

미워하다가 사랑할지라도 사랑하다가는 미워하지 마시오.

미워하거나 사랑하거나 간에 자고 갈까 하노라.

 2

가마귀 칠ㅎ여 검으며 히오리 늙어 세더냐

天生黑白은 녜부터 잇건마는

엇더타 날 보신 님은 검다 세다 ᄒᆞᄂᆞ니. (二數大葉) (樂學 658)

셰더냐=희더냐 ◇天生黑白(천생흑백)은=본래부터 검거나 흼은 ◇
녜부터 잇건마ᄂᆞᆫ=예전부터 있는 것이지마는.

通釋

까마귀가 칠을 해서 검으며 해오리라 늙어 희겠느냐
본래부터 검고 흰 것은 예전부터 있지마는
어쩌다 나와 관계를 맺은 님은 검다 희다 하느냐.

　3
各道 各船이 다 올라올 제 商賈沙工이 다 올나 왓ᄂᆡ
祖江 석골 幕娼드리 ᄇᆡ마다 ᄎᆞ즐제 싀닉놈의 먼정이와 龍山 三浦
당도라며 平安道 獨大船에 康津 海南 竹船들과 靈山 三嘉ㅣ 地土船
과 메육 실은 濟州 ᄇᆡ와 소곰 실른 瓮津 ᄇᆡᆫ드리 스르를 올나 갈제
　어듸셔 各津 놈의 나로ᄇᆡ야 쬐야나 볼 쥴 이스랴. (弄) (靑六 727)

各道 各船(각도각선)이=각 고을의 갖가지 배가 ◇商賈沙工(상고사
공)이=장사꾼과 사공들이 ◇祖江(조강)=지명. 한강(漢江) 하구(河口)의
한강과 임진강이 합치는 곳 ◇석골=지명. 소재 미상. 한강 하류에 있
는 듯 ◇幕娼(막창)드리-임시로 막을 치고 술이나 몸을 파는 창녀들이
◇싀닉놈=미상. 사내놈인 듯 ◇먼정이=만장이. 이물이 뾰족한 큰 나
무로 만든 배. 돛대를 둘 세운 큰 배 ◇龍山 三浦(용산삼포)=한강 연
안의 용산과 마포나루. 삼포는 마포를 가리킴. '마'(麻)의 우리말이

'삼'이기 때문에 마포를 삼포라 했음 ◇당도라며=당도리며. 당도리는 목선 가운데 가장 큰 배 ◇獨大船(독재선)=미상. 특별히 큰 배이거나 독대는 그물의 한 가지로 혹 독대로 고기 잡는 어선이 아닌지(?) ◇康津 海南(강진 해남)=전라남도에 있는 지명. 남해안에 있음 ◇竹船(죽선)=대를 실어 나르는 배 ◇靈山 三嘉(영산삼가)=경상도 서남부에 있는 지명 ◇地土船(지토선)=지방 토민들의 소유한 배 ◇메육=미역 ◇瓮津(옹진)=지명. 황해도 남단 한강 연안에 있음 ◇스르를 올라들 갈제=힘들이지 않고 가만히 상류로 올라 갈 때 ◇各津(각진)=여러 나루 ◇나로비야=나룻배야 ◇쬐야나 볼 쥴= 쬐어 볼 까닭이. 짐을 나르는 각종의 배[船]와 계집들을 상대하는 사내놈들의 배[腹]가 음(音)이 같은 것을 비유하여 지은 것임.

通釋

각도의 갖가지 배들이 서울로 다 올라올 때에 장사꾼과 사공들도 다 올라 왔네.

조강과 석골의 몸을 파는 년들이 배마다 찾아갈 때에 사내놈들의 먼정이와 용산과 마포의 당도라며 평안도 지방의 독대선에 전라도 강진과 해남 지방의 대나무를 나르는 배와 경상도 영산과 삼가 지방 사람들의 배와 미역을 실은 제주 지방의 배와 소금을 실은 황해도 옹진의 배들이 쉽게 한강을 거슬러 올라올 때에 어디서 각 나루에 있는 놈들의 나룻배야 제대로 쬐어나 볼 수가 있겠느냐.

4
閣氏네 곳을 보소 픽는 듯 이우는이

얼굴이 玉ㄱ튼들 靑春을 민얏실싸
늙은 後 門前이 冷落흠연 뉘웃츨싸 ㅎ노라. (二數大葉) (海一284)

이우는이=이우나니. 시드나니   ◇민얏실싸=매었을까   ◇冷落(냉
락)흠연=영락하여 쓸쓸하면.

通釋

각시님 꽃을 보시오 피는 듯 하든이 시드나니
얼굴이 아무리 곱다고 한들 젊음을 매어둘 수 있을까
늙은 뒤 문 앞이 쓸쓸하면 뉘우칠까 하노라.

  5
각시늬 내 妾이 되나 내 각시의 後ㅅ 난편이 되나
곳 본 나뷔 물 본 기러기 줄에 조츤 거믜 고기 본 가마오지 가지
에 젓이오 슈박에 족술이로다
각시늬 ㅎ나 水鐵匠의 쏠이오 나 ㅎ나 짐匠이로 솟지고 남은 쇠로
가마질가 ㅎ노라. (蔓橫淸類) (珍靑 533)

각시늬=각시네 ◇後(후)ㅅ 난편이=뒷 남편이. 기둥서방이 ◇줄에
조츤 거믜=줄을 좇는 거미 ◇가마오지=가마우지. 물새의 한 종류
◇가지에 젓이오=가지는 민물가재. 젓은 젓〔醬(장)〕을 담그는 것. 가
재는 젓을 담그는 것이 제격이오 ◇슈박에 족술이로다=수박에는 큰
숟가락이로다 ◇水鐵匠(수철장)의 쏠=무쇠장이의 딸 ◇짐匠(장)이=땜
장이 ◇솟지고=솥을 만들고 ◇가마질가=솥을 만들까. 남녀간의 성

교를 은유하기도 함.

각시가 내 첩이 되거나 내가 각시의 기둥서방이 되거나

꽃을 본 나비와 같고 물을 본 기러기요 줄을 좇는 거미요 고기를
본 가마우지요 가재는 것을 담그는 것이 제격이요 수박에는 숟가락
이 제격이다

각시는 다만 무쇠장이의 딸이요 나는 땜장으로 솥을 만들고 남은
쇠를 가지고 솥이나 만들까 하노라.

6
각시닉 玉 갓튼 가슴을 어이 구러 다혀 볼고
綿紬紫芝 쟉져구리 속에 깁젹삼 안셥히 되여 죤득죤득 대히고 지고
잇다감 씀나 붓닐 제 써힐 뉘를 모르리라. (蔓橫淸類) (珍靑 480)

玉(옥) 갓튼=옥처럼 하얗고 예쁜 ◇어이 구러=어떻게 하여. 굴러가
서라도 ◇다혀 볼고=대어볼까. 만져볼까 ◇綿紬(면주)=명주 ◇紫芝
(자지) 쟉져구리=자주빛 회장저고리 ◇깁젹삼=깁으로 짠 적삼. 깁은
천의 한 가지. 적삼은 속옷의 하나 ◇안셥히 되여=안에 대는 섶이
되어 ◇죤득죤득=달라붙어 잘 떨어지지 않음 ◇대히고 지고=대고
싶구나 ◇잇다감=이따금 ◇붓닐 제=붙을 때 ◇써힐 뉘를=떨어질
때를. 떨어질 줄을.

각시의 옥과 같은 가슴을 어떻게 하면 만져볼 수 있을꼬

명주 자주빛 회장저고리 속의 비단 적삼의 안섶이 되여 쫀득쫀득 대고 싶구나.

어쩌다 땀이나 붙을 때 떨어질 줄을 모르리라.

7

閣氏네 더위들 사시오 일은 더위 느즌 더위 여러 히포 묵은 더위

五六月 伏더위에 情에 님 만나이셔 둘 불근 平牀 우희 츤츤 감겨 누엇다가 무음 일 ᄒ엿던디 五臟이 煩熱ᄒ여 구슬쏨 흘리면셔 헐덕이는 그 더위와 冬至ᄃᆞᆯ 긴긴밤의 고온님 품에 들어 다스한 아름목과 둑거운 니불속에 두 몸이 한 몸되야 그리져리ᄒ니 手足이 답답ᄒ고 목굼기 타올 적의 웃목에 츤 슉늉을 벌덕벌덕 켜는 더위 閣氏네 사혀거든 所見대로 사시옵소

쟝ᄉᆞ야 네 더위 여럿 듕에 님 만난 두 더위는 뉘 아니 됴화ᄒ리 눔의게 ᄑᆞᆯ디 말고 브듸 늬게 ᄑᆞᆯ시소. (蓬萊樂府 20)

申獻朝

閣氏(각씨)네=젊은 여인들 ◇히포=두어 해 ◇平牀(평상)=평상(平床). 나무로 만든 침상(寢床)의 하나 ◇무음 일=무슨 일 ◇五臟(오장)이 煩熱(번열)ᄒ여=온 몸에 열이 나고 가슴이 답답하여 ◇목굼기 타올 적의=목구멍에 갈증을 느낄 때에 ◇슉늉을=숭늉을 ◇所見(소견)대로=어떤 대상을 보고 느낀 생각대로 ◇ᄑᆞᆯ디 말고=팔지 말고.

通釋

각시네들 더위들을 사시오. 이른 더위, 늦은 더위, 여러 해 묵은 더

위

오뉴월 복더위에 정든 님 만나서 달 밝은 평상 위에 칭칭 감아 누웠다가 무슨 일을 하였던지 온 몸에 열이 나고 가슴이 답답하여 구슬땀 흘리면서 헐떡이는 그런 더위와 동짓달 길고 긴 밤에 고은 님 품에 안겨 따뜻한 아랫목과 두꺼운 이불 속에 두 몸이 한 몸 되어 그렇게 이렇게 하니 팔과 다리가 답답하고 목구멍이 탈 때에 윗목에 차가운 숭늉을 벌컥벌컥 들이키는 더위 각시네 사려고 하거든 마음 내키는 대로 사십시오.

장사꾼아 네가 파는 더위 여럿 가운데서 님과 만난 두 더위는 누구 아니라도 좋아하지 않겠느냐 남에게는 팔지 말고 부디 나에게 파시오.

8

閣氏네 외밤이 오려 논이 두던 놉고 물 만코 되지고 거지다 흔듸
竝作을 부듸 쥬려 흐거든 연장 됴흔 날이나 주소
眞實노 날을 닉여 줄쟉시면 가릐 들고 씨 지여 볼가 흐노라.
(樂戱調) (樂學 1058)

외밤이=다른 논들과 외따로 떨어져 있는 논. 여성의 성기를 은유함 ◇오려 논=올벼를 심은 논 ◇두던 놉고=두둑이 높고 ◇되지고 거지다=둑이 단단하고 땅이 기름지다 ◇竝作(병작)=소출을 소작인과 지주가 나누어 가지는 제도 ◇부듸=어쩔 수 없이. 제발 ◇연장=작업에 필요한 기구. 여기서는 남성의 성기를 가리킴 ◇가릐=농기구의 일종. 가랑이의 방언인 듯 ◇씨 지여=씨를 떨어드려. 농사를 지어.

성교를 의미함.

각시네 외배미 올벼를 심은 논이 두둑이 높고 물이 많고 단단하고 기름지다고 하더라.

병작을 부디 줄려고 한다면 연장이 좋은 나에게나 주시오

진실로 나에게 내여 줄 것 같으면 가래를 들고 농사를 지어볼까 하노라.

9

각시님 물너 눕소 내 품의 안기리 이 아히놈 괘심ᄒ니

네 날을 안을소냐 각시님 그 말 마소 됴고만 닷져고리 크나큰 고양감긔 셍셍 도라가며 제 혼자 안거든 네 자늬 못 안을가 이 아히놈 괘심ᄒ니 네 나를 휘울소냐 각시님 그 말마소 됴고만 도사공이 크나큰 대듕션을 제 혼자 다 휘우거든 내 자늬 못 휘울가 이 아히놈 괘심ᄒ니 네 나를 붓흘소냐 각시님 그말 마소 됴고만 벼룩 불이 니러 곳 나게 되면 청계라 관악산을 제 혼자 다 붓거든 내 자늬 못 붓흘가 이 아히놈 괘심ᄒ니 네 날을 그늘을소냐 각시님 그말 마소 됴고만 빅지댱이 관동 팔면을 제 혼자 다 그늘오거든 내 자늬 못 그늘을가

진실노 네말 ᄀ틀지면 빅년 동쥬 하리라. (蔓橫淸類) (古今 391)

물너 눕소=물러 누우시오 ◇안기리=안기시오 ◇됴고만=조그마한 ◇닷져고리=딱다구리 ◇고양감긔='감긔'는 '남긔'의 잘못. 느티나무

에 ◇휘울소냐=휘어지게 할 수 있느냐. 내 마음을 돌리게 할 수가 있느냐 ◇도사공=도사공(都沙工). 선장(船長) ◇대듕선=대중선(大中船). 또는 대동선(大同船) ◇붓흘소냐=붙을 수가 있느냐 ◇불이 니러곳 나게 되면=불이 일어나게 되면. 불은 불알을 말하며 곧 성기가 발기하게 되면 ◇쳥계라 관악산=청계산(淸溪山)과 관악산(冠岳山). 경기도 과천에 있음 ◇그늘을소냐=그늘을 수가 있겠느냐. 책임질 수 있느냐 ◇됴고만 빅지댱이=조그만 백지(白紙) 한 장(張)이. 백지장은 관리의 임명장(任命狀) ◇관동 팔면을=관동(關東) 팔면(八面)을. 대관령 동쪽의 여덟 고을을 ◇ᄀᆞ틀지면=같을 것 같으면 ◇빅년 동쥬=평생을 같이 삶(百年同住).

通釋

"각시님 물러 누우시오 내 품에 안기시오" "그 아이놈 괘씸하구나."

"네가 나를 안을 수가 있느냐" "각시님 그런 말을 마시오. 조그만 딱따구리가 크나큰 느티나무를 뺑뺑 돌아가며 저 혼자 안거든 내가 자네를 못 안을까" "이 아이놈이 괘씸하구나, 네가 나를 휘울 수가 있겠느냐" "각시님 그런 말씀 마시오. 조그만 도사공이 크나큰 대중선을 저 혼자 다 부리거든 내가 자네를 못 휘우겠는가." "이 아이놈 괘씸하구나. 네가 나를 붙을 수가 있느냐." "각시님 그런 말 마시오. 조그만 벼룩이 불이 일어나게 되면 청계산이나 관악산을 제 혼자 붙거늘 내가 자네를 못 붙을까." "이 아이놈 괘씸하니 네가 나를 그늘을 수가 있느냐." "각시님 그 말을 마시오, 조그만 백지장이 관동 팔면을 제 혼자 다 거느리거늘 내가 자네를 못 거느릴까."

"진실로 네 말과 같다면 평생을 같이 살고자 하노라."

10
각시님 엣샏든 얼골 져 건너 늬까에 홀노 웃쏫 션는 수양버드나무
고목 다 되야 셕어 스러진 광듸등거리 되단말가
절머쇼자 절머쇼자 셰다섯만 졀멋고쟈
열흐고 다섯만 절무량이면 늬 원듸로. (南太 69)

엣샏든 얼골=어여쁘던 얼굴 ◇늬까에=냇가에 ◇션는=서 있는
◇셕어 스러진=썩어 쓰러진 ◇광듸등거리=광대뼈가 불거진 것 같은
나무 등걸이. 보기 흉한 모습 ◇셰다섯만=열다섯만 ◇절무량이면=
젊어질 수 있다면.

通釋

각시님의 어여쁘던 얼굴이 저 건너 냇가에 홀로 우뚝 서있는 수양
버드나무 고목이 다 되어 썩어 쓸어 진 광대등걸이 되었단 말인가
젊었으면, 젊었으면 열다섯만 젊었으면
열하고 다섯만 젊을 수 있다면 내 소원대로.

11
閣氏님 장기 흔 板 두세 板을 펴쇼
手를 보새 자늬 像 보아ㅎ니 面象이 더옥 됴히
車치고 面象 쳐 헷치고 고든 쭈 지로면 궁게 여허 질을지라. (詩歌
618)

手(수)를 보새=수를 보자. 수는 장기나 바둑에서 한 번씩 번갈아 두는 기술 ◇像(상)='상'(相)의 잘못인 듯. 얼굴이나 체격의 됨됨이 ◇面象(면상)=장기 둘 때 상을 궁의 앞말에 두는 일. 여기서는 '면상'(面相)의 뜻으로 얼굴의 생김새를 말함 ◇고든 卒(졸) 지로면=곧장 졸로 공격하면. 졸은 남성의 성기를 은유함 ◇궁게 여허 질을지라=궁(宮)에 넣어 찌를 것이라. 궁은 여성의 성기를 은유함.

通釋

각시님 장기 한 판 둡시다. 판을 펼치시오.

수를 보자. 자네 상을 보아하니 면상이 더욱 좋겠구나.

차로 치고 면상으로 쳐 헤집고 곧장 졸로 공격하면 궁에 넣어 찌를 수가 있겠다.

12

閣氏님 츠오신 칼이 一尺劍가 二尺劍가

龍泉劍 太阿劍에 匕首短劍 아니어든

엇덧타 丈夫의 肝腸을 구뷔구뷔 긋나니.(樂戱調) (樂學 997)

一尺劍(일척검)가=길이가 한 자가 되는 칼인가 ◇龍泉劍(용천검) 太阿劍(태아검)=옛날 중국의 보검으로 알려진 칼 ◇匕首短劍(비수단검)=날이 날카로운 짧은 칼 ◇긋나니=끊는구나.

通釋

각시님이 차고 계신 칼이 일척검인가 이척검인가
용천검 태아검이나 비수나 단검이 아니거든
어쩌다 사내대장부의 간장을 굽이굽이 끊느냐.

13
간밤에 구진비는 상수로 단장ᄒ고
오늘날 낙엽성에 출문망니 멋 번인고
아마도 유정 가랑은 일시난망.(시쳘가 22)

구진비는=궂은비는 ◇상수로 단장ᄒ고=서로 그리워하는 것으로
(相思) 창자가 끊어지는 것 같고(斷腸) ◇낙엽성에 출문망니=잎이 떨
어지는 소리에(落葉聲) 이문 밖에 나가 바라봄이(出門望) ◇유정 가랑
은 일시난망=마음에 둔(有情) 멋있는 사내는(佳郞) 한 때도 잊기가
어려움. (一時難忘)

通釋

지난밤에 내린 궂은비는 서로 그리워하는 것으로 창자가 끊어지는
것 같고
오늘 나뭇잎이 떨어지는 소리에 이문 밖에 나가 바라봄이 몇 번인
고
아마도 마음에 두고 있는 멋있는 사내는 한 때도 잊기가 어렵다.

14
간밤에 쑴도 조코 아츰의 가치 일 우더니

반가운 우리 님을 보려ᄒ고 그러라쇠
반갑다 반갑다 반긔ᄒ올 말이 업세라. (古今 257)

가치=까치 ◇일 우더니=일찍부터 울더니 ◇그러라쇠=그렇구나.
◇반긔ᄒ올=반가워할.

通釋

간밤에 꿈도 좋고 아침에 까치가 일찍부터 울더니
반가운 우리 님을 보려고 그렇구나.
반갑다, 반갑다, 반갑다고 할 말밖에 없구나.

15
간밤에 이리 져리 ᄒᆞᆯ지 긔 뉘라서 아돗던고
鸚鵡의 말이런지 杜鵑의 虛辭ㅣ런지
늬 뺨에 粉이 제게 무더간가 ᄒ노라. (二數大葉) (樂學 741)

虛辭(허사)ㅣ런지=거짓말인지 ◇무더간가=묻어갔는가.

通釋

간밤에 이렇게 저렇게 할 때 그 누가 알았겠는가.
앵무새의 말이었는지 두견의 헛소리이었는지
내 뺨에 묻었던 분이 제게로 묻어갔는가 하노라.

16

간밤의 즈고 간 그놈 암아도 못 니즐다

瓦冶ㅅ놈의 아들인지 즌흙의 쌤늬드시 두더쥐 怜息인지 국국기 뒤지듯시 沙工의 成怜인지 스어쎄로 지르드시 평생에 처음이오 凶症이도 야르제라

前後에 나도 무던이 격거시되 참 盟誓 간밤의 그놈은 참아 못 니즐싯 하노라. (二數大葉) (海周 383)

李鼎輔

니즐다=잊겠구나 ◇瓦冶(와야)ㅅ놈의=기와를 만드는 놈의 ◇즌흙의 쌤늬드시=진흙을 이기기 위해 뛰어 놀 듯이 ◇怜息(령식)='영식' (令息)의 잘못. 남의 자식을 부르는 말 ◇국국기=꾹꾹. 또는 구석구석 ◇成怜(성령)=솜씨. 재주. '성녕'의 한자 표기 ◇사어쎄로 지르드시=사앗대로 찌르듯이 ◇凶症(흉증)이도=음흉하게도 또는 나쁜 병도 ◇야르제라=얄궂어라 야릇해라 ◇무던이=수 없이 많이 ◇참 盟誓(맹서)=참말로 ◇참아 못 니즐싯=참으로 못 잊을까.

通釋

간밤에 자고 간 그놈을 아마도 못 잊겠구나.

와야 놈의 아들인지 진흙의 뽐내듯이 두더지의 자식인지 구석구석 뒤지듯이 사공의 솜씨인지 사앗대로 찌르듯이 평생에 처음이요 음흉하게도 얄궂구나.

이전에도 이후에 나도 수 없이 많이 겪어 보았으나 참말로 간밤의 그놈은 차마 못 잊을까 하노라.

17

간밤의 불든 바람 金聲이 宛然하다

孤枕單衾에 相思夢 훌처 씨여 竹窓을 半開하고 默然히 안자 보니 萬里 長空에 夏雲은 흐터지고 千仞 巖上에 찬 기운 어려 잇다 庭前에 蟋蟀聲은 離恨을 아뢰난 듯 秋菊에 맷치인 이슬 別淚를 먹음은 듯 殘流 南橋에 春鶯은 已歸하고 素月 東嶺의 秋猿이 슬피 운다

任 여흰 이 내 마음 이 밤새우기 어려워라. (時調演義 92)

林重桓

金聲(금성)이 宛然(완연)하다=가을 바람소리가 분명하다. 금의 방향은 서(西), 계절은 가을임 ◇孤枕單衾(고침단금)=혼자 베는 베개와 혼자 덮는 이불. 외로움을 나타낸 말 ◇相思夢(상사몽) 훌처 씨여=님을 그리워하는 꿈을 놀라 깨어 ◇默然(묵연)히=말없이. 가만히 ◇夏雲(하운)은 흐터지고=여름 구름은 흩어지고. 여름은 가고 ◇千仞 巖上(천인암상)=높은 바위 꼭대기 ◇庭前(정전)에 蟋蟀聲(실솔성)은=뜰 앞에 귀뚜라미 우는 소리는 ◇離恨(이한)을 아뢰는 듯=이별의 서러움을 알리는 듯 ◇別淚(별루)를 먹음은 듯=이별을 슬퍼하는 눈물을 머금은 듯 ◇殘流 南橋(잔류남교)=물이 겨우 흐르는 남쪽의 다리 ◇春鶯(춘앵)은 已歸(이귀)하고=봄에 왔던 꾀꼬리는 벌써 돌아갔고 ◇素月(소월) 東嶺(동령)의=밝고 희끄무레한 달이 동산 마루에 뜸 ◇秋猿(추원)=가을철의 원숭이. 원숭이는 흔히 수심(愁心)이나 비감(悲感)을 나타내는 존재로 쓰임.

通釋

간밤의 불던 바람 가을바람이 분명하다

외롭고 쓸쓸한 잠자리에 님을 그리워하는 꿈을 깜짝 놀라 깨어 죽창을 반쯤 열고 말없이 앉아보니 머나먼 하늘에 여름은 가고 높은 산꼭대기에 가을 기운만 어려 있다. 뜰 앞의 귀뚜라미 소리는 이별의 한을 알리는 듯 가을 국화에 맺힌 이슬은 이별의 눈물을 머금은 듯 물이 겨우 흐르는 남쪽 다리에 봄철의 꾀꼬리는 이미 떠나고 차갑게 느껴지는 동쪽마루의 달에 가을철 원숭이가 슬피 운다.

임을 여읜 이 내 마음은 이 밤을 새우기 어렵구나.

18

간밤의 자고 간 핑초 언의 고개 넘어 어드민나 머므는고

主人님 暫間 더새와지 粮食 물콩 내옵새 동회 銅爐口 되박 斫刀를 내옵소 ᄒᆞ고 넷짓 나근에 되엿는고

情이야 무엇시 重ᄒᆞ리만은 내 못니져 ᄒᆞ노라. (樂時調) (海一 550)

핑초=풍초. 선비를 존대해 부른 말. '行次'(행차)로 표기된 것도 있음 ◇언의 고개=어느 고개 ◇어드민나=어디쯤이나 ◇더새와지=더 새워야지. '더새다'는 길을 가다가 어디에 들어가서 밤을 지내는 것 ◇粮食(양식)=양식(糧食) ◇물콩=말에게 먹일 콩 ◇내옵세=내놓으십시오 ◇동회=동이 〔盆(분)〕 ◇銅爐口(동노구)=퉁노구. 퉁노구는 퉁쇠로 만든 작은 솥 ◇되박=됫박 ◇斫刀(작도)=작두. 마소의 먹이를 써는 연장의 한 가지. 여기서는 성행위(性行爲)의 갖가지 형태를 말하는 듯 ◇넷짓='넷집'의 잘못. 누구네 집 ◇나근에=나그네.

간밤의 자고 간 풍초 어느 고개 넘어 어디쯤이나 머무는고.

주인님 잠간 더새워야지 양식과 말에 먹일 콩을 내십시오. 동이,
퉁노구, 됫박, 작두를 내놓으시오 하고 어느 집 나그네가 되었는고.

정이야 무엇이 소중하리오 마는 내가 못 잊어 하노라.

19
간스헌 져 힝화는 연꼿 압헤 슈지 마라
달고 단 네 감언을 딕범군즈 어이 알니
아마도 일노 돗츠 뉴뉴샹동인가. (風雅 384)
李世輔

힝화는=행화(杏花)는. 살구꽃은 ◇슈지=쉬지. 혹은 '서지'의 잘못
인 듯. 서 있지 ◇감언을=달콤한 말을(甘言) ◇딕범군즈=대범군자(大
泛君子). 자그만 것에 거리낌이 없는 통이 큰 사람 ◇일노 돗츠=이것
으로 따라서. 이런 것을 보면 ◇뉴뉴샹동인가=유유상종(類類相從)인
가. 같은 것끼리 서로 통함인가.

通釋

간사스런 저 살구꽃은 연꽃 앞에 서지 마라

달콤하고 달콤한 네 감언을 대범한 군자가 어찌 알겠느냐

아마도 이런 것으로 보면 유유상종인가.

20

갈 제는 옴아트니 가고 아니 온오미라

十二欄干 바잔이며 님 계신듸 볼아보니 南天에 雁盡ᄒ고 西廂에 月落토록 消息이 긋쳐졋다

이 뒤란 님이 오셔든 잡고 안자 새오리라. (靑謠 75)

朴文郁

갈 제는=갈 때에는 ◇옴아트니=오마고 하더니. 온다고 하더니 ◇온오미라=오는구나 ◇十二欄干(십이난간)=열둘이나 되는 난간. 규모가 큼을 말함 ◇바잔이며=쓸 데 없이 왔다 갔다 하며. 방황하며 ◇南天(남천)에 雁盡(안진)ᄒ고=남쪽 하늘에 기러기는 다 날아가고 ◇西廂(서상)에 月落(월락)토록=서쪽에 있는 방으로 달이 다 지도록. 밤이 다 새도록 ◇뒤란=뒤에는. 이후(以後)는 ◇안자 새오리라=앉아서 새우리라.

通釋

갈 때에는 온다고 하더니 가서는 아니 오는구나.

열두 난간을 방황하며 님 계신 곳 바라보니 남쪽 하늘에 기러기다 날아가고 서쪽에 있는 방에 달이 다 지도록 소식이 그쳐있다

이 후에는 님이 오시거든 잡고 앉아 새우리라.

21

갓나희들이 여러 層이오레 松骨믹도 갓고 줄에 안즌 져비도 갓고

百花叢裡에 두루미도 갓고 綠水波瀾에 비오리도 갓고 짜히 퍽 안즌 쇼로기도 갓고 석은 등걸에 부헝이도 갓데

그려도 다 各各 님의 스랑인이 皆一色인가 ᄒ노라.

(二數大葉) (海周 554)

金壽長

갓나희=계집. 또는 계집아이 ◇層(층)이오레=층이더라. 여러 계층이다 ◇松骨(송골)미='골'은 '골'(鶻)의 잘못. 매의 일종 ◇져비=제비 ◇百花叢裡(백화총리)에=온갖 꽃이 무더기로 핀 가운데 ◇綠水波瀾(녹수파란)에=푸른빛을 띠고 흐르는 물결에 ◇비오리=새의 한 종류. 암수가 항상 함께 놀며 연못 등에서 곤충을 포식함 ◇짜히 퍽 안즌=땅에 편하게 주저앉은 ◇쇼로기도=솔개도 ◇석은 등걸에=썩은 나무 등걸에. 등걸은 그루터기 ◇皆一色(개일색)인가=모두가 다 뛰어난 미인들인가.

通釋

계집들이 여러 계층이더라. 송골매도 같고 줄에 앉은 제비도 같고

온갖 꽃이 피어 있는 가운데 앉은 두루미도 같고 푸른빛의 물이 흐르는 물결의 비오리도 같고 땅에 퍽 주저앉은 솔개도 같고 썩은 나무 등걸에 부엉이도 같구나.

그래도 다 각각 다른 님의 사랑이니 모두가 뛰어난 미인들인가 하노라.

22

갓스믈 선머슴 젹의 ᄒᆞ던 일이 우읍고야

大牧官 女妓 小牧官 酒湯이 開城府 桶直이 노니는 갓나희 덩더러

쿵 계대년들이 날 몰래 ᄒᆞ리 뉘 이시리

그러나 少年行樂은 減흔 일이 업세라. (蔓大葉 樂戱幷抄)

(靑가 572)

선머슴 젹의=일에 익숙하지 못한 머슴일 때에. 장난이 심하고 진

득하지 못하고 마구 덜렁거리는 남자아이 ◇大牧官 女妓(대목관여

기)=대목관 같은 기생. 대목관은 목사(牧使) ◇小牧官 酒湯(소목관주

탕)이=소목관 같은 주탕이. 작은 고을의 목사 같은 주탕이. '주탕'은

'주탕'(酒帑)의 잘못. 술파는 여자 ◇開城府 桶直(개성부통직)이=개성

부에 사는 통직이. 통직이는 서방질 잘하는 계집 ◇노니는 갓나희=

하는 일 없이 놀며 사는 계집 ◇계대년들이=큰 굿을 할 때 풍악을

담당하는 공인(工人)의 계집년들 ◇날 몰래 ᄒᆞ리=나를 모른다고 할

까닭. 또는 그럴 사람 ◇少年行樂(소년행락)은=젊어서 즐겨 노는 일

은 ◇減(감)흔=줄인.

通釋

갓 스물 선머슴 때의 하던 일이 생각하니 우습구나.

대목관 같은 기생, 소목관 같은 주탕이, 개성부의 통직이, 놀아난

간나희들, 덩더러쿵 굿을 하던 계대년들이 나를 모른다고 할 사람들

이 누가 있겠느냐.

그러나 젊어서 즐겨 놀던 일은 줄인 일이 없구나.

23

江原道 開骨山 감도라 드러 鍮店절 뒤혜 우둑 션 전나모 긋혜

숭구루혀 안즌 白松骨이도 아므려나 자바 질드려 꿩山行 보내는듸

우리눈 새님 거러두고 질 못드려 ᄒ노라. (蔓橫淸類) (珍靑 485)

開骨山(개골산)='개'는 '개'(皆)의 잘못. 금강산. 개골산은 금강산의
겨울 이름. 금강산을 봄에는 금강산(金剛山), 여름에는 봉래산(蓬萊山),
가을에는 풍악산(楓嶽山)이라 부름 ◇감도라 드러=높은 산을 빙빙 감
아 돌 듯이 산 속으로 들어감 ◇鍮店(유점)절='유'는 '유'(楡)의 잘못.
강원도 간성군 금강산에 있는 유점사(楡店寺) ◇전나모 긋혜=전나무
끝에 ◇숭구르혀=웅크리고 ◇白松骨(백송골)이도='松骨'(송골)은 '송
골'(松鶻)의 잘못. 흰 송골매도 ◇아므려나 자바=아무렇게나 잡아 ◇
질드려=길을 들이어 ◇꿩山行(산행)=꿩사냥 ◇새님 거러두고=새로
운 님과 약속을 하고.

通釋

강원도 개골산을 감돌아 들어가 유점사 뒤에 우뚝 서있는 전나무
끝에

웅크리고 앉은 백송골도 아무렇게나 잡아 길들여 꿩 사냥을 보내
는데

우린 새 님과 약속을 하고도 길을 들이지 못 하는구나.

24

江原道 雪花紙를 제 長廣에 鳶을 지어

大絲白絲黃絲 줄을 通어레에 슬이 업시 바름이 흔창인제 三間 토김 四間 근두 半空에 소스 올나 구름에 걸쳐시니 風力도 잇거니와 줄 脈이 업시 그러ᄒ랴

먼듸님 줄 脈을 길게 듸혀 낙고아 올가 ᄒ노라. (弄) (靑六 634)

雪花紙(설화지)=한지(韓紙)의 한 가지. 강원도 평강(平康)에서 나왔었음 ◇제 長廣(장광)에=본래의 크기에 ◇大絲(대사)=굵은 실인 듯 ◇通(통)얼레=통얼레. 얼레는 연실을 감는 기구 ◇슬이 업시=얼레의 중간에 대는 가느다란 막대기가 없이 ◇토김=퇴김. 연을 날릴 때에 얼레 자루를 젖히며 통줄을 주어서 연 머리를 그루박는 일 ◇근두=곤두. 몸을 번드쳐 재주를 넘는 것 ◇걸쳐시니=닿았으니. 걸려 있으니 ◇風力(풍력)=바람의 위력 ◇줄 脈(맥)=연줄의 힘. 연줄이 하는 구실 ◇듸혀=대어 ◇낙고아=낚아.

通釋

강원도 설화지를 제 크기대로 연을 만들어

희고 누런 굵은실을 살이 없는 통얼레에 바람이 한창일 때 세 칸 퇴김 네 칸 근두로 반공에 솟아올라 구름 속에 걸쳤으니 바람의 힘도 있거니와 연줄의 힘이 없으면 그러하겠느냐

먼 곳에 있는 님을 줄로 길게 대어 낚아올까 하노라.

25

開城府 쟝스 北京 갈쩨 걸고 간 銅爐口 싸리 올 쩨 본이 盟誓 痛

憤이도 반가왜라

젓 銅爐口 싸리 졀이 반갑쩌든 돌쇠 어미 말이야 닐러 무슴홀이

들어가 돌쇠 엄이 보옵쩌든 銅爐口 쌀이 보고 반기온 말씀 흐리라.

(樂時調) (海一 540)

開城府(개성부) 쟝스=개성에 사는 장사꾼 ◇졍 銅爐口(동노구) 싸리=저 통노구 걸었던 자리. 여기서는 여인네와 가졌던 관계를 말하는 듯 ◇痛憤(통분)이도=원통하고 분하게도. 여기서는 반대로 즐겁다는 뜻으로 '몹시도'로 쓰였음 ◇졀이=저렇게 ◇닐러 무슴홀이=말하여 무엇하랴 ◇들어가='돌아가'의 잘못인 듯 ◇반기온=반가운.

        * 李漢鎭本『靑丘永言』에 작자가 半癡로 되어 있음.

通釋

개성부에 사는 장사꾼이 북경 갈 때 걸고 갔던 통노구 자리 올 때 보니 맹세하지만 몹시도 반갑구나.

저 통노구 걸었던 자리가 반갑거든 돌쇠 어미의 말이야 말하여 무엇 하겠느냐.

돌아가서 돌쇠 어미를 보거든 통노구 걸었던 자리를 보고 반가와 했던 말을 하리라.

26
기야 검둥기야 두 귀 축 처진 이 만흥 기야
나 먹든 수푸머리를 늬 아니 먹고 너를 주니
밤중만 정든 님 오시거든 보고 잠잠. (편) (詩歌謠曲 123)

축 처진 이 만흔= 축 늘어진 이 망할 놈의 ◇수프머리=미상. '머리'는 덩이라는 뜻으로, 덩이로 된 음식인 듯.

通釋

개야 검둥개야 두 귀가 축 늘어진 이 망할 놈의 개야
내 먹던 수파머리를 내가 아니 먹고 너를 주니
밤중에 정든 님이 오시거든 보고서 잠잠하여라.

  27
乾坤이 눈이여늘 네 홀로 푸엇구나
氷姿玉質이여 閤裏에 숨어 잇셔
黃昏에 暗香 動ᄒ니 달이 조차 오더라.(金玉 21)
  安玟英

乾坤(건곤)이 눈이여늘=온 세상에 눈이 내려 하얗거늘 ◇氷姿玉質(빙자옥질)이여=살결이 얼음처럼 매끄럽고 깨끗함이여. 매화의 곱고 깨끗함을 일컬음 ◇閤裏(합리)에=침방 속에 ◇暗香(암향) 動(동)ᄒ니=그윽한 향기가 풍겨오니 ◇달이 조차=달이 따라.

通釋

온 세상이 눈으로 덮였거늘 네 홀로 피였구나.
얼음과 옥 같은 자질이여 침방 속에 숨어 있어

황혼이 그윽한 향기가 품어오니 달이 따라 오더라.

<金玉叢部>에

"自萊府 距溫井 爲五里許也 余與馬山浦崔致學 金海文達柱 同入于
府內妓靑玉家 擧酒相屬之際 忽一美娥 自外而入見吾儕之列座 回身還
出矣 第見厥娥 氷姿玉質 如雪中寒梅 少無塵埃矣 一座眼環口呆 莫知
所爲 靑玉 急起顚倒出門 少頃携手而入 曰 汝以何心來 而何心去耶 卽
爲升堂而坐 此是第一名姬玉節也 余於京鄕間 閱歷名妓 不計其數 而海
隅遐陬 豈料有玉節者哉 不可無一讚耳"

"자래부 거온정 위오리허야 여여마산포최치학 김해문달주 동입우
부내기청옥가 거주상촉지제 홀일미아 자외이입견오제지열좌 회신환
출의 제견궐아 빙자옥질 여설중한매 소무진애의 일좌안환구매 망지
소위 청옥 급기전도출문 소경휴수이입 왈 여이하심래 이하심거야 즉
위승당이좌 차시제일명희옥절야 여어경향간 열력명기 불계기수 이해
우하추 기료유옥절자재 불가무일찬이: 동래부에서 온정까지 거리가
오리쯤 되었다. 내가 마산포의 최치학 김해 문달주와 더불어 같이 동
래부내 기생 청옥의 집에 들어 술잔을 들어 서로 권할 즈음에 홀연
한 미녀가 밖으로부터 들어와 우리들이 앉아 있는 것을 보고 몸을
돌처 다시 나갔다. 그 여자를 보니 빙자옥질이 설중의 한매와 같아
진애가 조금도 없었다. 모두 눈이 둥그레지고 입이 벌어져 어쩔 줄을
몰랐다. 청옥이 급히 일어나 넘어질 듯 문을 나가 얼마 있다가 손을
잡고 들어와 말하기를 "너는 어떤 마음으로 왔다가, 어떤 마음으로
갔느냐" 곧 마루에 올라 자리에 앉으니 이는 제일 명희인 옥절이다.
내가 경향간에 명기를 차례로 겪은 것이 헤아릴 수가 없지만 바다

끝 변두리에서 어찌 옥절과 같은 사람이 있으리라 짐작했으랴 한마디 찬사를 않을 수가 없을 따름이다."

28

건곤이 유의ᄒ여 남ᄌ를 내이시고 셰월이 무정ᄒ여 장부 간쟝 다 녹인다

우리도 이리져리 ᄒ여 어듸로 가ᄌ더냐 듁장을 집고 망혜를 신어 천리강산 드러가니 폭포도 장이 조타마는 려산이 여긔로다 비류직하 삼천척은 옛말로 드럿더니 의시은하락구천은 듯든 말보다 승ᄒ 비라 그 골이 깁고 메는 놉ᄒ 별유건곤이요 인간은 아니로다 긔암긔석이 절승ᄒ듸 쳐다 보니 만학이요 구버보니 빅ᄉ디라 허리 굽은 늘근 장송 광풍을 못이긔어 우즐우즐 밤춤만 춘다 가다오다 오다가다 일간 쵸옥 얌견ᄒ 곳에 안량ᄒ 부인이 침ᄌ를 ᄒ누나 슈견안이 화견접이오 견슈홍안 이제 죽엇구나 물 본 기력기 산 넘어 가며 꼿 본 나뷔가 담 넘어 갈가 님 본 쟝부난 쏙 죽어구나 쟝부의 심ᄉ가 별우러워 와락 달녀드러 셤셤옥수를 뷔여잡고 ᄒ는 말이 여보 마루릭 이내 말슴 드러보소 녯날로 인ᄒ는 말슴이 사람의 싱ᄉ지권이 열시왕님 명부던 좌하에 쏙 미왓다더니 금시로 당ᄒ여 마루릭님 좌하에 쏙 미왓구나

춤아 진정 네 화용 근절ᄒ여 못살갓구나. (樂高 900)

건곤이 유의ᄒ여=건곤(乾坤)이 유의(有意)하여. 하늘과 땅이 뜻이 있어서 ◇내이시고=태어나게 하시고 ◇듁장을 집고=죽장(竹杖)을 짚고. 대나무 지팡이를 짚고 ◇망혜를 신어=망혜(芒鞋)를 신어. 짚신을

신어 ◇장이=매우. 장(壯)이 ◇려산이=여산(廬山)이. 중국 강서성 구
강(九江)현 남쪽에 있는 산. 경치가 좋기로 유명함 ◇비류직하삼천척
의시은하락구쳔=비류직하삼천척 의시은하락구천(飛流直下三千尺 疑
視銀河落九泉). 곧장 날아 삼천 자를 떨어지니 은하수가 구천에 떨어
지는 것 같다. 이백의 '망여산폭포시'(望廬山瀑布詩)에 있는 구절임
◇승흔 비라=더 훌륭한 바이다 ◇메는=산은 ◇별유건곤이요 인간은
아니로다=특별히 좋은 세상이 있어 사람이 사는 곳이 아니로다. 이
백의 시 '산중문답'(山中問答)가운데 "별유건곤비인간"(別有乾坤非人
間)임 ◇긔암긔석이=기암기석(奇巖奇石)이. 기이하게 생긴 바위가 ◇
졀승흔딍=절승(絶勝)한 데. 경치가 뛰어난 곳에 ◇만학=만학(萬壑).
많은 골짜기 ◇빅스디=백사지(白沙地). 깨끗한 모래 사장 ◇밤춤만
춘다=반춤만 춘다. 반춤은 바람이 매우 심하게 불어 나무가 반쯤 휘
어지듯이 흔들거리는 것을 말함 ◇일간쵸옥=일간초옥(一間草屋). 조
그마한 초가집 ◇얌전흔 곳에=다소곳 한 곳에. 좋은 자리에 ◇안량
흔='아량흔'의 잘못인 듯. 아량(雅良)한. 아름다운 ◇침즈를=침자(針
子)를. 바느질을 ◇슈견안이 화견접이오=수견안(水見雁)이 화견접(花
見蝶)이오. 물을 본 기러기요 꽃을 본 나비로다 ◇견슈홍안=견수홍안
(見水鴻雁). 물을 본 기러기 ◇별우러워=별스러워 ◇셤셤옥수=섬섬
옥수(纖纖玉手). 가녀리고 고운 여자의 손 ◇뷔여잡고=꼭 잡고 ◇마
루리=마누라 ◇싱스지권이=생사지권(生死之權)이. 살게하고 죽게하
는 권한이 ◇열시왕(十王)님 명부전(冥府殿) 좌하(座下)=시왕님에 계
신 명부전 자리에서 ◇미왓다더니=매여 있다고 하더니 ◇금시로 당
흐여=금시(今時)로 당(當)하여. 지금에 와서 ◇네 화용=네 화용(花容).
너의 아름다운 얼굴. 미모.

하늘과 땅이 뜻이 있으셔서 남자를 이 세상에 태어나게 하시고 세월이 무정하여 장부의 간장을 다 녹인다.

우리도 이렇게 저렇게 하여 어디로 가자고 하느냐. 죽장을 짚고 짚신을 신어 천리강산에 들어가니 폭포도 매우 좋지마는 여산이 여기로구나. 비류직하삼천척은 옛말로 들었더니 의시은하낙구천은 듣던 말보다 더 훌륭한 바이다. 그 골이 깊고 산은 높아 특별한 세상이 있는 것 같고 우리 인간이 사는 세상이 아닌 것 같구나. 기암괴석의 경치가 뛰어난 곳에 올려다보니 많은 봉우리요 내려다보니 백사지로구나. 허리 굽은 늙은 소나무가 사나운 바람에 이기지 못하고 반춤만 춘다. 가다 오다 오다가다 조그만 초가집 다소곳한 곳에 아름다운 부인이 바느질을 하는구나. 물은 본 기러기요, 꽃을 본 나비요 물을 본 기러기라 이제 나는 죽었구나. 물을 본 기러기가 물을 버리고 산을 넘어가며 꽃을 본 나비가 꽃을 버리고 담을 넘어 가겠느냐. 님을 본 사내대장부가 꼭 죽었구나. 대장부의 마음이 별스러워 와락 달려들어 섬섬옥수를 꼭 잡고 하는 말이 여보 마누라 내 말을 들어보시오. 옛날에 전하는 말이 사람의 죽고 사는 권한이 시왕님의 명부전 권한에 꼭 매였다고 하더니 지금에 와서 마누라님의 권한에 꼭 매였구나.

참아 진정으로 님의 얼굴이 간절해서 못 살겠구나.

29
건너셔는 손을 혜고 집의셔는 들나ᄒᆞ니
門닷고 드자ᄒᆞ랴 손혜ᄂᆞ듸 가자홀가

이 몸이 두세히런들 이리져리 홀낫다. (詩歌 396)

숀을 혜고=손짓을 하고 ◇들나하니=들어오라고 하니 ◇두세히런들=둘 또는 셋이런들 ◇이리져리 홀낫다=이곳으로도 저곳으로도 가겠다.

通釋

건너편에서는 손짓을 하고 집에서는 들어오라고 하니
문을 닫고 들어가랴 손짓하는 데로 가야하랴
이 몸이 둘 셋이라면 이곳으로도 저곳으로도 가겠다.

30
고래 물혀 채민 바다 宋太祖ㅣ 金陵 치다라 도라들제
曹彬의 드는 칼로 무지게 휘온드시 에후루혀 드리 노코
그 건너 님이 왔다하면 상금상금 건너리라. (蔓橫淸類)
(珍靑 499)

고래 물혀=고래가 물을 들이켜 ◇채민 바다=힘 있게 민 바다 ◇宋太祖(송태조)=송나라 태조 조광윤(趙匡胤). 탁군 사람으로 후주(後周)의 선위(禪位)를 받아 천자가 됨 ◇金陵(금릉)=중국 남당(南唐)의 서울 ◇曹彬(조빈)=송 태조 때의 명장 ◇휘온드시=구부린 듯이 ◇에후루혀=에둘러 당기어 ◇상금상금=살금살금

通釋

고래가 물을 켰다가 힘차게 내뱉은 것 같은 바다 송나라 태조가 금릉을 치려고 돌아들 듯 할 때

조빈의 잘 드는 칼로 무지개를 구부린 듯 에둘러 당겨 다리를 놓고

그 건너에 님이 왔다고 하면 살금살금 건너가겠다.

31

高臺廣室 나는 마다 錦衣玉食 더옥 마다

銀金寶貨 奴婢田宅 緋緞 치마 大緞 쟝옷 蜜羅珠 겻칼 紫芝鄕職 져고리 쏜머리 石雄黃으로 다 쏨자리 곳고

眞實로 나의 平生 願ᄒ기는 말 잘ᄒ고 글 잘ᄒ고 얼골 기자ᄒ고 품자리 잘ᄒᄂ 져믄 書房 이로다. (蔓横清類) (珍青 559)

高臺廣室(고대광실)=크고 넓고 좋은 집 ◇나는 마다=나는 싫다 ◇錦衣玉食(금의옥식)=비단 옷과 좋은 음식 ◇奴婢田宅(노비전택)=종들과 전답과 집 ◇大緞(대단) 쟝옷=비단으로 만든 쟝옷. 쟝옷은 여인네들이 외출할 때 머리에 쓰는 옷 ◇蜜羅珠(밀라주) 겻칼='밀라주'는 '밀화주'(蜜花珠)의 잘못인 듯. 밀화주는 밀화를 칼자루에 박아 만든 은장도로, 밀화는 호박(琥珀)의 일종 ◇紫芝鄕職(자지향직) 져고리=자주빛 명주 져고리 ◇쏜머리=여인들의 머리에 덧넣는 머리. 가발의 일종 ◇石雄黃(석웅황)=광물의 일종으로 염료로 쓰임. 물색이 고운 댕기인 듯 ◇기자ᄒ고=깨끗하고 ◇품자리=잠자리 ◇져믄=젊은.

通釋

크고 넓고 좋은 집도 나는 싫다. 비단 옷과 기름진 음식은 더욱 싫다.

금은보화와 종과 전답 집, 비단 치마와 대단 장옷 밀화주 박은 장도 자주빛 명주 저고리 딴머리 고운 댕기가 다 꿈자리와 같이 허황되고

진실로 내가 평생 원하는 것은 말 잘하고 글 잘하고 얼굴 생김이 깨끗하고 잠자리 잘하는 젊은 서방이로다.

31-1

高臺廣室 나난 슬의 錦衣玉食 더욱 실의

비단 長옷 듸단치마 자쥬향직 저고리와 밀화쥬 겻칼이며 칠쌍팔쌍 雙귀이기 李貢젼 眞珠 투심돗토락이 오로다 쑴즈리로다

平生에 願하난 바난 말 잘ᄒ고 글 잘 ᄒ고 人物 愷悌ᄒ고 품즈리 잘ᄒ난 졀문 郎君만 쏙쏙 어더 쥬쇼서. (界編) (興比 191)

슬의. 실의=싫다. 싫으이 ◇李貢(이공)젼 眞珠(진주) 투심돗토락이= 이씨 성을 가진 塵房(전방)에서 만든 진주무늬를 박은 도투락댕기가.

通釋

고대광실 나는 싫다. 금의옥식은 더욱 싫다.

비단 장옷과 대단치마 자주 빛 명주 저고리와 밀화주 박은 은장도며 일곱 여덟쌍 귀이개 이공전에서 만든 진주 박은 도투락댕기가 모두가 허황된 꿈자리로구나.

평생에 원하는 바는 말 잘하고 글 잘하고 인물 깨끗하고 잠자리

잘하는 젊은 낭군만 분명하게 얻어 주소서.

32

고사리 흔 단 쇠쟝 직어 먹고 물도 업는 東山에 올나

아모리 목말네라 목말네라 흔들 어늬 환양의 쌀년이 날 물 써다
쥬리

밤中만 閣氏네 품에 드니 冷水景이 업셰라. (界樂時調) (靑六 769)

쇠쟝=된장 ◇직어 먹고=찍어 먹고 ◇어늬=어느 ◇환양의 쌀년이
=서방질하는 계집년이 ◇품에 드니=품안에 안기니 ◇冷水景(냉수경)
이 업셰라=냉수를 들이킬 경황이 없구나.

通釋

고사리 한 단을 된장에 찍어 먹고 물도 없는 동산에 올라가

아무리 목이 마르다 목이 마르다 한들 어느 화낭의 딸년이 나에게
물을 떠다 주겠느냐.

밤중만 각시의 품에 안기니 냉수 마실 경황조차 없구나.

33

고을사 져 곳치여 半만 여읜 져 곳치여

더고 덜도 말고 每樣 그만 허여 잇셔

春風에 香氣 좃는 나뷔를 웃고 마즈 허노라. (金玉 61)

安玟英

고을사=곱구나 ◇여읜=시들은 ◇그만 허여 잇셔=그 상태로만 있
어 ◇마즈 허노라=맞이하노라.

通釋

곱구나, 저 꽃이여 반만 시들은 저 꽃이여
더도 덜도 말고 언제나 그 상태로만 있어서
춘풍에 향기를 좇는 나비를 웃고 맞이하노라.

<金玉叢部>에
"余於昔年完營之行 聞襄坮雲之香名 躬往其家 則韶顔妙齡 能文能筆
眞一世之絶艶也 愛而敬之 多日相隨"
"여어석년완영지행 문양대운지향명 굴왕기가 즉소안묘령 능문능필
진일세지절염야 애이경지 다일상수: 내가 지난해에 전주에 갔을 때
양대운의 향명을 물어 몸소 그 집에 가니 아름다운 얼굴과 꽃다운
나이에 글에도 글씨에도 능숙하여 참으로 일세에 뛰어난 아름다움이
라 하겠다. 그를 사랑하고 존경하며 여러 날을 서로 따랐다."라고 했
음.

34
곳아 色을 밋고 오는 나뷔 禁치 마라
春光이 덧업신 줄 녠들 아니 斟酌ᄒ랴
綠葉이 成陰子滿枝ᄒ면 어늬 나뷔 도라보리.
(二數大葉) (樂學 652)

덧업신 줄=세월이 빠른 줄 ◇綠葉(녹엽)이 成陰子滿枝(성음자만지)
ㅎ면=푸르른 나뭇잎이 우거져 열매가 많이 맺히면. 본래의 뜻은 여
자가 시집을 가 자녀를 많이 낳는 것을 말하나, 여기서는 꽃이 시들
면의 뜻으로 쓰였음.

通釋

꽃아 예쁜 색깔만 믿고 찾아오는 나비를 막지 마라
봄날이 잠간인 줄을 넨들 짐작하지 못했으랴
나무가 꽃이 다 지고나면 어느 나비가 찾아오겠느냐.

35
곳지야 곱다마는 가지 놉하 못 썩싯다
걱지는 못하나마 일홈이나 짓고 가자
아마도 그 곳 일흠은 단장환가. (南太 56)

곳지야=꽃이야 ◇단장환가=단장화인가. 단장화는 추해당(秋海棠)
의 딴 이름이나, 사람의 애간장을 끊는다는 뜻의 단장화(斷腸花)의 뜻
으로 썼음.

通釋

꽃이야 아주 예쁘다마는 가지가 높아 꺾지를 못 하겠구나
비록 꺾지는 못하나 이름이나 짓고 가자

아마도 그 꽃 이름은 단장화인가.

36
空山 곳치 픠니 져마다 스랑ㅎ니
곳츤 ㅎ나요 蜂蝶은 여럿시라
두어라 ㅎ다흔 님을 낸들 어이 허리.(樂府 羅孫本 791)

空山(공산) 곳치 피니=아무도 없는 산에 꽃이 피니. 임자가 없는
꽃이니 ◇蜂蝶(봉접)은 여럿시라=벌과 나비는 여럿이다. 관심을 가지
는 남자들은 여럿이다 ◇ㅎ다흔=허다한(許多) ◇낸들 어이 허리=나
인들 어찌 하랴.

通釋

아무도 없는 산에 꽃이 피니 저들마다 서로 사랑하네
꽃은 하나요, 벌과 나비는 여럿이라
두어라 허다한 님을 나인들 어찌 하겠느냐.

37
狂風아 부지마라 고은 곳 傷홀셰라
덧 업슨 春光을 네 어이 지촉는다
우리도 시 님 거러 두고 離別될가 ㅎ노라. (海朴 487)

狂風(광풍)아=사납게 부는 바람아 ◇傷(상)홀셰랴=망가질까 두렵다
◇덧 업슨 春光(춘광)을=무상(無常)한 봄볕을. 세월을 ◇네 어이=네

가 어이해서.

通釋

사나운 바람아 부지마라 고운 꽃이 망가지겠다.
무상한 세월을 너는 왜 재촉하느냐
우리도 새님과 약속하고 이별이 될까 하노라.

38
九仙王道糕라도 안이 먹는 날을
冷水에 붓츤 粃旨煎餅을 먹으라 지근 絶代佳人도 안이 결연ᄒᆞᄂᆞᆫ
날을 코 업슨 년 결연ᄒᆞ라고 지근거리는다
하널히 定ᄒᆞ신 配匹 밧긔야 것ᄋᆞᆶᄲᅥ 볼 쑬 이시랴. (靑謠 78)
　　金壽長

　九仙王道糕(구선왕도고)라도＝여러 가지 한약재와 설탕 등을 넣어 찐 떡이라도 ◇粃旨煎餅(비지전병)을＝비지에다 쌀가루나 밀가루를 넣어 만든 떡을 ◇지근＝남이 싫어하는 데도 지나치게 괴롭히거나 조르는 것 ◇안이 결연ᄒᆞᄂᆞᆫ 날을＝인연을 맺지 아니하는(結緣) 나에게 ◇코 업슨 년＝코가 없는 계집. 못생긴 계집 ◇하널히 定(정)ᄒᆞ신＝하늘이 정해 준 ◇配匹(배필) 밧긔야＝부부의 짝 이외에는 ◇것ᄋᆞᆶᄲᅥ 볼 쑬이시랴＝거들떠 볼 까닭이 있겠느냐.

通釋

구선왕도고라고 하는 떡도 아니 먹는 나에게

냉수에 부친 비지전병을 먹으라고 지근덕, 뛰어나게 아름다운 여인이라도 관계를 아니 맺는 나에게 코 없는 계집과 관계를 맺으라고 지근덕거린다.

하늘이 정해 주신 배필 이외에 거들떠 볼 까닭이 있으랴.

39
그려 病드는 자미 病드다가 만나는 자미
만나 질기는 자미 질기다가 써나는 자미
平生의 이 자미 업스면 무삼 자미. (源一 726)
　安炳甫

　그려=그리워하다　◇病(병)드다가=병들었다가　◇질기는=즐기는　◇써나는=이별하는.

通釋

그리워하다 병이 드는 재미 병이 들었다가 만나는 재미
만나 즐기는 재미 즐기다가 떠나는 재미
평생에 이런 재미가 없으면 무슨 재미로.

40
그리든 님 맛난 날은 저 닭아 부듸 우지마라
네 소리 업도소니 날 실 쥴 뉘 모로리
밤중만 네 우름소리 가슴 답답ᄒ여라. (羽二數大葉) (六靑 564)

부듸=부디 ◇업도소니=없기로소니. 없다고 해서 ◇날 실 쥴 뉘
모로리=날이 새는 줄을 누가 모르겠느냐.

通釋

그리워하던 님을 만난 날은 저 닭아 제발 울지 마라
네 소리가 없다고 해서 날이 새는 것은 누가 모르겠느냐
밤중에 네 우는 소리에 가슴이 답답하구나.

41

極目天涯ᄒ니 恨孤雁之失侶ㅣ오 回眸樑上에 羨雙燕之同巢ㅣ로다
遠山은 無情ᄒ야 能遮千里之望眼이오 明月은 有意ᄒ야 相照兩鄕之
思心이로다
花不待二三之月 蕊發於衾中ᄒ고 月不當三五之夜ᄒ야 圓明於枕上ᄒ
니 님 빈온 듯 ᄒ여라. (蔓橫) (樂學 861)

極目天涯(극목천애)ᄒ니   恨孤雁之失侶(한고안지실려)ㅣ오=눈으로
하늘 끝을 쳐다보니 외로운 기러기 짝 잃은 것을 슬퍼하고 ◇回眸樑
上(회모양상)에 羨雙燕之同巢(선쌍연지동소)ㅣ로다=눈을 들보 위로
돌리니 한 쌍의 제비가 한 보금자리에 즐김을 부러워함이로다 ◇遠
山(원산)은 無情(무정)ᄒ야=먼 산은 무정해서 ◇能遮千里之望眼(능차
천리지망안)이오=능히 천리를 바라보는 눈을 가리고 ◇明月(명월)은
有意(유의)ᄒ야=밝은 달은 뜻이 있어 ◇相照兩鄕之思心(상조양향지사
심)이로다=서로 두 고향을 그리는 마음을 비추도다 ◇花不待二三之

月 蕊發於衾中(화부대이삼지월 예발어금중)ᄒ고=꽃은 봄철을 기다리
지 아니하고 꽃봉오리가 이불 속에서 피고 ◇月不當三五之夜 圓明於
枕上(월부당삼오지야 원명어침상)=달은 보름밤이 되지 않았는데도 베
갯머리에 환히 둥글다.

通釋

눈으로 하늘 끝을 쳐다보니 외로운 기러기 짝을 잃은 것을 슬퍼하
고 눈을 들보 위로 돌리니 한 쌍의 제비가 한 둥지에서 즐김을 부러
워함이로다.

먼 산은 무정해서 능히 천리를 바라보는 눈을 가리고 밝은 달은
뜻이 있어 서로 두 고향을 그리는 마음을 비추도다.

꽃은 봄철을 기다리지 아니하고 꽃봉오리가 이불 속에서 피고 달
은 보름밤이 되지 않았는데도 베갯머리에 환하게 둥글다.

42

금셰샹에 못홀 거슨 늠의 집 님씌다 졍드려 놋코 말 못ᄒ니 이연
ᄒ고 ᄉ졍치 못ᄒ니 나 죽갓고나

솟이라고 쯧어내며 닙히라고 홀터내며 가지라고 휘여닉며 히동쳥
보라미라고 제밥을 가지고 구게낼가 눈만 씀벅 고기만 짠듯 츄파 여
러 번에 님 후려내여 안닌 밤즁에 딥신에 감발ᄒ고 월장 도쥬로 담
넘어가니 싀아비 귀먹쟝 화닝 잡년셕은 늠의 속닉는 아지도 못ᄒ고
아닌 밤즁에 밤사룸 왓다고 휘날릴 젹에 이내 삼쵼 간쟝이 츈셜이로
구나

츰아 진졍 가산뎡쥬 가로 막혀서 나 못살갓네. (樂高 887)

금세상에=지금 세상에(今世上) ◇님씌다=님에게 ◇이연하고=애련(哀憐)하고. 애처럽고 불쌍하고 ◇쯧어내며=뜯어내며 ◇닙히라고=잎이라고 ◇히동청 보라미=해동청(海東靑) 보라매. 송골매와 보라매 ◇제밥을 가지고 구게낼가=젯밥을 가지고 유혹해낼 수가 있을까의 뜻인 듯. 달리 구겨내는 구지내로 새매의 일종 ◇짠듯=까딱 ◇츄파=추파(秋波). 눈웃음 ◇후려 내여=유혹하여 ◇딥신에 감발흐고=짚신에 감발하고. 감발은 신발이 벗겨지지 않도록 잡아 매는 것 ◇월장도쥬=월장도주(越墻跳走). 담을 뛰어 넘어 도망을 침 ◇화닝잡년석='화닝'은 '하인'의 잘못인 듯. 못된 하인 녀석은 ◇속늬=속 마음 ◇밤사롬=도둑놈 ◇휘날릴 젹에=마구 떠들어 댈 때에 ◇삼쵼 간쟝이=삼촌간장(三寸肝腸)이 ◇츈셜이로구나=춘설(春雪)이로구나. 봄눈 녹 듯 하는구나 ◇춤아 진정=참아 진정이지 ◇가산 뎡쥬=가산(嘉山)과 정주(定州). 평안도에 있는 지명

通釋

이 세상에서 못할 일은 남의 집 님에게 하니 애처럽고 불쌍하고 사정을 하지 못하니 나 죽겠구나.

꽃이라고 뜯어낼 수가 있으며 잎이라고 훑어낼 수가 있으며 가지라고 휘어내며 해동청 보라매라고 젯밥을 가지고 유혹할 수가 있을까. 눈만 껌벅 고개만 까딱 눈웃음 여러 번에 님을 꾀어내어 아닌 밤중에 짚신에 감발하고 담을 뛰어넘어 도망가니 시아비 귀머거리 하인 같은 잡녀석은 남의 심정은 헤아리지도 못하고 아닌 밤중에 밤사람 왔다 하고 마구 떠들어 댈 때에 나의 삼촌 간장이 마치 봄눈 녹

듯 하는구나.

참아 진정이지 가산과 정주가 가로 막힌 것 같아 나 못살겠구나.

42-1

스람마다람 못할 것은 남의 님씌다 情 드려 놋코 말 못ᄒ니 이연ᄒ고 통ᄉ정 못ᄒ니 나 죽깃구나

쏫이라고 씃어를 내며 님히라고 홀터를 ᄂ며 가지라고 썩거를 ᄂ며 히동청 보라미라고 제밥을 가지고 굿여를 낼가 다만 秋波 여러 번에 남의 님을 후려를 내여 집신 간발ᄒ고 안인 밤즁에 월장도쥬ᄒ야 담 넘어갈 졔 싀이비 귀먹쟁이 잡녀석은 남의 속ᄂ는 조금도 모로고 안인 밤즁에 밤ᄉ람 왔다고 소릭를 칠 졔 요 ᄂ 간장이 다 녹는구나

춤으로 네 모양 그리워셔 나 못살겟네. (樂高 918)

님씌다=님에게 ◇이연=애련(哀憐). 애처럽고 불쌍함 ◇통ᄉ정=통사정(通事情). 저의 사정을 남에게 알림 ◇제밥=미상 ◇굿여를 낼가=미상. 유혹해낼까의 뜻인 듯 ◇秋波(추파)=눈짓. 눈웃음 ◇후려를 내여=유혹해 내여 ◇간발=감발. 신발이 벗겨지지 않도록 끈으로 잡아매는 것 ◇속ᄂ는=속사정은. 자세한 내막 ◇안인=아닌 ◇월장도쥬=담을 넘어 도망함 ◇밤ᄉ람=도둑.

通釋

사람마다 못할 것은 남의 님에게 정 들여놓고 애처롭고 불쌍하여 통사정을 못하니 내 죽겠구나.

꽃이라고 뜯어내며 잎이라고 훑어를 내며 가지라고 꺾고를 내며 해동청 보라매라고 제밥을 가지고 유혹을 할 수 있을까. 추파 여러 번에 임자 있는 님을 후려를 내여 짚신에 감발하고 아닌 밤중에 담을 넘어 도망을 할 때 시아비 귀먹장이 잡녀석은 남의 속내는 모르고 아닌 밤중에 밤사람 왔다고 소리를 칠 때 이 내 간장이 다 녹는구나.

참으로 네 모양이 그리워서 나 못살겠다.

43

金樽에 酒滴聲과 玉女의 解裙聲이

兩聲之中에 어늬 소리 더 됴흐니

아마도 月沈三更에 解裙聲이 더 됴왜라. (二數大葉) (樂學 730)

金樽(금준)에 酒滴聲(주적성)과=술통에서 술이 떨어지는 소리와 ◇玉女(옥녀)의 解裙聲(해군성)이=아름다운 여인의 옷 벗는 소리가 ◇兩聲之中(양성지중)에=두 가지 소리 가운데에 ◇月沈三更(월침삼경)에=달이 뜨지 않은 한밤중에 옷 벗는 소리가.

通釋

술통에서 술이 떨어지는 소리와 아름다운 여인의 옷 벗는 소리
이 두 소리 가운데 어느 소리가 더 좋으냐.
아마도 캄캄한 한밤중에 옷 벗는 소리가 더 좋아라.

43-1

금준의 주적셩과 월하 옥녀 탄금셩이
양셩지즁의 어늬 소릐 더 좃트냐
아마도 화촉동방 무월야의 희군셩인가. (詩謠 128)

월하 옥녀 탄금셩이=달빛 아래(月下) 아름다운 여인의(玉女) 가야
금 타는 소리가(彈琴聲) ◇화촉동방 무월야의=불빛이 환한 신방 달
없는 밤에(華燭洞房 無月夜).

通釋

술통의 술 떨어지는 소리와 아름다운 여인의 가야금 타는 소리
이 두 소리 가운데 어느 소리가 더 좋더냐.
아마도 불을 환히 밝힌 신방 달도 뜨지 않은 밤에 옷 벗는 소리인
가.

44
긔여 들고 긔여 나는 집이 픰도 필샤 三色桃花
어른쟈 범나븨야 너는 어늬 넙나는다
우리도 남의 님 거러 두고 넘나러볼가 ᄒ노라.(樂戱調) (樂學 992)

긔여 들고 긔여 나는=기어 들어가고 기어 나오는. 여인의 성기를
은유한 듯 ◇픰도 필샤=피기도 피었구나 ◇어른쟈=얼씨구나 ◇넙나
는다=넘나드느냐.

通釋

기어 들어가고 기어 나오는 집에 피기도 피었구나. 세 가지 색의 복숭아꽃이
얼씨구나. 범나비야 너는 왜 넘나드느냐
우리도 임자 있는 님과 약속을 하고 넘나들까 하노라.

45
金化ㅣ 金城 슈슛대 半 단만 어더 죠고만 말마치 움을 뭇고
죠쥭 니쥭 白楊箸로 지거 자내 자소 나는 매 서로 勸홀만졍
一生에 離別 뉘를 모로미 긔 願인가 ᄒ노라. (蔓橫淸類)
(珍靑 466)

金化ㅣ 金城(김화김성)=강원도에 있는 지명 ◇슈슛대=수수의 줄기
◇말마치=말만치. 말[斗]만큼 작은 ◇움을 뭇고=움집을 짓고 ◇죠
쥭 니쥭=좁쌀죽과 입쌀죽 ◇白楊箸(백양저)로=백양나무로 만든 젓가
락으로 ◇지거=집어. 또는 찍어 ◇자소=자시오 ◇매=싫으이. 매는
'마이'의 축약한 형태 ◇뉘를=때를 ◇모로미=모르는 것이.

通釋

김화와 김성 수숫대를 반 단만 얻어 조그만 말만큼의 움을 묻고
조죽과 입쌀죽을 백양나무 젓가락으로 집어 "자네 자시오, 나는 싫
으이." 서로 권할망정
일생에 이별할 때를 모르는 것이 그것이 소원인가 하노라.

46

기름의 지진 쑬약과도 아니 먹는 날을

닝수의 살믄 돌만두를 먹으랴 지근 絶代佳人도 아니 허는 날을 閣

氏님이 허라고 지근지근

아모리 지근지근흔들 품어 잘 줄 이스랴. (樂戲調) (樂學 996)

쑬약과도=꿀을 발라 만든 약과도 ◇돌만두를=돌처럼 딱딱한 만두

를. 돌만두는 만두소를 넣지 않고 쌀가루나 밀가루만 뭉쳐 만든 만두

◇지근=지근덕 지근덕 ◇絶代佳人(절대가인)도=아주 뛰어나게 아름

다운 여인도 ◇아니 허는 날을=관계를 맺지 아니하는 나를 ◇허라고

=관계를 맺자고 ◇품어 잘 줄=품에 안고 잘 까닭이.

通釋

기름에 튀긴 꿀약과도 아니 먹는 나에게

냉수에 삶은 돌만두를 먹으라고 지근덕 뛰어나게 아름다운 여인과도

관계를 아니 하는 나에게 각시님이 관계를 갖자고 지근덕지근덕

아무리 지근덕지근덕 한들 품고 잘 까닭이 있겠느냐.

47

길가의 쏫치 퓌니 저마다 님재로다

三春에 닐 오던들 내 몬져 것글 거슬

두어라 路柳墻花ㅣ니 恨흘 줄이 잇스랴. (二數大葉) (靑가 229)

趙載浩

님재로다=임자로구나. 모든 남자들이 내 것이라고 모여드는구나

◇三春(삼춘)에 닐 오던들=봄에 일찍 피었던들.

通釋

길가에 꽃이 피니 저마다 임자로구나
봄에 일찍 피었던들 내가 먼저 꺾을 것을
두어라 길가 버드나무와 담장의 꽃이니 신세 한탄할 까닭이 있느
냐.

48
吉州 明川 가는 베 쟝〵야 닭 운다고 길 가지 마라
그 달기 졍달기 아니요 孟嘗君의 人달기지
우리도 그런줄 알기로 싀거든 가즈우. (時調 歌詞 22)

吉州 明川(길주 명천)=지명. 함경도에 있음 ◇베 쟝〵야=삼베를
파는 장사꾼아 ◇졍달기=진짜 닭이 ◇孟嘗君(맹상군)의 人(인)달기지
=맹상군의 식객이 가짜로 울었던 사람 닭이지. 맹상군은 전국시대
제(齊)나라 사람으로 식객을 3000명이나 거느렸음 ◇싀거든=날이 밝
거든 ◇가즈우=가자꾸나.

通釋

길주 명천으로 가는 베 장사야 닭이 운다고 나서서 가지 마라.
그 닭이 진짜 닭이 아니라 맹상군의 식객이 가짜로 운 닭이다.
우리도 그런 줄을 알기 때문에 날이 새거든 가잤구나.

49

썩고 썩즈 벼른 곳츨 긔약 업시 썩거 들고
쵹ᄒ의 ᄉ랑ᄒ니 다정헌 말리로다
아마도 공드려 썩근 곳시 의ᄉ 만어. (風雅 92)

　李世輔

썩고 썩즈 벼른=꺾고자 마음먹은　◇긔약 업시=약속이나 기한을
정하지 아니하고　◇쵹ᄒ의=촛불 아래에(燭下)　◇다정헌 말리로다=다
정다감한 말이로구나　◇의ᄉ 만어=생각(意思)이 많아.

通釋

꺾자고 벼른 꽃을 아무런 약속 없이 꺾어 들고
촛불 아래에 사랑하니 다정다감한 말이로구나.
아마도 공들여 꺾은 꽃이라 생각이 많은가.

50

곳 갓튼 얼골이요 달 것튼 틱도로다
精神은 秋水여늘 性情은 春風이라
두어라 月態花容은 너을 본가 ᄒ노라.(金玉 75)

　安玟英

精神(정신)은 秋水(추수)여늘=정신은 가을철의 물처럼 맑음을　◇性
情(성정)은 春風(춘풍)이라=성정은 봄바람처럼 부드럽다　◇月態花容
(월태화용)은=달과 같은 맵시와 아름다운 얼굴은　◇너을 본가=너를

보았는가.

通釋

꽃처럼 아름다운 얼굴이요 달처럼 맵시 있는 태도로다
정신은 가을철 물처럼 맑거늘 성정은 봄바람처럼 부드럽다
두어라 달 같은 맵시와 꽃 같은 얼굴은 너를 보았는가 한다.

<金玉叢部>에

"咸陽妓蓮花 花容月態 聲動嶺南矣 余在南原 往雲峰衙中相見 而可
憎雲倅先着鞭"

"한양기연화 화용월태 성동영남의 여재남원 왕운봉아중상견 이가
증운쉬선착편: 함양의 기생 연화의 꽃 같은 얼굴과 달 같은 태도는
영남에 소문이 나 있었다. 내가 남원에 있을 때 운봉의 관아에서 서
로 만나보았으나 가증스럽게도 운봉의 원이 먼저 차지하였더라."라고
하였음.

51
쏫 갓치 고은 任을 열믹 갓치 민져 두고
柯枝 柯枝 버든 情을 魂魄인들 이즐소냐
힝여나 모진 狂風에 落葉 될가. (樂高 449)

민져 두고=맺어두고 ◇모진 狂風(공풍)에=사나운 회오리바람에.

通釋

꽃 같은 고운님을 열매 같이 맺어두고
가지가지마다 뻗은 정을 혼백인들 잊을쏘냐.
행여나 사나운 회오리바람에 낙엽이 될까.

52
솟 것거 손의 쥐고 남 보며 半만 웃네
저 보고 꼿흘 보니 꼿치런가 제런가
至今에 그 쌔 일 싱각ᄒ면 밋쳐던가 ᄒ노라. (金剛永言錄 32)
　金履翼

제런가＝저이던가 ◇밋쳐던가＝미쳤던가.

通釋

꽃 꺾어 손에 쥐고 다른 사람을 보며 반만 웃는구나.
저보고 꽃을 보니 꽃인지 저인지
지금에 그 때의 일을 생각하면 미쳤던가 하노라.

53
솟 걱거 손의 쥐고 님의 자최 ᄎᄌ 가니
앗츰의 곱던 樣子 夕陽의 니을거다
그 곳의 花柳客 업스니 그을 슬어 ᄒ노라.(樂府(羅孫本) 589)

樣子(양자)＝ ‘양자’(樣姿)의 잘못인 듯. 모습 ◇니을거다＝시들었구
나 ◇花柳客(화류객)＝풍류를 아는 사람 ◇그을 슬어＝그를 슬어.

꽃을 꺾어 손에 쥐고 님의 자취 찾아 가니
아침에는 곱던 모습이 저녁에는 시들었구나.
그곳에 풍류를 아는 사람이 없느니 그것을 슬퍼하노라.

54
숏 두고 숏츨 보니 탐화광접 늬 아닌가
십오춘광 즈네 연분 화당우락 한 가지라
아마도 숏도 예 보든 숏시 챰 숏신가. (風雅 418)
　李世輔

탐화광접=탐화광접(貪花狂蝶). 정신없이 꽃을 탐내는 나비 ◇십오
춘광=십오춘광(十五春光). 열다섯의 나이 ◇화당우락=화당우락(花當
憂樂). 꽃을 보고 걱정하고 즐거워하는 것 ◇예 보든=예전에 보든 ◇
챰 숏신가=진정으로 아름다운 꽃인가.

　通釋

　꽃을 두고도 또 꽃을 보니 정신없이 꽃을 탐내는 나비가 바로 나
아니겠는가.
　열다섯 살 자네와의 연분은 꽃을 보면서 즐거워하고 걱정하는 것
이 마찬가지라
　아마도 꽃도 옛날에 보던 꽃이 진정으로 아름다운 꽃인가.

55

솟 보고 츔츄는 나뷔와 나뷔 보고 방긋 웃는 솟치
져 思郞ᄒ기는 造化翁의 일이로다
우리의 思郞ᄒ기도 져 나뷔 져 솟 갓도다.(二數大葉) (靑가 285)

 金壽長

造化翁(조화옹)의=조물주(造物主)의.

通釋

꽃을 보고 좋아서 춤을 추는 나비와 나비를 보고 방긋 웃는 꽃이
각기 저를 사랑함은 조물주의 조화로다
우리가 서로 사랑하는 것도 저 나비와 꽃과 같구나.

55-1

곳보고 춤추는 나뷔와 나뷔 보고 당싯 웃는 곳과
져 둘의 思郞은 節節이 오건마는
엇더타 우리의 思郞은 가고 아니 오ᄂ니. (二數大葉) (樂學 784)

節節(절절)이=계절마다. 제철이 되면.

通釋

꽃보고 춤추는 나비와 나비보고 방긋 웃는 꽃과

저들 둘의 사랑은 제철이 되면 오지마는
어쩌다 우리의 사랑은 한 번 가고 다시는 오지 않느니.

56
솟 속에 잠든 나뷔야 네 平生을 무러 보자
네가 莊周의 前生이냐 莊周가 너의 前生이냐
우리가 莊周 되고 莊周가 우리 되니 分明이 몰나.(樂高 966)

莊周(장주)의=장주지몽(莊周之夢)을 가리킴. 옛날 중국의 장주가 꿈
에 나비가 되었다가 깬 뒤에, 장주가 나비가 되었는가, 나비가 장주
가 되었는가를 분간하지 못했다는 고사에서, 나와 외물(外物)은 원래
하나라는 이치를 일컫는 말.

通釋

꽃 속에 잠든 나비야 네 평생을 물어보자
네가 장주의 전생이냐 장주가 너의 전생이냐
우리가 장주가 되고 장주가 우리가 되니 분명히 몰라.

57
솟아 고온체 ᄒ고 오는 나뷔 피치 마라
嚴冬雪寒이면 뷘 柯枝 뿐이로다
우리도 貪花 蜂蝶이니 놀고 간들 엇더리. (永言類抄 191)

피치 마라=피하지 마라. 거절하지 마라 ◇嚴冬雪寒(엄동설한)이면=

추운 겨울이면 ◇貪花 蜂蝶(탐화봉접)이니=꽃을 탐내는 벌과 나비니.

通釋

꽃아 예쁜 체하고 찾아오는 나비를 막지 마라
추운 겨울이면 꽃은커녕 잎도 떨어진 앙상한 가지뿐이다
우리도 꽃을 탐내는 벌과 나비니 놀고 간들 어떻겠느냐.

58
솟아 무러 보자 너는 어이 아니 피노
梨花 桃花 다 날리고 綠陰芳草 爛熳한데
우리는 情든 님 기다려 留花不發. (待情郎) (樂高 976)

다 날리고=꽃이 다 떨어지고 ◇留花不發(유화불발)=꽃봉오리가 맺혀있으면서도 활짝 피지를 않음 ◇待情郎(대정랑)=사랑하는 남자를 기다림.

通釋

꽃아 물어보자 너는 왜 피지를 아니하느냐
배꽃 복숭아꽃이 다 지고 녹음과 성성한 풀들이 한창인데
우리는 정든 님을 기다려 봉우리만 맺혀있으면서 꽃은 피우지 아니하네.

59
솟 업는 호접 업고 호접 업는 솟시 업다

호접의 청츈이요 청츈의 호접이라

아마도 무궁츈정은 탐화봉접인가. (風雅 363)

　李世輔

호접=호접(蝴蝶). 나비 ◇무궁츈정은=무궁춘정(無窮春情)은. 계속해서 일어나는 정욕(情欲)은 ◇탐화봉접인가=탐화봉접(貪花蜂蝶)인가. 꽃을 탐내는 벌과 나비인가.

通釋

꽃이 없는 나비 없고 나비 없는 꽃이 없다

나비의 젊음이요 젊음의 나비로다

아마도 계속 일어나는 정욕은 꽃을 탐내는 벌과 나비인가.

60

곳치 곱다히도 단계 아미 곳치로다

썩고 쏘 썩그면 못 썩그리 업건마는

지금의 제 아니 썩고셔 곳더러만. (風雅 350)

　李世輔

단계 아미=‘아미’는 ‘아리’의 잘못인 듯. 뜰아래(壇階) ◇썩그리=꺾지 못할 까닭이. 또는 사람이.

通釋

꽃이 곱다고 하더라도 계단 아래 꽃이로다.
꺾고 또 꺾으면 못 꺾을 까닭이 없지마는
지금에 제가 꺾지 아니하고서 꽃더러만.

61
솟치면 다 고으랴 無香이면 솟 아니요
벗이면 다 벗지랴 無情이면 벗 아니라
아마도 有香 無情키는 님 쑌인가. (歌謠(東洋文庫本) 49)

有香 無情(유향무정)키는＝향기는 있으나 정이 없기는.

通釋

꽃이면 다 곱겠느냐 향기가 없으면 꽃이 아니요
벗이면 다 벗이겠느냐 정이 없으면 벗이 아니라
아마도 향기는 있으나 정이 없기는 님 뿐인가.

 62
솟치 호접을 몰나도 그 호접이 쓸듸 업고
호접이 솟츨 몰나도 그 솟치 쓸데 업다
허물며 스람이야 다 일너 무샴. (風雅 88)
　李世輔

호접을＝호접(蝴蝶)을. 나비를 ◇일너 무샴＝말하여 무엇.

꽃이 나비를 몰라주면 그 나비가 쓸 데가 없고
나비가 꽃을 몰라주어도 그 꽃이 쓸 데가 없다
하물며 사람이야 다 말하여 무엇.

63
나는 나븨 되고 주네는 곳이 되야
三春이 지나도록 떠나 수지 마쟈트니
어듸 가 뉘 거즌말 듯고 이제 잇쟈 ᄒᆞᄂᆞᆫ고. (界面調) (東國 308)

떠나 수지 마쟈트니=떨어져 살지 말자고 하였더니 ◇이제 잇쟈 ᄒᆞ
ᄂᆞᆫ고=이제 잊자고 하는고.

通釋

나는 나비가 되고 자네는 꽃이 되어
봄이 다 지나도록 떨어져 살지 말자고 하더니
어디 가 누구의 거짓말을 듣고 이제 잊자고 하는고.

64
나는 님 혜기를 嚴冬雪寒에 孟嘗君의 狐白裘 굿고
님은 날 너기기를 三角山 中興寺에 이 쌔진 늘근 즁놈에 살성권
어리이시로다
짝ᄉᆞ랑의 즐김ᄒᆞ는 뜻을 하늘이 아르셔 돌려 ᄒᆞ게 ᄒᆞ쇼셔.
(蔓橫淸類) (珍靑 540)

혜기를=생각하기를 ◇嚴冬雪寒(엄동설한)에=눈까지 나려 한결 차가운 겨울에 ◇孟嘗君(맹상군)의 狐白裘(호백구) 굿고=맹상군의 보물인 여우 겨드랑이 털로 만들었다는 갓옷처럼 생각하고. 맹상군은 전국시대 제(齊)나라 사람으로 여우 겨드랑이의 흰 털로 만들었다는 보물의 하나인 갓옷처럼 생각함 ◇너기기를=여기기를 ◇三角山 中興寺(삼각산중흥사)=삼각산의 중흥사. 중흥사는 중흥사(重興寺)의 잘못. 삼각산은 서울의 진산(鎭山)으로 서울 서북쪽에 있음 ◇살성긘 어리이시로다=빗살이 엉성한 얼레빗이로다 ◇짝ᄉ랑의 즐김ᄒᆞ는 뜻을=‘짝ᄉ랑의 즐김’은 ‘짝ᄉ랑 외즐김’의 잘못임. 짝사랑의 혼자 즐거워하는 뜻을 ◇돌려 ᄒᆞ게=반대로 나를 사랑하게.

通釋

나는 님을 생각하기를 추운 겨울에 맹상군의 갓옷을 믿듯

님을 날 여기기를 삼각산 중흥사의 이가 빠진 늙은 중놈의 살이 엉성한 얼레빗이로다.

짝사랑 혼자 즐기는 뜻을 하늘이 아셔서 다시 사랑하게 하소서.

65

나는 마다 나는 마다 高臺廣室 나는 마다

奴婢田宅 大緞長옷 緋緞치마 紫芝香織 져고리 蜜花珠 겻칼 쏜머리 石雄黃 올오다 쓰러 숨자리로다

나의 願ᄒᆞ는 바는 키 크고 얼골 곱고 글 잘ᄒᆞ고 말 잘ᄒᆞ고 노래 용코 춤 잘추고 활 잘쏘고 바돌 두고 품자리 더옥 알드리 잘ᄒᆞ는 白

馬金鞭의 風流郎인가 하노라. (蔓橫淸) (槿樂 357)

마다=싫다 ◇高臺廣室(고대광실)=굉장히 크고 좋은 집 ◇奴婢田宅(노비전택)=종과 전답과 집. 많은 재산 ◇大緞長(대단장)옷=대단으로 만든 장옷. 장옷은 여인들이 나들이 할 때 얼굴을 가리기 위해 쓰는 옷 ◇紫芝鄕職(자지향직)=자줏빛의 명주 ◇蜜花珠(밀화주) 겻칼=밀화주로 칼자루를 만든 장도(粧刀). 밀화주는 보석의 하나임 ◇쏜머리=머리카락의 숱이 많아 보이게 하기 위해 덧대어서 얹는 머리털. 가발의 일종 ◇石雄黃(석웅황)=염료로 쓰이는 광물. 여기서는 그것으로 물들인 색이 고운 댕기인 듯 ◇올오다=오로지. 모두 다 ◇쓰러=한꺼번에 ◇꿈자리로다=같이 하는 잠자리가 제일이다 ◇노래 용코=노래 잘하고 ◇품자리 더욱 알드리 잘ᄒᆞᆫᆫ=잠자리를 더욱 알뜰하게 잘하는 ◇白馬金鞭(백마금편)의 風流郎(풍류랑)인가=호화스런 치장의 멋을 아는 남자인가.

通釋

나는 싫다. 나는 싫다. 고대광실 나는 싫다.

남녀종에 전지와 집 대단 장옷, 비단치마 자주빛 명주 저고리 밀화주 박은 은장도 딴머리 석웅황으로 물들인 댕기 모두가 다 꿈자리처럼 허황하다.

내가 원하는 바는 키 크고 얼굴 곱고 글 잘하고 말 잘하고 노래 잘 부르고 춤 잘 추고 활 잘 쏘고 바둑을 둘 줄 알고 거기에 잠자리를 더욱 알뜰하게 잘하는 호사스런 치장을 한 멋을 아는 사람인가 하노라.

66

나난 마다 나는 마다 錦衣玉食 나는 마다

죽어 棺에 들 지 錦衣를 입으련이 子孫의 祭바들 지 玉食을 먹으려니 죽은 後 못홀 일은 粉壁紗窓 月三更의 고은 님 드리고 晝夜同寢 호기로다

죽은 後 못홀 일이니 사라 아니 호고 뉘읏츨가 호노라.

(樂學 1034)

錦衣玉食(금의옥식)=비단 옷과 좋은 음식 ◇棺(관)에 들 지=죽어 관에 들어갈 때 ◇粉壁紗窓 月三更(분벽사창월삼경)의=분처럼 깨끗하게 칠한 벽과 깁으로 가린 창이 있는 방의 한밤중에. 분벽사창은 여인이 거처하는 방을 가리킴 ◇晝夜同寢(주야동침)=밤낮 없이 같이 누워 지냄 ◇사라=살아서 ◇뉘읏츨가=후회할까.

通釋

나는 싫다. 나는 싫다. 비단 옷에 기름진 음식 나는 싫다.

죽어서 관에 들어갈 때 비단 옷을 입으려니 자손의 제사를 받아먹을 때 기름진 음식을 먹으려니 죽은 뒤에 할 수 없는 일은 환하고 깨끗하게 꾸민 방 한밤중에 고은 님 데리고 밤낮 없이 같이 잠자는 것이로다.

죽은 다음에 못할 일이니 살았을 때 아니하고 후회할까 하노라.

67

나는 곳 보고 말ᄒ고 곳츤 날 보고 당긋 웃네
웃고 말ᄒ는 즁의 나와 곳치 갓츠웨라
아마도 탐화 광졉은 나 쑨인가. (風雅 89)

李世輔

당긋 웃네=방긋 웃네 ◇웃고 말ᄒ는 즁의=서로 웃고 말하는 가
운데 ◇갓츠웨라=가깝구나 ◇탐화 광졉은=꽃을 탐내는데(貪花) 정신
을 잃은 나비는(狂蝶).

通釋

나는 꽃 보고 말하고 꽃은 날 보고 방긋 웃네.
서로 웃고 말하는 가운데 나와 꽃이 가깝구나.
아마도 꽃을 탐내는데 정신을 잃은 나비는 나뿐인가.

68
나는 指南石이런가 閣氏네들은 날반을인지
안ᄌ도 붓고 셔도 쓰르고 누워도 붓고 솝쎠도 쓰라와 안이 쎠러진
다
琴瑟이 不調ᄒ 分네들은 指南石 날반을을 달혀 日再服 하시소. (二
數大葉) (海周 564)

金壽長

指南石(지남석)이런가=자석(磁石)이던가 ◇날반을인지=날바늘인가.
날바늘은 실을 꾀지 않은 바늘 ◇솝쎠도=솟구쳐 올라도 ◇안이=아

니 ◇琴瑟(금슬)이 不調(부조)흔 分(분)네들은=부부간에 사이가 조화롭지 못한 분들은 ◇달혀=끓여서 ◇日再服(일재복)=하루에 두 번 달여 먹음.

通釋

나는 지남석이던가, 각시네들은 날바늘인지

앉아도 따라와 붙고 서 있어도 따르고 누워있어도 붙고 솟구쳐도 따라와 아니 떨어진다.

부부간에 금슬이 좋지 아니한 분들은 지남석에 붙는 날바늘을 달여 하루 두 번 복용하시오.

69
나도 검거니와 져 님아 너도 검다

미온 지 되게 먹여 漢江 마젼 보내리라

그려도 희지 아니커든 한 대 누어 보리라. (二數大葉) (樂서 372)

미온 지=매운 재. 잿물 ◇되게=강하게 ◇마젼=피륙을 표백하는 것 ◇한 대=한 곳에.

通釋

나도 속이 검지마는 저 님아 너도 검다

잿물을 세게 먹여 한강에 마전을 보내리라

그래도 희어지지 아니하면 한 곳에 누워 보리라.

70

나도 이럴만정 武陵桃花 蝴蝶으로

狂風 훗붓치여 갈 듸 달라 안저시나

박쏘치 梅花ㄴ 체 흔들 안즐니 이시랴. (樂高 294)

武陵桃花(무릉도화) 蝴蝶(호접)으로=무릉도원에서 노닐던 벌과 나비로 ◇狂風(광풍) 훗붓치여=회오리바람에 흩날리어 ◇갈 듸 달라=갈 곳이 달라. 잘못하여 ◇박쏘치=박꽃이 ◇안즐니=앉을 까닭이.

通釋

나도 이럴망정 무릉도원에서 놀던 벌과 나비로

회오리바람에 흩날려서 잘못 와서 앉았으나

박꽃이 매화인체 한들 앉을 까닭이 있겠느냐.

71

나도 이럴만정 玉階에 蘭草ㅣ로다

돌에도 감겨보고 늠게도 감겨 보왓세라

閣氏님 ᄀ는 허리에 감겨 볼가 ᄒ노라.(二數大葉) (靑가 442)

玉階(옥계)에=훌륭하게 지은 집 계단의 ◇늠게도=나무에도.

通釋

나도 이렇지마는 잘 지은 집 뜰의 난초와 같도다.

돌에도 감겨보고 나무에도 감겨 보았도다.

각시님의 가느다란 허리에 감겨 볼까 하노라.

72
나도 이럴망정 玉階 蘭草ㅣ러니
秋霜에 病이 드러 落葉에 뭇쳐셰라
어닉제 東風을 만나 다시 筍나 보려뇨. (樂高 409)

秋霜(추상)에 病(병)이 드러=가을철 서리에 병이 들어 ◇어닉제=
어느 때에 ◇東風(동풍)을=봄바람을. 봄철을 ◇筍(순)나 보려뇨=새
순이 돋아나 보겠느냐. 싹이나 보겠느냐.

通釋

나도 이렇지마는 잘 지은 집 뜰의 난초와 같도다.
가을철 서리에 병이 들어 낙엽 속에 무쳤구나.
어느 때에 봄바람을 만나 다시 싹이 돋아나 보겠느냐.

73
나도 이럴망정 玉盆에 梅花로셔
ㅂ람비 눈서리는 마즐대로 마즐만정
박젹이 나뷘체 흔들 안칠 주리 이시랴. (樂高 312)

玉盆(옥분)에=좋은 화분에 ◇마즐대로 마즐만정=맞을 대로 맞을
망정 ◇박젹이 나뷘체 흔들=박쥐가 나비인체 한들 ◇안칠 주리 이
시랴=앉게 할 까닭이 있겠느냐.

나도 이렇지마는 좋은 화분에 심겨져 있는 매화로다
비바람 눈서리를 아무리 맞을 대로 맞을망정
박쥐가 나비인체 한들 앉게 할 까닭이 있겠느냐.

74
나릐 도쳐 鶴 되여 나라 가셔 보고지고
정체 업슨 구름 되여 오며가며 보고지고
靑天의 明月 되어 夜夜相從 ᄒ리라. (樂府(羅孫本) 340)

나릐 도쳐=날개가 돋아나 ◇정체 업슨=정처(定處)가 없는 ◇夜
夜相從(야야상종)=밤마다 서로 따라다녀.

通釋

날개가 돋아나 학이 되어 날아가서 보고 싶구나
정해 놓은 곳이 없는 구름 되어 오면서 가면서 보고 싶구나
푸른 하늘의 밝은 달이 되어 밤마다 서로 따라다니리라.

75
나비가 고즐 일코 일리 져리 단이다가
벗나비 볼야고 옥사정으로 나려가니
그 곳에 힝화 져 쓰여기로 길을 몰나. (편) (詩謠 73)

고즐 일코=꽃을 잃어버리고   ◇벗나비 볼야고=친구인 나비를 보려고. 또는 범나비   ◇옥사정으로=옥사정(玉沙汀)으로. 옥처럼 하얗고 깨끗한 모래톱으로. 여성의 성기를 은유함   ◇힝화 져 싸여긔로=행화(杏花)가 떨어져 쌓였기에.

通釋

나비가 꽃을 잃어버리고 이리저리 다니다가
범나비 찾으려고 깨끗한 모래톱으로 내려가니
그 곳에 살구꽃이 떨어져 쌓였기에 길을 몰라.

76
나뷔면 다 나뷔며 곳치면 다 곳치랴
나뷔는 범나뷔요 곳츤 화즁왕이라
아마도 곳과 나뷔는 이 읏듬인가. (風雅 366)
　李世輔

화즁왕이라=화중왕(花中王)이다. 화중왕은 모란을 가리킴.

通釋

나비면 다 나비고 꽃이면 다 꽃이랴
나비는 범나비가 제일이고 꽃은 모란꽃이 으뜸이라
아마도 꽃과 나비는 모란과 범나비가 제일인가.

77

나뷔 모를 곳시 업고 곳 모를 나뷔 업다
틱도 잇난 고은 곳헤 풍치 됴흔 범나뷔라
아마도 곳 본 나뷔요 물 본 기력인가. (風雅 90)

　李世輔

틱도 잇난=맵시가 있는　◇풍치 됴흔=풍신이 좋은.

通釋

나비를 모를 꽃이 없고 꽃을 모를 나비가 없다
맵시 나는 고은 꽃에 풍신 좋은 범나비라
아마도 꽃을 본 나비요 물을 본 기러기인가.

78

나뷔야 靑山에 가쟈 범나뷔 너도 가쟈
가다가 저무러든 곳듸 드러 자고 가쟈
곳에셔 푸對接ᄒ거든 닙혜셔나 즈고 가쟈.(界二數大葉) (六靑 419)

저무러든 곳듸 드러=저물거든 꽃에 머물러서　◇닙혜셔나=잎에서
나.

通釋

나비야 청산에 가자 범나비 너도 가자

가다가 날이 저물면 꽃에 머물러 자고 가자
꽃에서 푸대접하거든 잎에서나 자고 가자.

79
羅州 長城 긴 대 뷔여 靑樓 밋게 쥴을 매여
여희쥬로 밋기 ᄒᆞ여 낙글니라 져 花容을
제 쓴시 내 情만 못ᄒᆞ니 올지 말지. (樂府(羅孫本) 577)

羅州, 長城(나주장성)=전라남도에 있는 지명 ◇靑樓(청루) 밋게=
기생이 있는 술집에 이르게 ◇여희쥬로 밋기 ᄒᆞ여=여의주(如意珠)로
미끼를 삼아 ◇花容(화용)을=아름다운 얼굴을. 여인을.

通釋

나주와 장성에서 나는 긴 대를 베어 청루에 이르게 줄을 매어
여의주로 미끼를 삼아 낚으리라 저 여인을
제 뜻이 나의 정만 못하여 올지 말지.

80
南山에 눈 늘니 양은 白松鶻이 쥭지 씌고 당도는 듯
漢江에 빗쓴 양은 江山 두루미 고기 물고 넘ᄂᆞᆫ 듯
우리도 남의 님 거러두고 넘ᄂᆞ러 볼가 ᄒᆞ노라.
(樂戲調) (甁歌 1024)

쥭지 씌고 당도는 듯=날갯죽지를 끼고 한 바퀴 도는 듯 ◇江山

(강산)='江城'(강성)으로 표기된 가집도 있음. '江上'(강상)의 잘못인
듯 ◇넘ᄂᆞᆫ 듯=넘나들며 노는 듯. 새가 위아래로 나는 듯 ◇남의
님 거러두고 넘ᄂᆞ러=임자가 있는 님과 약속을 하고 넘나들며 놀아.

通釋

남산에 눈 날리는 모양은 마치 백송골이 날개 죽지를 끼고 빙빙
도는 듯

한강에 배가 뜬 모양은 강 위에 두루미가 고기를 물고 넘나들며
노는 듯

우리도 임자 있는 님과 약속해 두고 넘나들며 놀아볼까 하노라.

81
남의 임 거러두고 속 몰나 쓴는 이와
정든 임 이별ᄒᆞ고 보고십퍼 그린 이를
아마도 분슈ᄒᆞ면 그런 이가 나으련이. (風雅 139)
  李世輔

거러두고=약속해 두고 ◇속 몰라 쓴는 이와=속 마음을 몰라 헤아
리기 힘든 심정과 ◇분슈ᄒᆞ면=이별하면(分手).

通釋

임자 있는 님과 약속을 해두고 그의 마음을 몰라 애쓰는 마음과
정든 님과 이별하고 보고 싶어 그리워하는 마음을

아마도 이별해보면 그런 마음이 더 나으려니.

82

늠이 날 니르기를 貞節 업다 ᄒ건만은
내 타시 아니라 님자 업슨 타시로다
아무나 내 님 되어서 사라 보면 알니라.(艶情) (槿樂 228)

늠이 날 니르기를=다른 사람들이 나에 대한 말들을 하기를　◇貞
節(정절)=여자의 곧은 절개　◇내 타시=나의 탓이.

通釋

다른 사람들이 나에 말들 하기를 정절 없다 하지마는
내 탓이 아니라 임자가 없는 탓이로다.
아무나 나의 님이 되어서 나와 살아보면 알 것이로다.

83

내 가슴은 들츙 腹板 되고 님의 가슴 樺榴 등 되야
因緣 진 부레풀노 時運지게 붓쳣신이
암으리 석 쓸 長마ᄂᆞᆫ들 썰어질쑬 이시랴. (三數大葉) (海一 502)

들츙 腹板(복판)=들츙은 '두츙'(杜沖)의 잘못인 듯. 두츙은 재질이
단단한 목재. 두츙의 뱃바닥　◇樺榴(화류) 등=화류는 목재의 하나. 화
류의 등(背)　◇因緣(인연) 진 부레풀노=인연으로 맺어진 부레풀로.
부레풀은 민어의 부레를 끓여서 만든 풀로 접착력이 강함　◇時運(시

운)지게 붓쳣신이=때의 운수에 알맞게 붙였으니   ◇암으리=아무리.

通釋

내 가슴은 두충나무의 뱃바닥이 되고 님의 가슴은 화류나무의 등
이 되어
인연으로 맺어진 부레풀로 때의 운수에 맞게 단단하게 붙였으니
아무리 석 달간의 장마인들 떨어질 까닭이 있겠느냐.

84
내 눈에 드는 님이 此房中에 잇건마는
노리라 부러니며 解琴이라 켜닐쇼냐
日後란 蓮花臺上에 놀라볼가 ᄒ노라. (源一 702)
　　扈錫均

내 눈에 드는 님이=내 마음에 드는 님이   ◇此房中(차방중)에=이
방안에   ◇부러니며=불러내며   ◇解琴(해금)이라 켜닐쇼냐=‘해금’(奚
琴)의 잘못. 해금이라고 켤 수가 있느냐   ◇日後(일후)란=이날 이후
에는   ◇蓮花臺上(연화대상)에=연화대 위에서. 연화대는 극락세계에
있다고 하는 대(臺)나 여기서는 둘이 즐길 수 있는 곳으로 방안을 말
하는 듯   ◇놀라볼가=놀아볼까.

通釋

내 마음에 드는 님이 이 방안에 있지마는

노래라고 불러낼 수가 있으며 해금이라고 켤 수가 있겠느냐

이날 이후에는 연화대 위에서 놀아볼까 하노라.

85

내 쇼실랑 일허볼 연지가 오늘날조차 춘 三年이오러니

輾轉틔틔 聞傳ㅎ이 閣氏네 房구석의 셔 잇드라 ㅎ데

柯枝란 다 씻쳐쓸찔아도 즈르 드릴 굼엉이나 보애게.

(樂時調) (海一 561)

쇼실랑=쇠스랑. 땅을 파거나 흙을 고르는 농기구의 하나로 발이
세 개가 달렸음 ◇일허볼 연지가=잃어버린 지가 ◇오늘날조차=오늘
날까지 ◇춘=꼭 찬. 만(滿) ◇輾轉(전전)틔틔='전전'은 '전전'(轉傳)의
잘못. 여러 차례 거쳐 전해온 끝에 ◇聞傳(문전)ㅎ이=전해 들으니 ◇
씻쳐쓸찔아도=찢어졌을지라도 ◇즈르 드릴 굼엉이나=자루를 들이밀
구멍이나. 자루는 남성의, 구멍은 여성의 성기를 은유함 ◇보애게=보
내게. 남기게.

通釋

내 쇠스랑을 잃어버린 지가 오늘까지 꼭 찬 삼년이 되었더니

　여러 차례 거쳐온 끝에 전해 들으니 각시네 방구석이 서 있다고
하더라.

　가지는 다 찢어졌을지라도 자루를 들이밀 구멍이나 남기게.

86

내 얼굴 검고 얽끼 본시 안이 검고 얽에

江南國 大宛國으로 열두 바다 것너오신 쟉은 손님 큰 손님에 쁠이
紅疫 쏘약이 後덧침에 自然이 검고 얽에

글언아 閣氏네 房구석의 怪石 삼아 두고 보옵쏘.

(編樂時調) (海一 570)

얼굴=여기서는 남성의 성기를 은유함 ◇검고 얽끼=검은 빛을 띠
고 얽은 것이 ◇본시 아니=본래가 아니(本是) ◇江南國(강남국)=강남
은 중국 양자강 이남 지역을 가리키는 말로 여기서는 멀리 있는 나
라라는 뜻으로 쓰였음 ◇大宛國(대완국)=예전 중국 서쪽에 있던 나라
◇열두 바다=열둘이나 되는 바다. 멀다는 뜻으로 쓰임 ◇쟉은 손님=
홍역(紅疫) ◇큰 손님=손님마마. 천연두(天然痘) ◇쁠이=종기(腫氣)
◇쏘약이=두드러기나 땀띠 ◇後(후)덧침에=후탈. 후더침 ◇글언아=
그러나 ◇怪石(괴석) 삼아 두고 보옵쏘=괴상하게 생긴 돌처럼 두고
보십시오. 괴석은 남성의 성기를 은유함.

通釋

내 얼굴이 검고 얽은 것이 처음부터 아니 검고 얽었네.

강남국 대완국으로부터 열두 바다를 건너오신 작은 손님 큰 손님
에다 홍역 종기 또약이 후더침 때문에 자연이 검고 얽었네.

그러나 각시네 방구석에 괴석삼아 두고 보십시오.

86-1

내 얼굴 검고 얽기 本是 아니 얽고 검의

江南國 大宛國으로 열두 바다 건너오신 쟈근 손님 큰 손님에 쓰리

紅疫 唐쪼야기 後덧침의 흰시로 아닌 탓시로다

그러나 閣氏님 房구석에 怪石 삼아 두시오. (慶大時調集 314)

흰시로 아닌 탓시로다=쾌차하지 않은 탓이다.

通釋

내 얼굴이 검고 얽은 것이 본래부터 아니 얽고 검네.

강남국 대완국으로부터 열두 바다를 건너오신 작은 손님 큰 손님
에 종기 홍역 중국에서 온 또약이 후더침에 쾌차하지 않은 탓이로다.

그러나 각시님 방구석에 괴석삼아 두시오.

87

네 날 보고 방싯 웃는 이속도 곱고 미워라고 흘기죽죽 흘기는 눈
씨도 곱다

창가 묘무는 반점 단순 화만발이요 탄금 수성은 일쌍 옥수 접쌍무
라

두어라 가금 절식을 남 줄소냐. (詩謠 129)

이속도=잇몸도 ◇미워라고 흘기죽죽 흘기는 눈씨도=밉다고 흘깃
흘깃 흘기는 눈매도 ◇창가 묘무는=노래를 부르고 뛰어난 춤은(唱歌
妙舞) ◇반점 단순 화만발=반점단순 화만발(半點丹脣花滿發). 반쯤 벌
린 붉은 입술이 활짝 핀 꽃과 같음 ◇탄금 수성=탄금수성(彈琴手

成). 거문고를 타는 손놀림 ◇일쌍 옥수 접쌍무라=고운 두 손은 한 쌍의 나비가 춤을 추는 듯하다 ◇가금 절식을=가금절색(歌琴絶色)을. 노래와 거문고를 잘 하는 뛰어난 미인을.

通釋

네가 나를 보고 방긋 웃는 잇몸도 곱고 미워라 하고 흘깃흘깃 흘기는 눈매도 곱다

노래를 부르고 뛰어난 춤은 반쯤 벌린 붉은 입술이 활짝 핀 꽃과 같고 거문고를 타는 손놀림은 두 손이 한 쌍의 나비가 춤추는 듯하다

두어라 노래와 거문고를 잘하는 뛰어난 여인을 남에게 주겠느냐.

88

綠陰芳草 욱어진 골에 쇳쏠리롱 우는 져 쇳쏠이 새야

네 소리 에엿쌉다 맛치 님의 소릐도 굿틀씨고

眞實노 너 잇고 님 이심면 비겨나 볼까 ᄒ노라. (海一 591)

쇳쏠리롱=꾀꼬리의 우는 소리를 흉내낸 말 ◇에엿쌉다=불쌍하다. 가련하다 ◇맛치=마치 ◇님 이심면=님이 있으면 ◇비겨나=비교하여.

通釋

녹음방초가 우거진 골에 꾀고리롱 우는 저 꾀꼴새야

너의 소리 가련하다 마치 님의 소리와도 같구나.

진실로 네가 있고 님이 계시면 비교나 해볼까 하노라.

89
눈 넙쏘 煩友한 님을 人한듸도 보내연제고
쉰 길 靑소에 살얼음 드듸온 듯
새 만코 쥐 쇠는 東山에 오租 간 듯 ᄒᆞ여라.(二數大葉) (海一 464)

눈 넙쏘 煩友(번우)한=식견이 넓고 친구로 인해 번거로운 ◇人 (인)한듸도 보내연제고=다른 사람에게 보내고 싶구나 ◇쉰 길=오십 길(丈)이나 되는 깊은 ◇靑(청)소에=청소(靑沼)에. 청소는 푸른빛이 감도는 깊은 웅덩이 ◇드듸온 듯=밟는 듯 ◇새 만코 쥐 쇠는=새 가 많이 모여들고 쥐가 들끓는 ◇오租(조) 간 듯='租'(조)는 곡식인 '조'의 한자 표기. 일찍 수확하는 조를 간 듯. 아름다운 여성에게 뭇 남성들이 꾀는 것을 비유한 것임.

通釋

학식이 많고 벗으로 인해 번거로운 님을 다른 사람에게도 보내고 싶구나.
쉰 길이나 되는 깊은 웅덩이에 살얼음을 밟는 듯
새와 쥐가 들끓는 동산에 오조를 간 듯하구나.

90
눈섭은 수나비 안즌 듯 넛바대는 박시 신 셰온 듯
날 보고 당싯 웃는 양은 三色桃花 未開峰이 ᄒᆞ롯밤 빗 氣運에 半

만 절로 핀 形狀이로다

네 父母 너 삼겨 낼 적의 날만 괴라 삼기도다.

(蔓橫淸類) (珍靑 518)

수나비=나비. 숯으로 그린 것처럼 새카만 눈썹. 아미(蛾眉) ◇닛바대=치열(齒列) ◇박시 신 셰온 듯=박씨를 까서 세운 듯 깨끗하고 가즈런함 ◇三色桃花 未開峰(삼색도화미개봉)='봉'은 '봉'(封)의 잘못. 세 가지 색의 복숭아꽃이 아직 피지 않았음 ◇삼겨 낼 적의=태어날 때에 ◇날만 괴라=나만을 사랑하게

通釋

눈썹은 나비를 그린 듯 잇바디는 박씨를 까서 세운 듯

나를 보고 방긋 웃는 모습은 미처 피지 않았던 삼색 복숭아꽃이 하룻밤 비 기운에 반만 저절로 핀 모습이구나.

네 부모가 너를 낳을 때 나만을 사랑하라고 낳으셨다.

90-1

눈섭은 그린 듯ᄒ고 닙은 丹砂로 직은 듯ᄒ다

날보고 웃는 樣은 太陽이 照臨흔듸 이슬 밋친 碧蓮花로다

네 父母 너 삼겨 닉올쩨 날만 괴게 ᄒ도다. (二數大葉) (海周 531)

　金壽長

닙은=입은 ◇丹砂(단사)=붉은 색의 광물로 약이나 염료로 쓰임 ◇직은 듯ᄒ다=찍은 듯하다 ◇照臨(조림)흔듸=해나 달이 위에서 내

리 비치는데 ◇碧蓮花(벽연화)=푸른색의 연꽃 ◇삼겨 닛올쩨=태어날 제 ◇날만 괴게=나만을 사랑하게

通釋

눈썹은 그린 듯 검고 입은 단사로 찍은 듯 붉다
나를 보고 웃는 모습은 태양이 비추는데 이슬 맺힌 벽연화로다.
네 부모가 너를 낳을 때 나만을 사랑하게 하셨다.

91
눈아 눈아 머르칠 눈아 두 손 장가락으로 쏙질너 머르칠 눈아
남의 님 볼지라도 본동만동 흐라 흐고 닉 언제부터 졍 다 슬나더니
아마도 이 눈의 지휘에 말 만흘가 흐노라. (樂戲調) (樂學 1047)

머르칠 눈아=멀어질 눈아. 뵈지 않을 눈아 ◇장가락=가운데 손가락. 장지(長指) ◇졍 다 슬나더니=정(情)을 다 쓸어버리라고 하였더니 ◇지휘에=지휘(指揮)에. 시키는 대로 따라함에 ◇말 만흘가=말이 많을까.

通釋

눈아, 눈아. 멀어질 눈아 두 손 장가락으로 꼭 찔러 멀어질 눈아
임자 있는 님과 약속을 허더라도 본체만체 하라 하고 내 언제부터 다짐을 두었더냐.
아마도 이 눈이 시키는 대로 하다가는 말이 많을까 하노라.

92

뉴월 쬐는 벼티 반가오니 북풍이라

혼자 자는 방 안해 반가오니 님이로다

무음은 불나리 하되 님 볼 나리 져게라. (奉事君日記 6)

반가오니=반가운 것이 ◇불나리 하되=불이 나려고 하되 ◇님 볼 나리 져게라=님을 볼 수 있는 날이 적구나.

通釋

유월 쬐는 듯한 볕에 반가운 것이 북풍이다

혼자 자는 방안에 반가운 것이 님이로다.

마음은 마치 불이 날려고 하나님을 볼 날이 적구나.

93

늙어 됴흔 일이 百에서 흔 일도 업뉘

쏘던 활 못 쏘고 먹던 술도 못 먹괘라

閣氏네 有味흔 것도 쓴 외 보 듯 흐여라. (平擧) (源國 316)

　李廷藎

먹괘라=먹겠구나 ◇有味(유미)흔=재미가 있는 ◇쓴 외=맛이 쓴 오이.

通釋

늙어서 좋은 일이 백 가지 중에 한 가지도 없다
쏘던 활도 못 쏘고 먹던 술도 못 먹겠구나
각시들과 재미있는 것들도 쓴 외를 보 듯하여라.

94
님 그려 기피 든 病을 어이ᄒ여 곤쳐 낼고
醫員 請ᄒ여 命藥ᄒ며 쇼경의게 푸닥거리ᄒ고 무당 불러 당즮글기
흔들 이 모진 病이 ᄒ릴소냐
眞實로 님 흔ᄃᆡ 이시면 곳에 죠흘가 ᄒ노라.
(蔓橫淸類) (珍靑 515)

님 그려=님을 그리워해서 ◇어이ᄒ여 곤쳐 낼고=어떻게 하면 고
쳐 낼까 ◇命藥(명약)ᄒ며=지시에 따라 약을 쓰며 ◇푸닥거리=무당
이 간단하게 음식을 차려 놓고 잡귀에게 풀어 먹이는 굿 ◇당즮글기
=무당이 장구 대신에 당즮을 긁는 것. 당즮은 버들로 만든 물건을
담는 섬의 일종 ◇모진 病(병)=증세가 매우 심한 병 ◇ᄒ릴소냐=
낫겠느냐 ◇님 흔ᄃᆡ 이시면=님과 같이 있으면 ◇곳에 죠흘가=바로
나을까. 즉시 나을까.

通釋

님을 그리워해서 깊이 든 병을 어떻게 하면 고칠까
의원을 불러서 약을 쓰며 소경에게 푸닥거리를 하고 무당을 불러
당줄 긁기를 한들 이 중병이 낫겠느냐
참으로 님과 한 곳에 있으면 즉시 나을까 한다.

95

님 만나 무정탄 말리 유정을 위ᄒᆞ민가
유정도 무정 되고 무정도 유정이라
아마도 인간지란은 님 ᄉᆞ랑인가. (風雅 380)

李世輔

위ᄒᆞ민가=위한 것인가　◇인간지란은=인간지난(人間之難)은. 사람이 살아가기의 어려움은.

通釋

님을 만나 무정하다고 하는 말이 유정을 위한 것인가
유정한 말도 무정한 것이 되고 무정한 말도 유정한 것이 된다.
아마도 사람살기의 어려움은 님에 대한 사랑인가.

96

님으란 淮陽 金城 오리남기 되고 나는 三四月 츩너출이 되야
그 남긔 그 츩이 낙검의 납의 감듯 일이로 츤츤 절이로 츤츤 외오
푸러 올히 감아 얼거져 틀어져 밋붓터 씃신지 죠곰도 뷘틈 업시 찬
찬 굽의나게 휘휘감겨 晝夜長常에 뒤트러져 감겨잇셔
冬셧쏠 바람비 눈설이를 암으만 맛즌들 쩔어질 쭐 이실야.
(二數大葉) (海周 386)

李鼎輔

님으란=님은 ◇淮陽 金城(회양김성)=강원도에 있는 지명. 회양은 현재 군(郡)임. ◇오리남기=오리나무가 ◇츩너출이=츩넝쿨이 ◇낙검의=거미의 일종. 납거미. 벽경(壁鏡)이나 벽전(壁錢)으로 불림 ◇납의=나비를 ◇일이로·절이로=이리로·저리로 ◇외오푸러 올히 감아=왼쪽으로 풀어 옳게 감아. 또는 오른쪽으로 감아 ◇굽의나게=굽어지게. 두드러지게 ◇晝夜長常(주야장상)=밤낮을 가릴 것 없이 항상 ◇冬(동)섯쯸=동짓달과 섣달. 음력 11월과 12월 ◇눈설이를=눈과 서리를 ◇암으만 맛즌들=아무리 맞은들.

通釋

님은 강원도 회양 김성에 있는 오리나무가 되고 나는 삼사월 츩넝쿨이 되여

그 나무에 그 츩이 납거미가 나비 감듯 이리로 칭칭 저리로 칭칭 왼쪽으로 풀어 옳게 감아 얽어지고 틀어져 밑부터 나무 끝까지 조금도 빈틈없이 칭칭 두드러지게 휘휘 감겨져 있어 밤낮을 가릴 것 없이 항상 뒤틀어져 감겨 있어서

동지섣달 바람비와 눈서리를 아무리 맞은들 떨어질 까닭이 있겠느냐.

97
님이 갈 쩍 오마더니 비오고 번기 친다
제 정녕 참정이면 불피풍우 오련마는
엇지타 알심도 적고 수정도 몰나. (風雅 117)
　李世輔

제 정녕 참정이면=제가 진정 거짓이 아니라면   ◇불피풍우=바람
과 비를 피하지 않음(不避風雨)   ◇알심도 적고=결단력도 적고.

通釋

님이 갈 때 돌아오겠다고 하더니 비가 오고 번개까지 친다
제가 정말 진정이라면 비바람을 무릅쓰고라도 오겠지만
어쩌다 결단력도 적고 사정도 몰라.

98
달아 발근 달아 임의 東窓 빗쵠 달아
임 홀노 누어든야 어느 친구 모섯드냐
明月아 본대로 일너라 사싱결단. (調詞 54)

모섯드냐=모셨더냐   ◇일너라=말하여라 ◇사싱결단=죽고살기를
결정(死生決斷).

通釋

달아 밝은 달아 님의 창문에 비친 달아
님이 홀로 누웠더냐. 어느 친구를 모셨더냐.
명월아 본 대로 말하여라. 죽고살기를 결판내겠다.

99
들이 아모리 붉다 져즌 옷 믈늬오며

안고 다시 안아 두 몸이 한 몸 되랴

這 任아 하 안지 마라 가슴 답답 ㅎ여라. (樂高 296)

져즌 옷 믈늬오며=젖은 옷을 말릴 수가 있으며 ◇하 안지=너무
끌어안지.

通釋

달이 아무리 밝다고 한들 젖은 옷을 말릴 수가 있으며
안고 다시 안는다고 해서 두 몸이 한 몸이 되겠느냐
저 님아 너무 끌어안지 마라 가슴이 답답하구나.

100
둙아 우지 마라 옷 버셔 中天 쥬마
날아 새지 마라 둙의 숀 비러노라
숨구즌 東녁듸이는 漸漸 발가 오드라. (詩歌 495)

中天(중천) 쥬마='中天'(중천)은 '중전'(重錢)의 잘못인 듯. 중전은
전당으로 잡힌 돈. 돈을 주마 ◇숨구즌 東(동)녁듸이는=심술궂은 동
쪽은.

通釋

닭아 우지마라 옷 벗어서 전당잡혀 주마
날아 새지를 마라 닭에게 빌었노라
심술궂은 동쪽 하늘은 점점 밝아 오더라.

101

닭 혼 홰 운다 ᄒ고 홈아 닐어 가련ᄂᆞᆫ가
져근덧 지졍여 ᄯᅩ 혼 홰 드러 보쇼
그 닭이 싀골셔 온 닭이라 졔 어미 그려 우ᄂᆞ니.
(詩歌(朴氏本) 359)

혼 홰 운다 ᄒ고=한 홰를 운다하고. 홰는 닭이 새벽에 우는 차례를 가리키는 말 ◇홈아 닐어 가련ᄂᆞᆫ가=벌써 일어나 가려는가 ◇져근덧 지졍여=잠깐을 지체하여 ◇그려 우ᄂᆞ니=그리워해서 우는 것이니.

通釋

닭이 한 홰를 운다고 해서 벌써 일어나 가려는가.
잠깐만 지체하여 또 한 홰를 가다려 우는 소리를 들어보시오
그 닭이 시골서 올라온 닭이라 제 어미를 그리워 우는 것이다.

101-1

닭 혼 홰 우다ᄒ고 ᄒ마 니러 가려는다
집 닭은 本性이 그러ᄒ니
엇그제 빗짐의 온 닭이니 어미 그려 우오라. (槿樂 226)

우다ᄒ고=운다고 ◇빗짐의 온=배의 짐에 실려 온.

닭이 한 해 운다 하고 벌써 일어나 가려느냐.
집에서 기르는 닭은 본성이 그러하다
엊그제 배에 실려 온 닭이라 어미를 그리워하여 우는 것이다.

102
담 안에 셧는 곳디 모란인가 海棠花ㅣ냐
힛득발긋 뛰여 이셔 눔의 눈을 놀내인다
두어라 님자 이시랴 내 곳 보듯 ᄒ리라. (蓬萊樂府 14)
　申獻朝

곳디=꽃이 ◇힛득발긋=울긋불긋. 흰빛과 붉은빛의 꽃이 어우러져 있는 모양 ◇놀내인다=놀라게 하느냐.

通釋

담 안에 서있는 꽃이 모란이냐 해당화냐
울긋불긋 피어 있어 남의 눈을 놀라게 하느냐
두어라 임자가 있겠느냐 내 꽃을 보듯 하겠다.

103
돗는 물도 誤往ᄒ면 셔고 셧는 쇼도 타 ᄒ면 가늬

深意山 모진 범도 경세호면 도셔ᄂᆞ니
각시ᄂᆡ 엇더니완듸 경세를 不聽ᄒᆞᄂᆞ니. (蔓橫淸類) (珍靑 454)

듯ᄂᆞᆫ 물도=달리는 말도 ◇誤往(오왕)ᄒᆞ면=오왕하면. '서라'고 소리
치면 ◇타 ᄒᆞ면= '타' 하고 소리치면 ◇深意山(심의산)=불교에서
말하는 수미산(須彌山)인 듯. 여기서는 깊은 산의 뜻 ◇모진 범도=
사나운 호랑이도 ◇경세ᄒᆞ면=경계하고 타이르면. 경세(警說) ◇도셔
ᄂᆞ니=돌아서느니 ◇엇더니완듸=어떠한 사람이기에 ◇不聽(불청)=듣
지를 않음.

通釋

달리는 말도 '서라' 하면 서고 서 있는 소도 '이러' 하면 가네.
수미산의 사나운 범도 타이르면 돌아서느니
각시네는 어떠한 사람이기에 타이르는 말을 듣지 아니 하느니.

104
待人難 待人難ᄒᆞ니 鷄三呼ᄒᆞ고 夜五更이라
出門望 出門望ᄒᆞ니 靑山은 萬重이오 綠水ᄂᆞᆫ 千回로다
이윽고 犬吠ㅅ소릐예 白馬遊冶郞이 넌즈시 도라드니 반가온 ᄆᆞ음
이 無窮 탐탐하여 오늘밤 서로 즐거오미야 어늬 그지 이시리.
(蔓橫淸類) (珍靑 543)

待人難(대인난)=사람을 기다리기가 어려움 ◇鷄三呼(계삼호)ᄒᆞ고
夜五更(야오경)이라=닭이 세 홰를 울고 밤은 새벽이 다 되었다 ◇出

門望(출문망)=이문(里門)밖에까지 나가 사람이 오기를 바람 ◇靑山(청산)은 萬重(만중)이오=푸른 산은 겹겹이오 ◇綠水(녹수)는 千回(천회)로다=푸른 물은 천 굽이로다 ◇犬吠(견폐)ㅅ소릐예=개 짖는 소리에 ◇白馬遊冶郞(백마유야랑)이=흰 말을 타고 돌아온 바람둥이 남자가 ◇넌즈시=넌지시. 살그머니 ◇無窮(무궁) 탐탐하여=무궁 탐탐(耽耽)하여. 한 없이 그리워하여 ◇어늬 그지=어느 끝이.

通釋

사람을 기다리기가 어렵다. 어렵다 하나 닭이 세 홰를 울고 밤은 새벽이 다 되었다.

부모가 자식이 돌아오기를 이문 밖에까지 이문 밖에까지 한다 하니 멀리 푸른 산이 겹겹이요 푸른 물은 천 굽이로다

이윽고 개 짖는 소리에 호사스런 치장을 하고 나갔던 바람둥이 남편이 넌지시 돌아드니 반가운 마음에 한 없이 그리우니 오늘밤에 서로의 즐거움이야 어느 끝이 있겠느냐.

105

뒥들이 나모들 사오 져 쟝스야 네 나모 갑시 언매 웨는다 사쟈

뭇리남게는 흔 말을 치고 검주남게는 닷 되를 쳐서 슴흐야 혜면 마닷되 밧습늬 삿대혀 보으소 불 잘 븟습느니

흔적곳 사 싸혀보며는 민양 사 싸히쟈 흐리라.

(蔓橫淸類) (珍靑 535)

언매 웨는다 사쟈=얼마라고 외치느냐 사자 ◇쳐서=따져서 ◇혜면

=헤아리면. 계산하면 ◇흔적곳=한 번만.

"댁들에서 나무들 사시오" "저 장사꾼아 네 나무 값이 얼마라고 웨
치느냐 사자"

"싸리나무는 한 말을 받고 검불나무는 닷 되를 따져서 합하여 한
말 닷 되를 받습니다 사서 때 보십시오 불이 잘 붙습니다.

한번만 사서 때보면 매번 사서 때자고 하리라"

106

뒥들에 丹著 丹술 스오 져 쟝스야 네 황호 몃 가지나 웨는이 사쟈

알에 燈檠 웃 燈檠 걸 燈檠 즈을이 수著국이 동희 銅爐口가 옵네

大牧官 女妓 小各官 酒湯이 本是 쏠어져 물 조르르 흘으는 구머 막
키여

쟝스야 막킴은 막혀도 後ㅅ말 업씨 막혀라. (編數大葉) (海一 585)

丹箸 丹(단저단)술=묶음으로 된 젓가락과 숟가락 ◇황호=황화(荒
貨). 잡살뱅이 상품 ◇웨는이=외치느냐 ◇알에 燈檠(등경)=아랫 등
경. 등경은 등잔걸이 ◇즈을이=조리(笊籬). 쌀을 이는 기구 수箸(저)
국이=작은 국자 ◇동희=동이 ◇銅爐口(동노구)=노구솥 ◇옵네=
'있네'의 뜻인 듯 ◇ 大牧官 女妓(대목관 여기) 小各官 酒湯(소각관
주탕)이='小各官'(소각관)은 '小牧官'(소목관)의 잘못인 듯. 목사(牧使)
같은 기생과 갖가지 하잘 것 없는 벼슬아치 같은 술파는 계집들이.
대목관과 소각관은 여기와 주탕이와의 차이점을 강조한 것임 ◇本
是(본시) 쏠어져 물 조르르 흘으는 구머 마키여='구머'는 '구멍'의 잘

못. 본래부터 뚫어져서 물이 조금씩 흐르는 구멍 막으십시오. 구멍은 여자의 성기를 은유함 ◇後(후)ㅅ말 업씨=뒷말 없도록. 말썽 없도록.

通釋

"댁들에서 젓가락이나 숟가락 묶음들 사시오" "저 장사꾼이 네 파는 물건이 몇 가지나 된다고 외치느냐 사자"

"아래 등경 윗 등경 걸 등경 조리 작은 국자 동이 퉁노구가 있네" "대목관과 같은 기생과 소목관과 같은 술파는 여자들 본래 뚫어져 물 조르르 흐르는 구멍 막히시오"

"장사꾼아 막는 것은 막더라도 뒷말 없도록 막아라."

107
뒥들에 臙脂라 粉들 사오 져 쟝ᄉ야 네 臙脂粉 곱거든 사쟈
곱든 비록 안이되 불음연 네 업든 嬌態 절노 나는 臙脂粉이외
眞實로 글어 ᄒ량이면 헌 속쎠슬 풀만졍 대엿 말이나 사리라.
(海一 545)

臙脂(연지)라 粉(분)들=연지와 분들 ◇안이되=않지만 ◇불음연= 바르면 ◇네 업든=예전에 없던 ◇嬌態(교태) 절노 나는=아양 떠는 태도가 저절로 생기는 ◇臙脂粉(연지분)이외=연지분입니다 ◇글어 ᄒ량이면=그러 하다면 ◇헌 속쎠슬=헌 속곳을 ◇대엿 말이나=대여 섯 말 어치나.

通釋

"댁들에서 연지나 분들 사시오" "저 장사꾼이 네 연지와 분이 곱거든 사자"

"곱든 비록 아니하지만 바르면 예전에 없던 교태가 절로 생기는 연지와 분이외다"

"진실로 그렇기만 하다면 헌 속곳을 팔망정 대엿 말 어치나 사겠다.

108

宅들에 자릿 등매 사소 저 장사야 네 등매 됴흔냐 사자

한匹 싼 등매에 半匹 바드라나느가 파네 내 좃 자소 아니 파내

眞實노 그리하여 팔 거시면 첫말에 아니 팔라시랴. (甁歌 1045)

자릿 등매=자리 등매. 등매는 헝겊으로 가선을 두르고 뒤쪽에는 부들자리를 대서 만든 돗자리　◇바드라나느가 파네=받으려는가 팔게 ◇내 좃 자소=내 좃 먹어라. 상대방에게 하는 욕임 ◇아니 팔라시랴=아니 팔았겠느냐.

通釋

"댁들에 등메자리들 사시오" "저 장사꾼아 네 등메자리 좋으냐. 사자"

"한 필 싼 등메에 반 필 값을 받겠는가 팔게" "내 좃이나 자시오. 아니 팔겠소."

"진실로 그렇게 싸게 하여 팔 것이면 첫말에 아니 팔았겠소"

108-1

宅드레 자리 登梅를 사오 뎌 匠事 네 登梅 갑 언미니 사 까라보쟈

두 疋 쏜 登梅에 흔 疋 밧습니 흔 疋 못 쏜의 半疋 밧쇼 半疋 아

니 밧니 하 우은 말 마쇼

흔 번곳 ㅅ 까라보시면 아모만 쥴지라도 每樣 ㅅ 까쟈ㅎ오리. (弄)

(六靑 715)

못 쏜의=싸지 않으니. 비싸니 ◇하 우은 말 마쇼=너무 우스운

말 하지 마시오. 어이없는 말 마시오.

通釋

"댁들에서 등메자리들 사시오" "저 장사꾼이 네 등메자리 값이 얼

마냐 사서 깔아 보자."

"두 필 싼 등메자리에 한 필 값을 받습니다." "한 필 값이 싸지 않

으니 반 필 값 받으시오" "반 필 값은 아니 받으니 너무 우스운 말

하지 마시오."

"한 번 사서 깔아보시면 얼마를 주더라도 매번 사서 깔자고 할 것

이오."

109

都련任 날 보려 흘졔 百番 남아 달니기를

高臺廣室 奴婢田畓 世間汁物을 쥬마 판쳐 盟誓ㅣㅎ며 大丈夫ㅣ 혈

마 헷말 ㅎ랴 이리져리 조촛써니 지금에 三年이 다 盡토록 百無一實

ㅎ고 밤마다 불너 니여 단잠만 씨이오니

自今爲始호야 가기난커니와 눈거러 달희고 닙을 빗죽 호리라.

(言樂) (靑六 846)

百番(백번) 남아=백 번도 넘게　◇世間汁物(세간즙물)='즙'은 '집'
(什)의 잘못. 살림살이　◇판쳐 盟誓(맹서)ㅣ호며=잘난 체로 약속하며.
또는 굳게 맹세하며　◇혈마 헷말 호랴=설마 헛소리 하겠느냐　◇이
리져리 조츳쩌니=하자는 대로 따랐더니　◇百無一實(백무일실)호고=
백에서 하나도 실속이 없고　◇自今爲始(자금위시)호야=이제부터 시
작해서. 지금 이후에는　◇가기난커니와=가기는커녕　◇눈거러 달희
고=눈을 흘기고　◇닙을 빗죽=입을 삐죽.

通釋

도련님이 날 보자고 하실 때 백번이나 넘게 달래기를

고대광실과 노비전택 세간을 주겠다 하고 큰 소리로 약속하며 대
장부가 설마 거짓말 하겠느냐 생각하고 이렇게 저렇게 하자는 대로
따랐더니 지금까지 삼년이 다 지나도록 백에 하나도 실속이 없고 밤
마다 불러 내여 단잠만 깨우니

지금 이후에는 가기는커녕 눈을 흘기고 입을 삐쭉 하겠다.

110

도련님 날 보시흘 제 피나모 굽격지에 잣징 박아 주마터니

도련님 날 보신 後는 굽격지는 크니와 헌신쌱 하나도 나 몰닉라

이 후란 도련님 날보고 눈금격흘 제 나는 입을 빗죽하리라.

(樂高 627)

보시홀 제=보자고 할 때 ◇피나모 굽격지에=피나무로 만든 굽이 달린 나막신에 ◇잣징 박아=잔 징을 박아 ◇ㅋ니와=물론이지만 ◇눈금젹홀 제=눈을 꿈젹 할 때에는. 나를 꾀어내고자 할 때에는.

通釋

도련님이 나를 보시자고 할 때 피나무 굽격지에 잔징을 박아 주겠다고 하더니

도련님이 나를 상대하신 이후에는 굽격지는 물론이거니와 헌신짝 하나도 나 몰라라 하는구나.

이후에는 도련님이 나를 보고 눈을 꿈쩍할 때는 나는 입을 삐쭉하리라.

111
桃花 쯘 흐르는 믈에 나려드는 나뷔드라
香닉을 죠히여서 곳마다 안지 마라
져근덧 大海로 가면 갈 곳 몰나 ᄒ노라. (樂府(羅孫本) 787)

나러드는=날라드는 ◇죠히여서=좋게 생각해서 ◇곳마다=꽃마다 ◇져근덧=잠깐 사이에.

通釋

복숭아꽃이 떠 흐르는 물에 날라드는 나비들아

향내를 좋다고 여겨서 꽃마다 앉지 마라
잠깐 사이에 큰 바다에 가면 갈 곳을 모를 것이다.

112

東方니 旣明커늘 임을 씌여 出送ㅎ니
非東方則明이오 月出之光이로다
다시금 羅衫을 마쥬 줍고 훗 期約을. (時調歌詞(朴氏本) 41)

旣明(기명)커늘=이미 환하게 밝거늘　◇出送(출송)ㅎ니=밖에 나가
보내니　◇非東方則明(비동방즉명)이오 月出之光(월출지광)이로다=동
방이 밝은 것이 아니라 달이 떠 밝음이로다　◇羅衫(나삼)을 마쥬 줍
고=비단 옷소매를 마주 잡고.

通釋

동쪽 하늘이 이미 환하게 밝았거늘 자는 님을 깨워 보내니
동쪽 하늘이 밝은 것이 아니라 달이 떠 밝은 것이로다.
다시금 비단 옷소매를 마주 잡고 다음 약속을.

112−1

東窓이 旣明커늘 님을 씌야 보뇌오니
非東方卽明이오 月出之光이로다
脫鴛衾 推鴛枕ㅎ고 輾轉反側 ㅎ노라. (二數大葉) (樂學 640)

脫鴛衾 推鴛枕(탈앙금추원침)ㅎ고=원앙을 수놓은 이불을 걷어　치

우고 베개를 밀어내고.

通釋

동쪽 창문이 이미 환하게 밝았거늘 님을 깨워 보내니

동쪽이 밝은 것이 아니라 달이 떠 밝은 것이로다

원앙을 수놓은 이부자리를 거두어 치우고 잠 못 들어 하노라.

113

洞房花燭 三更인지 窈窕傾城 玉人을 맛나

이리보고 져리보고 다시 보고 고쳐 보니 時年은 二八이오 顔色은 桃花ㅣ로다 黃金釵 白苧衫의 明眸를 흘이쓰고 半開笑 ᄒᆞᄂᆞᆫ 양이 오로다 늬 思郞이로다

그밧긔 吟咏歌聲과 衾裡巧態야 일너 무슴 ᄒᆞ리. (蔓橫) (樂學 869)

洞房華燭 三更(동방화촉 삼경)인지=신랑이 첫날밤에 신부의 방에 든 것이 어느덧 한 밤중인데 ◇窈窕傾城 玉人(요조경성 옥인)을=아주 뛰어나게 예쁘고 현숙한 아름다운 여인을 ◇時年(시년)은 二八(이팔)이오=나이가 열여섯 살이요 ◇顔色(안색)은 桃花(도화)ㅣ로다=얼굴빛은 복숭아꽃처럼 아름답도다 ◇黃金釵 白苧衫(황금차 백저삼)의=금비녀와 흰 모시 적삼에 ◇明眸(명모)를 흘이쓰고=맑고 밝은 눈을 흘겨 뜨고 ◇半開笑(반개소) ᄒᆞᄂᆞᆫ 양이=입을 조그만 벌리고 웃는 모습이 ◇오로다=오로지. 모두가 ◇吟咏歌聲(음영가성)과=중얼대며 부르는 노래 소리와 ◇衾裡巧態(금리교태)야=잠자리의 이불 속에서 재주 부리는 태도야 ◇일너 무슴=말하여 무엇.

通釋

신랑이 첫날밤에 신부의 방에 든 것이 한밤중인데 아주 뛰어나게 예쁘고 현숙한 여인을 만나

이리 보고 저리 보고 다시 보고 또 보니 나이는 열여섯이요 얼굴빛은 복사꽃과 같도다. 금비녀를 꽂고 흰 모시적삼에 맑고 밝은 눈을 흘겨 뜨고 입을 조금 벌리고 웃는 모습이 오로지 다 사랑이구나.

그밖에 시를 읊조리고 노래를 부르는 소리와 이불 속에서의 여러 가지 묘한 몸짓이야 말하여 무엇 하랴.

114

冬至ㅅ달 기나긴 밤을 한 허리를 버혀내여
春風 니불 아레 서리서리 너헛다가
어론 님 오신 날 밤이여든 구뷔구뷔 펴리라.(二數大葉) (珍靑 287)
黃眞

한 허리를=한 부분을 ◇서리서리=차곡차곡 ◇어론 님=사랑하는 님.

通釋

동짓달 기나긴 밤을 한 허리를 베어 내어
춘풍 이불 아래 차곡차곡 넣었다가
사랑하는 님 오신 날 밤에는 굽이굽이 펴리라.

115

冬至ㅅ들 밤 기닷 말이 나는 니른 거즛말이
님 오신 날이면 하늘조차 무이 너겨
자는 둙 일 씌와 울려 님 가시게 흐는고.(三數大葉) (珍靑 442)

기닷 말이=길다고 하는 말이 ◇나는 니른 거즛말이=내가 알기에
는 거짓말이다 ◇하늘조차 무이 너겨=하늘마저 밉게 여겨 ◇일 씌
와 울려=일찍 깨워 울게 하여.

通釋

동짓달 밤이 길다고 하는 말이 내가 알기에는 거짓말이다
님이 오신 날이면 하늘마저 밉게 여겨
자는 닭 일찍 깨워 울려서 님을 가시게 하느냐.

116

동짓쫄 기나 긴 밤이 흐ㄹ 밤이 열흘 맛다
누우며 닐며 므슴 주미 오돗더니
눈 우희 들 비치 불그니 가슴 슬허 흐노라. (奉事君日記 11)

열흘 맛다=열흘과 같다 ◇닐며=일어나며 ◇므슴 주미 오돗더니
=무슨 잠이 오겠느냐.

通釋

동짓달 기나긴 밤이 마치 하룻밤이 열흘과 같구나
누웠다가 일어나며 무슨 잠이 오겠느냐
눈 위에 달빛이 밝으니 마음이 슬퍼하노라.

117
두고 가는 닉 졍나나 보닉는 임의 졍이나
더ᄒᆞ고 덜ᄒᆞ단 말리 변통 업시 갓건마는
아마도 그려셔 안 변ᄒᆞ면 참 졍인가. (風雅 377)
　李世輔

졍나나=졍(情)이나　◇변통 업시=변통 없이. 앞뒤의 형편이 사리
에 꼭 맞게　◇참 졍인가=참다운 졍인가. 진졍인가.

通釋

두고 가는 나의 졍이나 보내는 님의 졍이나
더하고 덜하다는 말이 사리에 합당하게 똑같은 말이지만
아마도 그리워해서 변하지 않으면 참다운 졍인가.

118
듕과 僧과 萬疊山中에 맛나 어드러로 가오 어드러로 오시는게
山 죡코 물 죳흔듸 갈씨를 부쳐보오 두 곳갈이 흔듸 다하 너픈너
픈 ᄒᆞ는 양은 白牧丹 두 퍼귀가 春風에 휘듯는 듯
암아도 空山에 이 씰음은 즁과 僧과 둘 쑌이라. (靑謠 74)
　朴文郁

등과 僧(승)과=남자와 여자 스님이 ◇萬疊山中(만첩산중)에=깊은 산 속에서 ◇어드러로 가오 어드러로 오시는게="어디로 가시오" "어디서 오시오" ◇山(산) 죡코 물 좃혼듸=경치가 좋고 깨끗한 곳에 ◇갈씨를 부쳐보오=갈씨를 붙여봅시다. '갈씨'는 '고깔 씨름'의 준말로 성교(性交)를 뜻하는 듯. 고깔은 여승이 쓰는 삼각형의 모자 ◇두 퍼귀가=두 포기가 ◇휘듯는 듯=휘두름을 당하는 듯 ◇空山(공산)에=사람의 기척이 없는 조용한 산에.

*『樂學拾零』에 작자가 朴師尙으로 되어 있음

通釋

남자 중과 여자 중이 깊은 산속에서 만나 "어디로 가시오." "어디서 오시는고."

산 좋고 물 좋은데 고깔씨름을 붙여봅시다. 두 고깔이 한 곳에 닿아 너훌너훌 하는 모습은 흰 모란 두 포기가 봄바람에 휘둘거리는 듯

아마도 아무도 없는 산속에서 이 씨름은 남자 중과 여자 중 둘 뿐이다.

118-1

萬疊山中 寂寞흔듸 중과 僧이 한데 만나 어듸로 가시는고 어듸로 오시난고

山 죠코 물 죠흔듸 남 업시 둘이 만나 곳갈 씨름 붓쳐 둘이 두 곳갈 다아져셔 이리로 너푼 저리로 너푼 너푼너푼 휘듯는고나

世上에 이 滋味 이려ᄒ니 十年功夫 南無阿彌陀佛을 ᄎᄎ 휘감아
둘가 ᄒ노라. (慶大時調集 169)

다아져셔=맞닿아서 ◇이 滋味(자미) 이려ᄒ니=남녀가 서로 즐기
는 재미가 이러하니 ◇너푼너푼=너풀너풀 ◇十年功夫(십년공부) 南
無阿彌陀佛(나무아미타불)을=십년동안 열심히 한 공부가 모두 도로
아미타불이 되었다.

通釋

첩첩산중이 적막한데 남자 중과 여자 중이 같이 만나 "어디로 가
시는고." "어디서 오시는고."

산 좋고 물 좋은데 다른 사람 없이 둘이 만나 고깔씨름 붙여 두
고깔이 맞닿아서 이리로 너풀 저리로 너풀 너풀너풀 휘듯는구나.

세상에 이 재미가 이러하니 십년공부도 도로아미타불이 되었으니
차차 휘감아둘까 하노라.

119
드립더 ᄇ득 안으니 셰허리지 ᄌ늑ᄌ늑
紅裳을 거두치니 雪膚之豊肥ᄒ고 擧脚蹲坐ᄒ니 半開ᄒ 紅牧丹이
發郁於春風이로다
進進코 又 退退ᄒ니 茂林山中에 水春聲인가 ᄒ노라.
(蔓橫淸類) (珍靑 519)

드립더=들입다. 별안간 ◇ᄇ득=바드득. 바짝 ◇셰허리지=가는

(細) 허리가　◇즛늑즛늑=가볍고 부드러운 상태　◇紅裳(홍상)를=붉은 치마를　◇거두치니=걷어 붙이니　◇雪膚之豊肥(설부지풍비)ᄒ고=눈처럼 흰 피부가 풍만하고 살이 지고　◇擧脚蹲坐(거각준좌)ᄒ니=다리를 들고 걸터앉으니　◇半開(반개)ᄒ 紅牧丹(홍목단)이=반쯤 핀 붉은 모란이. 모란은 여성의 성기를 나타냄　◇發郁於春風(발욱어춘풍)이로다=봄바람에 더욱 활짝 피도다　◇進進(진진)코 又 退退(우 퇴퇴)ᄒ니=앞으로 나갔다가 또 뒤로 물러나고 하니. 남녀간의 교접(交接)을 묘사한 것임　◇茂林山中(무림산중)에=숲이 우거진 산 속. 무림산중은 여자의 국부를 상징함　◇水舂聲(수용성)인가=물방아 찧는 소리인가. 성행위를 묘사한 것임.

通釋

별안간 바드득 안으니 가느다란 허리가 자늑자늑

붉은 치마를 거두어치니 눈같이 흰 피부가 풍만하고 살이 지고 다리를 들고 걸터앉으니 반 쯤 핀 붉은 모란이 따뜻한 봄바람에 활짝 피었도다.

앞으로 나아갔다가 또 뒤로 물러나니 숲이 우거진 산속에 물방아 찧는 소리인가 하노라.

120

들입써 브드득 안은이 당신당싯 웃는고야

억째 넘어 등을 글근이 漸漸 나사 날을 안네

져님아 하 근근이 안지 말아 가슴 답답ᄒ여라.(樂時調) (海一 556)

당싯당싯 웃는고야=방긋방긋 웃는구나   ◇나사=앞으로 나와   ◇
하 근근이=너무 강하게.

通釋

별안간 바드득 안으니 방긋방긋 웃는구나.
어깨 너머로 등을 긁으니 점점 앞으로 나와서 나를 안는구나.
저 님아 너무 강하게 안지마라 가슴이 답답하구나.

120-1
閣氏네 손목을 쥐니 당싯당싯 웃는고나
엇기 너머 등 글그니 졈졈 나ᄉ 나를 안늬
져 任아 나ᄉ 드지 마쇼 가슴 畓畓 ᄒᆞ야라.
(界二數大葉) (六靑 550)

나ᄉ 드지 마쇼=바짝 다가서지 마시오. 또는 나를 안지 마시오.

通釋

각시네 손목을 쥐니 방긋방긋 웃는구나.
어깨너머로 등을 긁으니 점점 앞으로 나와서 나를 안네
저 님아 바짝 다가와서 안지를 마시오, 가슴이 답답합니다.

121
燈盞불 그무러 갈제 窓前 집고 드는 님과
싀벽달 지실 젹에 고쳐 안고 눕는 님은

眞實노 白骨 塵土된들 이즐 줄이 이시랴.(二數大葉) (甁歌 742)

그무러 갈지=까물거리며 꺼져갈 때. 밤이 이슥한 때 ◇窓前(창
전)=창 앞이 아니라 창틀을 말함 ◇지실 젹에=날이 샐 때에 ◇고
처 안고=다시 안고 ◇白骨(백골) 塵土(진토)된들=죽어 뼈가 흙이 된
다고 한들.

通釋

등잔불이 까물거리며 꺼져갈 때에 창틀을 잡고 들어오는 님과
새벽달이 지샐 때에 다시 안고 누워 있는 님은
진실로 백골이 진토가 된들 잊을 까닭이 있겠느냐.

121-1
燈盞ㄷ불 그무러 갈제 窓젼 집고 드는 님과
五更鐘 나리울제 다시 안고 눕는 님을
아무리 白骨이 塵土ㅣ 된들 니즐 줄이 이시랴. (源國 229)

五更鐘(오경종) 나리울제=새벽을 알리는 종소리가 울릴 때.

通釋

등잔불이 꾸물거리고 꺼져갈 때 창틀은 집고 들어오는 님과
오경을 알리는 종이 계속 울릴 때 다시 안고 눕는 님을
아무리 백골이 진토가 된들 잊을 까닭이 있으랴.

121-2
싀벽달 지싀는 밤에 창던 집고 넘는 任과
燈盞불 戱弄홀졔 쌩긋 웃고 품는 任을
白骨이 塵土ㅎ도록 이즐쇼냐. (無名時調集가本 55)

通釋

새벽달이 밝아오는 밤에 창틀을 짚고 넘어오는 님과
등잔불이 흐물거릴 때 빵끗 웃고 품는 님을
백골이 진토가 되도록 잊을소냐.

123
뜻 두고 곳츨 보니 향긔 담담 싴도 곱다
은근이 뷔여 잡고 다졍이 ᄉ랑ᄒ니
지금의 쳘셕간장인들 졔 어이. (風雅 91)
　　李世輔

뜻 두고=뜻을 두고. 생각을 가지고　◇은근이 뷔여 잡고=살며시
꼭 붙잡고　◇쳘셕간장인들=쇠와 돌처럼 아주 단단한 마음인들(鐵石
肝腸).

通釋

뜻을 가지고 꽃을 보니 향기가 담담하고 빛깔도 곱다

은근이 꼭 잡고 다정하게 사랑하니
지금의 철석과 같은 마음인들 제가 어이.

124
씌오리라 씌오리라 셰벽스 뉵모 얼레 당스슬 감아 씌오리라
반공 운무즁의 씌엿고나 구머리 쟝군의 홍능화 긴 코
그 즁에 짓거리 잇고 말 잘 듯고 토김 톡 줄 밧는 년은 늬 년인가
(時調 28)

셰벽스=세백사(細白絲). 흰 색의 가느다란 실　◇뉵모 얼레=여섯
모의 얼레. 얼레는 연실을 감는 기구　◇당스슬=당사(唐絲)실　◇반
공 운무즁의=공중의(半空) 안개속(雲霧中)에　◇구머리 쟝군의 홍능
화 긴 코=연에 꼭지를 단 것. 구머리연은 귀머리연으로 연의 상단
양쪽에 삼각형을 그려 넣은 것이고, 연의 이마에 둥근 꼭지를 붙이는
데, 홍능화 긴 코는 이 꼭지의 빛깔과 생김을 나타낸 것임　◇짓거리
잇고=몸을 계속해서 움직이고. 성해위(性行爲)를 의미하는 듯　◇토
김 톡 줄 밧는=퇴김을 톡하고 잘 받아 넘기는. 퇴김은 연을 날릴 때
연 머리를 그루박는 것인데 여기서는 상대방의 말에 응구첩대(應口捷
對)에 민첩한 재치를 말하는 듯함　◇년=계집은. 연[鳶]과 년[女]이
음이 같은 것을 연관하여 지은 것임.

通釋

떠우리라. 떠우리라. 가느다란 흰 실 여섯 모가 난 얼레에 당사실
을 감아 떠우리라.

공중의 안개 속에 싸였구나, 귀머리 장군연의 홍능화의 긴 코가

그 가운데 짓거리 계속하고 말 잘 듣고 말대꾸를 잘 받아 넘기는 연은 내 계집인가.

125

마루 너머 시아슬 두고 손펵을 척척 치울고 지너머 가니

고듸광실 놉흔 집의 화문등믜 보요 깔고 시앗년니 마죠 안져 섬섬옥슈로 에후러쳐 안고 얼그러지고 뒤크러졋다

두어라 팔간 용듸장에 젼오젼빅 노둧ᄒ니 나는 이 밤 시오기 어려외라. (시쳘가 68)

마루 너머=고개 너머 ◇시아슬=시앗을. 시앗은 첩(妾) ◇손펵을 =손벽을 ◇치울고=소리나게 치고 ◇화문등믜=화문석의 등메자리. 등메는 돗자리 가장자리에 헝겊은 대어 꾸민 자리 ◇보요=보료. 보료는 솜이나 짐승의 털로 속을 넣고 헝겊으로 싸서 앉은 자리에 늘 깔아두는 요 ◇시앗년니=시앗년과 ◇마죠 안져=마주 앉아 ◇섬섬옥슈로=가냘프고 예쁜 손으로(纖纖玉手) ◇에후러쳐 안고=에둘러 당겨 안고. 둥글게 휘어 당겨 안고 ◇얼그러지고 뒤크러졋다=엉클어지고 뒤얽혀 있다 ◇팔간 용듸장=미상. 높다란 장대인 듯 ◇젼오젼빅=미상 ◇이 밤 시오기 어려외라=이 밤을 새우기가 어렵겠구나.

通釋

산마루 너머 시앗을 두고 손뼉을 척척 치면서 고개 넘어 가니

고대광실 높다란 집에 화문석 등메자리에 보료를 깔고 시앗년과

마주 앉아 갸날프고 아름다운 손으로 에둘러 당겨 안고 얼크러지고
뒤엉켜 있다.

　두어라 높은 장대 끝에 전오전백 놀 덧 하니 나는 이 밤을 새우기
가 어렵구나.

126
萬頃滄波之水에 둥둥 썻는 부략금이 게오리들아 비슬 금셩 증경이
동당 강셩 너시 두루미 들아
　너 썻는 물 기픠를 알고 둥 썻는 모로고 둥 썻는
　우리도 남의 님 거러두고 기픠를 몰라 ᄒ노라.
(蔓橫淸類) (珍靑 537)

　萬頃滄波之水(만경창파지수)에=넓고 푸른 물결이 넘실대는 넓은
바다나 호수에 ◇부략금=물새의 한 가지 ◇게오리=거위와 오리
◇비슬 금셩='금셩'은 혹 '즘셩'의 잘못인 듯. 비실거리는 짐승 ◇
증경이=원앙새 ◇동당 강셩='강셩'은 '강상'(江上)의 잘못인 듯. 동
당거리며 강상에 떠 있는 ◇너시=너새 ◇거러두고=약속해 놓고.

通釋

　넓고 푸른 물위에 둥둥 떠있는 부략금이와 거위와 오리들아 비실
대는 짐승 원앙새 동당거리는 강 위의 두루미들아.
　네가 떠있는 물의 깊이를 알고 둥 떴느냐 모르고 둥 떴느냐.
　우리도 임자 있는 님과 약속을 하고 기피를 몰라 하노라.

127

물 트고 곳밧테 든이 물굽에서 香난다

酒泉堂 돌아든이 안이 먹은 술내 난다

엇덧타 눈경에 걸온 님은 헷말 못져 나는이. (二數大葉)(海一 465)

든이=들어가니. 들어오니 ◇酒泉堂(주천당)=술이 샘솟듯 한다는
뜻. 실제의 집이 아닌 듯 ◇돌아든이=돌아서 들어오니 ◇눈경에 걸
온 님은=눈짓으로 약속한 님은 ◇헷말 못져 나는이=헛소문이 먼저
나느냐.

通釋

말 타고 꽃밭에 드니 말굽에서 꽃향내가 난다

주천당을 돌아서 드니 먹지 아니한 술 냄새가 난다

어쩌다 눈짓으로 약속한 님은 헛소문부터 나느냐.

128

맛나셔 다졍헌 말리 그려셔 싱각이요

그려셔 싱각든 말리 만나셔 다졍컨마는

엇지타 그린 졍이 변키 쉬워. (風雅 97)

　　李世輔

말리=말이 ◇그려셔=그리워해서 ◇그린 졍이=그리워한 졍이 ◇
변키 쉬워=변하기 쉬워.

만나서 다정한 말이 그리워해서 생각하게 되고
그리워해서 생각하던 말이 만나서 다정하지만
어쩌다 그리워한 정이 변하기 쉬워.

129
望月이 좃타 ᄒ되 初月만 못 ᄒ더라
半隱 半開ᄒ니 淑女의 形容니라
두어라 花未開 月未圓는 君子好逑인가 ᄒ노라(樂府(羅孫本) 578)

望月(망월)이=보름달이 ◇初月(초월)만=초승달만 ◇半隱 半開(반은 반개)ᄒ니=반은 숨고 반은 보이니 ◇淑女(숙녀)의 形容(형용)니라=요조숙녀(窈窕淑女)의 형상이다 ◇花未開 月未圓(화미개월미원)는=꽃으로 따지면 다 피지 않았고 달로 비유하면 둥글지 않으니. 원숙하지는 으나 ◇君子好逑(군자호구)인가=군자에게 어울리는 짝인가.

通釋

보름달이 좋다고들 하나 초승달만 못 하더라
반은 숨고 반은 비추니 마치 요조숙녀의 모습이라
두어라 꽃으로 따지면 활짝 피지 아니하고 달로 비유해도 둥글지 않은 것처럼 원숙하지 않으나 군자의 어울리는 짝인가 하노라.

130
먹은아 못 먹은아 酒尊으란 뷔우지 말고

쓰거니 못 쓰거나 絶代佳人 겻틔 두어

어즙어 逆旅光陰을 慰勞코져 ᄒ노라. (二數大葉) (海周 488)

　　金壽長

酒尊(주존)으란='주존'(酒尊)은 '주준'(酒樽)이 옳은 표기임. 술통은
◇逆旅光陰(역려광음)을=자나가는 손님과 같이 빨리 가는 세월을.

通釋

먹거나 못 먹거나 술통은 비우지 말고

쓰거니 못 쓰거나 아름다운 미인을 곁에 두어

아, 나그네처럼 빨리 가는 세월을 위로코자 하노라.

131

먼듸 ᄃᆰ 우러ᄂ냐 품의 든 님 가랴 ᄒᆡ

이졔 보내고도 반밤이나 남아시니

ᄎ라리 보내지 말고 남은 정을 펴리라. (靑淵 245)

　　金弘道

먼듸=먼 곳의　◇우러ᄂ냐=울었느냐　◇가랴 ᄒᆡ=가려고 하네
◇반밤이나 남아시니=밤의 반이나 남았으니.

通釋

먼 곳의 닭이 울었느냐 품에 든 님이 가려고 하는구나.
이제 보내고도 밤의 반이나 남았으니
차라리 보내지 말고 못다 한 정을 풀리라.

132
무단이 스람 보고 스즈 스즈 달뇌더니
월미심 일미긔의 못 샨다니 웬 말이요
엇지타 경박낭군이 정 어려워. (風雅 132)
　　李世輔

무단이=미리 허락도 없이(無斷)　◇달뇌더니=말로 유혹하더니　◇
월미심 일미긔의=한 달도 되지 않고(月未深) 날짜도 얼마 지나지 않
아서(日未幾)　◇못 샨다니=못 살겠다고 하니　◇경박낭군이=경박스
런 낭군이(輕薄郎君)　◇정 어려워=정말로 어려워. 또는 정들기 어려
워.

通釋

허락도 없이 엉뚱한 사람을 보고 살자 살자고 꾀이더니
오래지 아니하여 못 살겠다니 웬 말이요
어쩌다 경박스런 낭군이 참으로 어려워.

133
물네는 줄노 돌고 수릐는 박회로 돈다

山陳이 水陳이 海東蒼 보라미 두 죽지 녑희 끼고 太白山 허리를 안고 도는고나

우리도 그리던 任 만나 돌까 하노라. (弄) (六靑 736)

물네는 줄노 돌고=물레는 줄을 따라 빙빙 돌고 ◇수리는 박회로 =수레는 바퀴로 ◇山陳(산진)이=산에서 자라 여러 해가 된 매 ◇水陳(수진)이='수진'은 '수진'(手陳)의 잘못. 사람에 의해 길러진 매 ◇海東蒼(해동창)='蒼'(창)은 '청'(靑)의 잘못. 송골매 ◇보라미=나서 일년도 안 된 새끼를 길들인 매 ◇허리를 안고 도는구나=산 중턱을 빙빙 도는구나 ◇그리던 任(임) 만나 돌까=그리워하던 님을 만나 허리를 껴안고 돌까.

通釋

물레는 줄을 따라 돌고 수레는 바퀴로 돈다.

산진이 수진이 해동청 보라매가 두 날갯죽지 옆에 끼고 태백산 중턱을 안고 빙빙 도는구나.

우리도 그리워하던 님을 만나 빙빙 돌까 하노라.

134

뮈온 님 촉직어 물리치는 갈골아 쟝쟐아 고온 님 촉직어 나옷친은 갈골아 쟝쟐이

큰 갈골아 쟝쟐이 쟉은 갈골아 쟝쟐이 흔되 들어 넘는이 어늬 갈골아 쟝쟐이 갑 만흐며 쏘 언의 갈골아 쟝쟐이 갑 젹은 줄 알리

아마도 고온님 촉직어 나오치는 갈고라 쟝쟐이는 금 못칠가 흐노

라. (樂時調) (海一 557)

뮈온 님=미운 님 ◇촉직어=꼭 찍어 ◇갈골아 쟝쟐아=갈고쟁이야.
남성의 성기를 은유한 것임 ◇나옷친은=낚아채는 ◇흔되 들어 넘는
이=한 곳에 있어 뒤섞이니 ◇금 못칠가=값을 헤아리지 못할까.

通釋

미운님을 꼭 찍어 물리치는 갈고쟁이야 고운님을 꼭 찍어 낚아채
는 갈고쟁이야

큰 갈고쟁이 작은 갈고쟁이 한 곳에 들어 넘실대며 놀고 있으니
어느 갈고쟁이가 값이 많으며 어느 갈고쟁이가 값이 적은 줄을 알겠
느냐

아마도 고운님 꼭 찍어 낚아채는 갈고쟁이는 값을 따질 수가 없는
가 한다.

135

밋난편 廣州ㅣ 싼리뷔 쟝ᄉ 쇼대난편 朔寧 넛뷔 쟝ᄉ

눈경에 거론 님은 쑤싹쑤싹 두드려 방망치 쟝ᄉ 돌호로 가마 홍도
쌔 쟝ᄉ 븽븽도라 물레 쟝ᄉ 우물젼에 치다라 근댕근댕ᄒ다가 워렁
충창 쌔져 물 둠복 써내는 드레곡지 쟝ᄉ

어듸가 이 얼골 가지고 죠릐쟝ᄉ를 못 어드리.

(蔓橫淸類) (珍靑 565)

밋난편=본 남편 ◇廣州(광주)=경기도의 시명(市名) ◇싼리비 쟝

수=싸리나무로 만든 비를 파는 상인 ◇쇼대난편=샛서방. 간부(間夫) ◇朔寧(삭녕)=경기도 연천에 있던 지명 ◇넛뷔=억새풀의 꽃줄기로 만든 비 ◇눈경에 거론 님=눈짓으로 약속한 님 ◇방망치 쟝수=방망이를 파는 상인 ◇돌호로 가마=도르르 감아 ◇홍도깨=홍두깨. 다듬이질할 때 다듬이 감을 감아 주름이 없게 하는 둥그런 원통형의 막대기 ◇물레 쟝수=무명에서 실을 뽑아내는 기구인 물레를 파는 상인. 방망이나 홍두깨, 물레는 각각 남자의 성기를 은유함 ◇우물젼에 치다라=우물가에 뛰어가. 우물은 여성의 음부를 상징한 말 ◇드레곡지 쟝수=두레박 꼭지를 파는 상인. 두레꼭지도 남성의 성기를 은유함 ◇죠리쟝수=조리를 파는 상인. 조리는 쌀 등을 이는 기구로 방망이나 홍두깨, 물레보다는 못하다는 뜻으로 비유한 것임.

通釋

본 남편은 광주 싸리비 장사 샛 남편은 삭녕 잇비 장사

눈짓으로 약속한 님은 뚝딱뚝딱 방망이 장사 도르르 감아 홍두깨 장사 빙빙 돌아 물레 장사 우물가에 치뛰어 간댕간댕하다가 워렁풍덩 빠져 물 담뿍 떠내는 두레박 꼭지를 파는 장사.

어디 가서 이 얼굴 가지고 조리장사를 못 얻을까.

136

밋 남진 그놈 紫驄 벙거지 쓴놈 소딕 書房 그놈은 삿벙거지 쓴 놈 그놈

밋 남진 그놈 紫驄 벙거지 쓴 놈은 다 뷘 논에 졍어이로되

밤中만 삿벙거지 쓴 놈 보면 실별 본 듯 ᄒ여라.

(言樂) (青六 830)

밋 남진=본 남편　◇紫驄(자총) 벙거지=자줏빛 말총으로 만든 벙거지. 벙거지는 모자이나 남자의 성기를 가리킴　◇삿벙거지=삿갓처럼 생긴 벙거지　◇다 뷘 논에=추수가 끝난 논에　◇졍어이로되=허수아비로되. 쓸모가 없으되　◇실별 본 듯=샛별을 본 것처럼. 샛별은 다른 별보다 뚜렷함을 비유함.

通釋

본 남편 그놈은 자줏빛 말총 벙거지를 쓴 놈 샛서방 그놈은 삿갓처럼 쓴 벙거지를 쓴 놈 그놈

본 남편 그놈 자줏빛 말총 벙거지를 쓴 놈은 추수를 다한 논에 서 있는 허수아비로되

밤중만 삿갓 벙거지 쓴 놈을 보면 마치 샛별을 본 것처럼 반갑구나.

137

븍독 걸쇠 갓치 얽은 놈아 제발 비자 네게 물가에란 오지 말라

넙젹흔 가잠이 등곱은 식오 결네 만흔 갈치 두릇쳐 메욱이 츤츤 감을치 文魚의 아들 落蹄 넙치의 쏠 가잠이 배부른 올창이 공지 결레 만흔 권장이 孤獨흔 빈암장魚 집치갓튼 고릭와 바늘갓흔 숑스리 눈긴 농게 입쟉은 瓶魚가 금을만 넉여 풀풀쒸여 다 달아나는듸 열업시 상긴 烏賊魚 둥기는듸 그놈의 孫子 骨獨이 이쓰는듸 바소갓튼 말검어리와 귀纓子갓튼 杖鼓아비는 암으란 줄도 모르고 즛들만흔다.

암아도 너곳 곁틔 셧시면 곡이 못 잡아 大事ㅣ로다. (海周 549)
　金壽長

ᄇ독 걸쇠 갓치=바둑판 무늬 같이　◇얽은 놈아=곰보처럼 생긴
놈아. 남성의 성기를 은유함　◇두룻쳐 메육이=메기. '둘러메다'란
말에서 나온 말임　◇츤츤 감을치=가물치. '칭칭감다'란 말에서 나온
말임　◇落蹄(낙제)=낙지의 한자 표기　◇졀례 만흔 권장이=떼거리
가 많은 곤쟁이　◇열업시 상긴=겁 많게 생긴　◇둥기는듸=쩔쩔 매
는데　◇骨獨(골독)이 익쓰는듸=꼴뚜기 애를 쓰는데. 애쓰는 것은 교
접(交接)을 하고자 쩔쩔매는 것　◇바소갓튼=바소와 같은. 바소는 침
(針)의 한 가지로 양 끝에 날이 있고 네 치 길이의 두 푼 가량의 넓
은 침　◇귀纓子(영자) 갓튼=갓끈을 다는 고리 같은　◇암으란 줄도
모르고=아무 것도 모르고　◇즛들만=짓들만. 짓은 성교(性交)를 뜻
함.

通釋

바둑판 무늬 같이 얽은 놈아 제발 빌자 냇가에는 서지마라

눈 큰 준치 허리 긴 갈치 두르쳐 메기 칭칭 가물치 문어의 아들
낙지 넙치의 딸 가잠이 배부른 올챙이 꽁치 떼거리 많은 곤쟁이 고
독한 뱀장어 집채 같은 고래와 바늘 같은 송사리 눈 긴 농게 입이
작은 병어 그물만 여겨 풀풀 뛰어 다들 달아나는데 겁 많게 생긴 오
징어 쩔쩔매는데 그 놈의 손자 꼴뚜기 교접을 하려고 애쓰는데 귀영
자 같은 장고애비는 아무런 줄도 모르고 짓들만 한다.

아마도 네가 곁에 서있으면 고기 못 잡아 큰일이다.

137－1

바둑바둑 뒤 얼거진 놈아 졔발 비자 네게 닉가의란 서지 마라

눈 큰 쥰치 허리 긴 갈치 두루쳐 메오기 츤츤 가물치 부리 긴 공
치 넙젹흔 가잠이 등곱은 식오 결네 만흔 곤쟝이 그물만 너겨 풀풀
쒸여 다 다라나는듸 열엽시 삼긴 오증어 둥긔는고나

眞實노 너곳 와셔 시량이면 고기 못잡아 大事ㅣ러라.

(樂戱調) (樂學 1008)

通釋

바둑바둑 온통 얽은 놈아 제발 빌자 너에게, 냇가에는 서있지 마라

눈 큰 준치 허리 긴 갈치 칭칭 가물치 두루쳐 메기 부리가 긴 꽁
치 넓적한 가재미 등 곱은 새우 떼거리 많은 곤쟁이 그물만 생각하
고 펄쩍펄쩍 뛰어 다 달아나는데 겁 많게 생긴 오징어는 쩔쩔매는구
나.

진실로 네가 와 있으면 고기 못 잡아 큰일이구나.

138

ㅂ람도 부나마나 눈비도 오나 개나

님 아니 와 겨시면 엇지려뇨 흐련마는

우리 님 오오신 後니 부나 오나 내 알랴.(艶情) (古今 201)

부나마니=불거나 말거나 ◇오나 개나=오거나 개이거나 ◇엇지
려뇨 흐련마는=어찌 하리오 하겠지만 ◇부나 오나=바람이 불거나

비가 오거나 ◇내 알랴=내가 알겠느냐. 나와는 상관이 없다.

바람도 불거나 말거나 눈비도 오거나 개이거나
님이 아니 와 게시면 어찌할 것이냐고 하겠지만
우리 님 오신 다음이니 바람이 불거나 눈비가 오거나 내가 알랴.

139
바롬은 안아 닥친드시 불고 구진비는 담아 붓드시 오는 날 밤에
님 차져 나선 양을 우슬 이도 잇건이와
비바롬 안여 天地 飜覆ㅎ야든 이 길리야 아니 허고 엇지 하리오.
(搔聳) (金玉 98)

安玟英

안아 닥친드시=앞에 안아 부딪친 듯이 ◇구진비는=궂은 비는 ◇
담아 붓드시=쏟아 붓듯이 ◇우슬 이도=웃을 사람들도 ◇비바롬 안
여=비바람이 아니라 ◇天地飜覆(천지번복)ㅎ야든=하늘과 땅이 뒤엎
어진다고 하더라도 ◇이 길리야=이 길이야. 이 같은 행동이야.

通釋

바람은 품에 안아 닥친 듯이 불고 궂은비는 담아 붓듯이 오는 날
밤에
님을 찾아 나선 나의 모습을 웃을 사람들도 있거니와
비바람이 아니라 천지가 개벽하더라도 이 같은 일이야 아니 하고

어떻게 하리오.

<金玉叢部>에

"南原妓明玉 皎於音律 頗有姿色 余在南原時 逐日相會 而一日夜則
風雨大作 難以出脚 然既有約則 必行乃已"

"남원기명옥 교어음률 파유자색 여재남원시 축일상회 이일일야즉
풍우대작 난이출각 연기유약즉 필행내이 : 남원 기생 명옥은 음률에
밝고 다못 자색이 있었다. 내가 남원에 있을 때 날마다 서로 만났는
데 하루는 밤에 비바람이 크게 불어 밖에 나가기도 어려웠으나 이미
만나기로 약속을 하였기에 기필코 나갔다"라 했음.

140
ᄇᆞ람은 地動치 듯 불고 구즌 비는 담아 붓 듯 온다
눈경에 걸온 님이 오늘밤 서로 맛나쟈 ᄒᆞ고 板툭쳐 盟誓 밧앗던이
일어흔 風雨에 제 어이 오리
眞實노 오기곳 오량이면 緣分인가 ᄒᆞ리라. (樂時調) (海一 529)

地動(지동)치 듯=벼락을 치 듯 ◇담아 붓 듯=그릇에 담아 쏟아
붓 듯 ◇눈경에 걸온 님이=눈짓으로 만나자고 약속한 님이 ◇板(판)
툭쳐=굳게. 단단히 ◇일어흔 風雨(풍우)에=이러한 비바람에 ◇제 어
이 오리=제가 어찌 오겠는가 ◇오기곳 오량이면=오기만 온다면.

通釋

바람은 벼락을 치듯 불고 궂은비는 담아 붓듯이 온다
눈짓으로 약속한 님이 오늘밤 서로 만나자고 굳게 맹세 받았더니
이러한 비바람에 제가 어떻게 오겠느냐
진실로 오기만 온다면 연분인가 하노라.

141
ㅂ람이 불랴는지 나모 긋치 누웃누웃
비 오려ᄂᆞ지 쎄구름이 머흘머흘
這 任이 내 품에 들려ᄂᆞ지 눈을 금적금적 ᄒᆞ더라.(樂高 298)

불랴는지=불려고 하는지 ◇누웃누웃=미리 흔들거리는 모양 ◇머흘머흘=모양이 험상스럽게 변하는 모양.

通釋

바람이 불려고 하는지 나무 끝이 누웃누웃
비가 오려는지 떼구름이 머흘머흘
저 님이 내 품에 들려고 하는지 눈을 꿈적꿈적 하더라.

142
ㅂ람이 불 줄 알면 雪綿子를 우희 걸며
님이 올 줄 알면 門을 닷고 좀을 들냐
왔다가 가더라 ᄒᆞ니 그를 설워 ᄒᆞ노라.(艶情) (古今 195)

雪綿子(설면자)를=풀솜. 풀솜은 고치를 늘여 만든 솜 ◇우희 걸며

=왜 걸며. 밖에 건조시키는 것 ◇좀을 들냐=잠을 자겠느냐 ◇왔다
가 가더라 ᄒᆞ니=왔다가 이내 간다고 하니.

通釋

바람이 불 줄을 알면 풀솜을 왜 밖에 걸며
님이 올 줄을 알면 문을 닫고 잠을 자겠느냐
왔다가 그냥 간다고 하니 그것을 슬퍼하노라.

143
ᄇᆞᄅᆞᆷ갑이라 ᄒᆞᄂᆞᆯ로 놀며 두더쥐라 ᄯᅡ호로 들랴
금죵달이 鐵網에 걸려 플덕플덕 프드덕이니 ᄂᆞᆯ다 긜다 네 어드러
로 갈다
우리도 새 님 거러두고 플더겨 볼가 ᄒᆞ노라.
(蔓橫淸類) (珍靑 479)

ᄇᆞᄅᆞᆷ갑이라=바람개비라고 해서. 바람개비는 새의 한 가지. 쏙독새
◇ᄯᅡ호로 들랴=땅으로 들어가겠느냐 ◇금죵달이=금종달이. 노란빛
깔의 종달새 ◇ᄂᆞᆯ다 긜다=날거나 기거나 ◇네 어드러로 갈다=네가
어디로 가겠느냐 ◇새 님=새로 생긴 님 ◇거러두고=약속해 두고.

通釋

바람개비라고 하늘로 날며 두더지라고 땅속으로 들어가겠느냐
금종달이 철망에 걸려 풀떡풀떡 푸드덕 거린들 날거나 기거나 네
가 어디로 가겠느냐

우리도 새 님을 약속하여 두고 푸드덕 거려 볼까 하노라.

143-1

발운갑이라 하늘로 날며 두지쥐라 싸흘 픠고 들냐

金鐘다리 鐵網에 걸녀 풀썩풀썩 푸드덕인들 날짜길짜 제 어듸로
갈짜

오늘은 늬 손에 즙혀시니 풀썩여 볼가 ᄒ노라.(言樂) (六靑 824)

픠고='파고'의 잘못   ◇갈짜=가겠느냐.

通釋

바람개비라 하늘로 날며 두더지라고 땅을 파고 들어가겠느냐

금종달이 철망에 걸려 풀떡풀떡 푸드덕거린들 날거나 기거나 네가
어디로 가겠느냐

오늘은 내 손에 잡혔으니 푸드덕거려 볼까 하노라.

143-2

바른갑이라 飛上天ᄒ며 두더쥐라 싸을 파고 들냐

감졍다리싀 철망에 걸녀 풀썩풀썩 푸두덕인들 길짜날짜 제 어드로
가랴

오날날 늬 손에 즈펴시니 즈고나 간들 엇더리. (言樂) (興比 152)

飛上天(비상천)ᄒ며=하늘로 날아올라 가며.

바람개비라 하늘로 날며 두더지라고 땅을 파고 들어가겠느냐

감장다리새가 철망에 걸려서 풀떡풀떡 푸드덕거린들 기다 날다 제가 어디로 가겠느냐

오늘은 내 손에 잡혔으니 자고나 간들 어떠리.

144

半여든에 첫 계집을 ᄒ니 어렷두렷 우벅주벅

주글번 살번 ᄒ다가 와당탕 드리ᄃ라 이리져리 ᄒ니 老都슈의 ᄆᆞ음 흥글항글

眞實로 이 滋味 아돗던들 긜적보터 흘랏다. (蔓橫淸類) (珍靑 508)

半(반)여든에=마흔 살에 ◇첫 계집을 ᄒ니=처음으로 여자를 상대하니 ◇어렷두렷=어리둥절 하는 모양 ◇우벅주벅=일을 순서 없이 급하게 처리하는 모양 ◇드리ᄃ라 이리져리 ᄒ니=달려들어 이렇게 저렇게 다루니 ◇老都슈(노도령)의=늙은 총각의 ◇흥글항글=좋아서 정신을 제대로 차리지 못하는 모양 ◇아돗던들=알았던들 ◇긜적보터 흘랏다=기어 다닐 때부터 하겠다.

通釋

나이 사십에 첫 계집을 상대하니 어릿두릿 우벅주벅

죽을 등 살 등 하다가 와당탕 달려들어 이렇게 저렇게 다루니 늙은 도령의 마음이 흥글항글

참으로 이런 재미를 알았다면 기어 다닐 때부터 할 것을 그랬다.

145

밤은 삼경 스경 되고 오만 임은 쇼식 업다
이 이를 알냥이면 제 졍녕 오련마는
엇지타 무졍가인이 남의 속을 몰나. (風雅 105)

　李世輔

오만 임은=오겠다고 한 임은　◇이 이를 알냥이면=이 심정을 알
것 같으면　◇제 졍녕 오련마는=제가 틀림없이 오겠지마는　◇무졍
가인은=야박스런 사랑하는 사람은(無情佳人).

通釋

밤은 한밤중이 되고 오겠다고 한 님은 소식이 없다
이 심정을 짐작할 수 있다면 제가 틀림없이 오겠지마는
어쩌다 야박한 사람은 남의 심정을 헤아리지 못해.

146

빅년철도 녹이이고 진옥도 쓸컨마는
늬 가슴 믹친 한은 무엇호랴 못 통호누
아마도 임을 그려 못 쓸는가. (風雅 378)

　李世輔

빅년철도 녹이이고=백련철(百鍊鐵)도 녹일 수 있고. 백 번이나 달
군 쇠도　◇진옥도=진옥(眞玉)도. 최고 품질의 옥도　◇무엇호랴 못

통ᄒᆞ누=무엇 때문에 통하지 못하나.

通釋

백 번을 달군 쇠도 녹일 수 있고 진옥도 뚫을 수 있건만
내 가슴에 맺혀있는 한은 무엇 때문에 통하지 못하나
아마도 님을 그리워하여 못 뚫는가.

147

빅발낭군 날 보ᄂᆡ고 나 ᄌᆞ든 방 홀노 안져
노든 형용 싱각ᄒᆞ고 업는 ᄌᆞᆷ 더 업스련이
아마도 녀힝은 한번 허신 어려운가. (風雅 126)
李世輔

노든 형용=놀던 모습(形容)　◇녀힝은=여행(女行)은. 여자의 행실
은　◇허신=몸을 허락하는 것(許身).

通釋

백발 낭군인 나를 보내고 나 자던 방에 홀로 앉아
예전 놀던 모습을 생각하고 없는 잠이 더 없으려니
아마도 여자행실은 한번 몸을 허락하는 것이 더 어려운 것인가.

148

白髮에 환양 노는 년이 져믄 書房 ᄒᆞ랴 ᄒᆞ고
센 머리에 墨漆ᄒᆞ고 泰山峻嶺으로 허위허위 너머가다가 과 그른

쇠나기에 흰 동정 거머지고 검던 머리 다 회거다

그르사 늘근의 所望이라 일락배락 ㅎ노매. (蔓橫淸類) (珍靑 507)

환양 노는 년이=화냥년이. 서방질을 하는 년이 ◇져믄 書房(서 방)=젊은 서방을 ◇ㅎ랴 ㅎ고=얻으려고 하여 ◇셴 머리에=흰 머 리에 ◇墨漆(묵칠)ㅎ고=먹칠을 하고 ◇泰山峻嶺(태산준령)으로=높 은 산과 험준한 고개로 ◇과 그른=괘(卦) 그른. 예측하지 못한 ◇ 쇠나기에=소나기에 ◇흰 동정=흰 동정에. 동정은 저고리의 목둘레 부분에 때가 타지 않게 하기 위하여 대는 흰색의 천 ◇그르사=그르 구나. 잘못 되었구나 ◇늘근의=늙은이의 ◇所望(소망)이라=바라는 바의 일이라 ◇일락배락=잘 될지 안 될지.

通釋

늙어서 서방질을 하는 년이 젊은 서방을 얻으려 하고

흰 머리에 먹칠을 하고 높은 산 험한 고갯마루로 허위적허위적 넘 어가다가 예측하지 못한 소나기에 흰 동정이 검어지고 검던 머리가 다 희어졌구나.

잘못되었구나, 늙은이의 소망이라 잘 될지 안 될지 예측하기 어렵 구나.

148-1

白髮에 환냥노는 년이 져믄 書房 마쵸아 두고

셴머리예 먹칠ㅎ고 泰山峻嶺을 허위허위 너머가다가 卦그른 소나 이예 검은 머리 희여지고 희던 東正 검어 지거다

그러샤 늙은에 所望이라 일낙픠락 ㅎ더라. (慶大時調集 322)

마죠아 두고=약속해 두고 ◇東正(동정)=동정의 한자 표기.

通釋

늙어서 서방질하는 년이 젊은 서방을 약속해 두고
흰머리에 먹칠을 하고 높은 산 험한 고갯마루에 허위적허위적 넘
어가다가 검은 머리 희여지고 하얗던 동정 검어졌구나.
글렀구나, 늙은이의 소망이라 잘 될지 안 될지 예측하기 어렵더라.

149
빅셜분분 황혼시의 미화쟝의 픠는 솟과
삼경 쵹ㅎ 싱각 즁에 긔약 업시 오는 임은
아마도 알심 업고 모르련이. (風雅 107)
  李世輔

빅셜분분 황혼시의=흰 눈이 펄펄 날리는 날 저녁때에(白雪紛紛黃
昏時) ◇미화쟝의 픠는 솟과= 매화장에 피는 꽃과. 매화장은 부녀자
가 매화꽃을 이마 위에 치장으로 다는 일(梅花粧) ◇삼경 쵹ㅎ=한밤
중 촛불 아래(三更燭下) ◇싱각 즁에=생각에 몰두하는 가운데 ◇알
심 업고=줏대가 없고. 또는 실속이 없고 ◇모르련이=모르겠으니.

通釋

흰 눈이 펄펄 날리는 날 저녁때에 매화장에 피는 꽃과
한밤중 촛불 아래 생각에 잠겼을 때 기약 없이 오는 님은
아마도 아무런 실속도 없고 나도 모르겠으니.

150
百獸를 다 기르는 중에 닭은 아니 기를 거시니
鴛鴦枕 翡翠衾에 그리던 님을 만나 정에 말 다 몯흐여 曉月紗窓에
이내 離別을 지촉흐니
伊後야 판척쳐 盟誓흐지 닭은 아니 기로리라. (歌譜 227)

百獸(백수)를=모든 짐승들을 ◇鴛鴦枕 翡翠衾(원앙침비취금)에=원
앙을 수놓은 베개와 비취색 이불에 ◇정에 말=다정한 말 ◇曉月紗窓
(효월사창)에=새벽의 달이 비치는 여인의 방에 ◇이내=내처. 계속해
서 ◇伊後(이후)야=이후(以後)의 잘못. 이다음에는 ◇판척쳐 盟誓(맹
서)흐지=판처 맹세하지만. 단호하게 맹세하지만 ◇기로리라=기르리
라.

通釋

온갖 짐승을 다 기르더라도 닭은 아니 기를 것이니
원앙을 수놓은 베개와 비취색 이불에 그리워하던 님을 만나 다정
한 말을 다 못하여 새벽달이 비치는 깊숙한 방에 곧 이별을 재촉하
니
이후야 굳게 맹세하지만 닭은 아니 기르겠다.

151

白華山 上上頭에 落落長松 휘여진 柯枝 우희

부헝 放氣 쒼 殊常흔 옹도라지 길쥭넙쥭 어틀머틀 믜뭉슈로 흐거
라 말고 님의 연장이 그러코라쟈

眞實로 그러곳 홀쟉시면 벗고 굴문진들 셩이 므슴 가싀리.

(蔓橫淸類) (珍靑 545)

白華山 上上頭(백화산 상상두)에=백화산 맨 꼭대기에. '백화'는 '백
화'(白樺)의 잘못으로 지명이 아닌 사람의 다리 [脚] 를 자작나무에
비유한 말임. 사타구니를 가리킴 ◇白華山(백화산)~우희=양 다리(落
落長松)에서 갈라진 가지(男性의 性器) 위에 ◇부헝 放氣(방기) 쒼 殊
常(수상)흔 옹도라지=부엉이가 방귀를 뀌어 생긴 수상한 옹두라지.
옹두라지는 불거져 나온 부분. 남자의 성기를 형용한 말 ◇길쥭넙쥭
어틀머틀=길고 넙죽하며 우툴두툴. 남성 성기의 외형을 형용한 말
◇믜뭉슈로 흐거라 말고=뭉클뭉클 하지 말고 ◇연장이=연장이. 연
장은 남성의 성기를 가리킴 ◇그러코라쟈=그러했으면 좋겠구나 ◇
그러곳 홀쟉시면=그렇기만 하다면 ◇벗고 굴문진들=헐벗고 굶는다
해도 ◇셩이 므슴 가싀리=무슨 성가신 일이 있겠느냐?

通釋

백화산 맨 꼭대기에 낙락장송 휘여진 가지 위에

부엉이 방귀 뀐 수상한 옹두라지 길고 넙죽하며 우툴두툴 뭉클하
지 말고 님의 연장이 그러했으면 좋겠구나.

진실로 그렇기만 하다면 헐벗고 굶는다 해도 무슨 성가신 일이 있

겠느냐.

152
보거든 썩지 말고 썩엇스면 버리지 마소
보고 썩고 썩고 버림이 君子의 行實일ㅅ가
두어라 路柳墻花ㅣ니 누를 怨妄하리요. (源增 112)

路柳墻花(노류장화)ㅣ니=길가나 담장에 핀 버드나무나 꽃이니. 화
류계를 뜻하며 임자가 없다는 뜻임   ◇누를 怨妄(원망)='怨妄'(원망)
은 '원망'(怨望)의 잘못. 누구를 원망.

通釋

보았으면 꺾지를 말고 꺾었으면 버리지 마시오.
보고 꺾고, 꺾고 버림이 군자의 행실이겠습니까.
두어라 노류장화와 같은 신세니 누구를 원망하겠느냐.

153
北斗七星 흐나 둘 셋 넷 다숫 여숫 일곱 분게 민망흐온 白活所志
흔 丈 알외나니다
그리던 님을 맛나 情에 말 치 못하여 날 쉬 싀니 글노 민망
밤즁만 三台星 差使 노하 싯별 업게 흐소셔. (蔓横) (樂學 960)

분게=분에게   ◇민망흐온=답답하고 미안한   ◇ 白活所志(백활소
지)='백활'은 '발괄'이라 읽음. '소지'는 '소지'(訴志)가 맞음. 진정서와

소장(訴狀) ◇情(정)에 말=정이 넘치는 말 ◇날 쉬 시니=날이 빨리 밝으니 ◇三台星(삼태성)=큰 곰자리의 별. 상태성, 중태성, 하태성의 세 별 ◇差使(차사)=심부름 하는 사람 ◇노하=보내어

通釋

북두칠성 일곱 분에게 민망한 발괄 소지 한 장을 아룁니다.

그리던 님을 만나서 정에 있는 말을 다 하지 못한 채 날이 금방 새니 그것으로 민망

밤중쯤 삼태성을 차사로 삼아 샛별을 없게 하십시오.

154
北天이 묽다커늘 雨裝 업씨 길을 나니
山에는 눈이 오고 들에는 춘비로다
오늘은 찬비 마즈시니 얼어 즐가 ᄒᆞ노라.(二數大葉) (海一 94)
　林悌

北天(북천)이 묽다커늘=북쪽 하늘이 맑다고 하거늘 ◇길을 나니=길을 나서니 ◇춘비로다=차가운 비로구나. 작자인 임제가 상대방인 기생 한우(寒雨)를 가리키는 중의적인 표현임.

通釋

북쪽 하늘이 맑다고 하기에 우장 없이 길을 나서니
산에는 눈이 오고 들에는 차가운 비가 내리는구나.

오늘은 찬비를 맞았으니 얼어서 잘가 하노라.

155

粉壁紗窓 月三更에 傾國色에 佳人을 만나

翡翠衾 나소 굿고 琥珀枕 마조 볘고 잇ㄱ지 서로 즐기는 양 一雙鴛鴦之遊 綠水之波瀾이로다

楚襄王의 巫山仙女會를 부를 줄이 이시랴. (蔓橫淸類) (珍靑 492)

粉壁紗窓(분벽사창)=깨끗이 바른 벽과 깁으로 가린 창. 여인이 거처하는 방 ◇月三更(월삼경)에=달이 환한 한밤중에. 삼경은 밤 11시에서 1시 사이 ◇翡翠衾(비취금)=비취색의 이불 ◇나소 굿고='굿고'는 '덥고'의 잘못인 듯. 내어 덮고 ◇琥珀枕(호박침)=호박으로 만든 베개 ◇잇ㄱ지=느긋하게. 혹 '이ㄱ치'의 잘못인 듯. ◇一雙鴛鴦之遊 綠水之波瀾(일쌍원앙지유 녹수지파란)=한 쌍의 원앙이 녹수에 물결을 일으키며 노는 것 같음 ◇楚襄王(초양왕)의 巫山仙女會(무산선녀회)=초나라 양왕이 고당(高唐)이란 곳에서 꿈에 무산의 선녀와 즐겼다는 고사에서 남녀간의 즐거움을 말함 ◇부를 줄이=부러워할 까닭이.

通釋

깨끗하고 비단 가리개를 한 방 달이 뜬 한밤중에 빼어나게 예쁜 미인을 만나

비취이불을 내어 덮고 호박침을 마주 베고 이같이 서로 즐기는 모습은 한 쌍의 원앙이 녹수에 물결을 일으키며 노는 것과 같구나.

초나라 양왕의 무산선녀회를 부러워할 까닭이 있겠느냐.

156
飛禽走獸 삼긴 後에 닭과 기는 싀두드려 업시홀 즘싱
碧紗窓 깁흔 밤에 품에 드러 즈는 임을 져른 목 늘희여 홰홰쳐 우
러 니러나게 호고 寂寂重門 왓는 님을 무르락 나오락 쌍쌍 지져 도
로 가게 호니
門前에 닭 기장스 외짓거든 츤츤 동혀 쥬리라. (詩歌 708)

飛禽走獸(비금주수)=날짐승과 길짐승   ◇삼긴=생긴   ◇져른 목=
짧은 모가지   ◇늘희여=늘리어   ◇니러나게=일어나게   ◇寂寂重門
(적적중문)=깊숙한 안채   ◇외짓거든=외치거든.

通釋

날짐승과 길짐승이 생긴 뒤에 닭과 개는 깨두드려 없앨 짐승
푸른 깁을 둘러친 방안 깊은 밤에 품안에 들어 잠자는 님을 짧은
목 늘리어 홰홰 소리쳐 울어 일어나게 하고 깊숙한 안채에 찾아온
님을 무르려 나오려 캉캉 짖어 도로 가게 하니
문 앞에 닭과 개장수가 외치거든 단단히 동여 주겠다.

157
非梧桐 不捿허고 非竹實 不食이라
南山月 깁흔 밤에 울냐허는 鳳心이라
두어라 飛千仞 不啄粟은 너를 본가 허노라. (金玉 44)

安玟英

非梧桐 不捿(비오동불서)허고='不捿'(불서)는 '불서'(不棲)의 잘못.
오동나무가 아니면 서식하지 않고 ◇非竹實 不食(비죽실불식)이라=
대나무 열매가 아니면 먹지 않는다 ◇南山月(남산월)=남산 위에 뜬
달 ◇울냐허는 鳳心(봉심)이라=울려고 하는 봉심이다. 봉심은 기녀
(妓女) ◇飛千仞 不啄粟(비천인불탁속)은=천 길 높이를 날며 곡식을
쪼아 먹지 아니함은.

通釋

오동나무가 아니면 살지를 않고 대나무 열매가 아니면 먹지 않는
다

남산 위에 뜬 달이 깊은 밤에 울려고 하는 봉심이로구나

두어라 천 길 높이 날고 곡식을 먹지 아니하는 것을 너를 보았는
가 한다.

<금옥총부>에

"淳昌鳳心 爲人淳淑 頗有夫人態 而兼閒於歌舞矣 石坡大老 愛而爲
號新婦"

"순창봉심 위인순숙 파유부인태 이겸한어가무의 석파대로 애이위
호신부: 순창의 봉심은 사람됨이 순숙하고 자못 부인의 모습이 있다.
가무는 비록 처지나 석파대로께서 사랑하시어 신부라고 호를 지으셨
다."고 했음.

158
샌꼿을 썩어 멀니의 꼿고 山의 올너 들 귀경ᄒ니
올오시난 閑良임늬 ᄂ리시는 선븨임늬 날 보날아고 길 못가니
아마도 山즁 귀物은 나 샌. (靈山歌 34)

샌꼿을=분꽃을 ◇멀니의 꼿고=머리에 꽂고 ◇올너 들 귀경ᄒ니
=올라 들을 구경하니 ◇올오시난=산을 오르시는 ◇閑良(한량)임늬
=한량님들. 한량은 돈 잘 쓰고 놀기를 좋아하는 사람 ◇ᄂ리시는
선븨임늬=산을 내려오시는 선비님들 ◇날 보날아고=나를 쳐다보느
라고 ◇山(산)즁 귀物(물)은=산에서 가장 값이 나가는 물건은.

通釋

분꽃을 꺾어 머리에 꽂고 산에 올라 들을 구경하니
산을 올라오시는 한량님들과 산을 내려가시는 선비님들이 나를 보
려고 길을 제대로 가지 못하니
아마도 산중에서 귀한 것은 나 뿐.

159
사름이 되지 말고 石上의 梧桐 되야
속이 궁그러 自鳴琴이 되야 이셔
閣氏님 羅裙勝上에 百般嬌語 ᄒ리라. (二數大葉) (靑詠 267)
　李鼎輔

石上(석상) 梧桐(오동) 되야=바위에 오동나무가 되어 ◇속이 궁구

러=속이 텅 비어 ◇自鳴琴(자명금)이 되야 이셔=제풀에 우는 거문
고가 되어 있어 ◇羅裙勝上(나군승상)에=‘勝上’(승상)은 ‘슬상’(膝上)
의 잘못. 비단 치마를 입은 무릎 위에 ◇百般嬌語(백반교어)=온갖 아
양을 떠는 다 떠는 말.

通釋

사람이 되지 말고 바위 위에 서 있는 오동나무가 되어
속이 텅 비어 제 풀에 우는 거문고가 되어서
각시님 비단 치마 무릎 위에서 갖은 아양을 다 떠는 말을 하리라.

160
削髮爲僧 앗가온 閣氏 늬의 말 드러보쇼
어득흔 佛堂안에 念佛만 외오다가 네 人生 죽어지면 우는 귓것 네
아니 되랴
다시금 네 마음 도로혀면 粉壁紗窓 月三更에 고은 님 품에 들어
鴛鴦枕 돌 베고 翡翠衿 나슈 덥고 晝夜동품ᄒ니 子孫이 滿堂ᄒ고 富
貴를 누리면서 百年偕老 ᄒ리라. (詩歌 693)

削髮爲僧(삭발위승)=머리를 깎고 스님이 됨 ◇앗가온 閣氏(각씨)=
아까운 여인네. 불쌍한 여인네 ◇어득흔=어두컴컴한 ◇우는 귓 것
=우짖는 귀신의 무리 ◇도로혀면=돌이키면. 돌려 먹으면 ◇粉壁紗
窓(분벽사창)=벽을 깨끗이 칠하고 비단으로 창문을 드리움. 여인이
거처하는 방 ◇月三更(월삼경)에=달이 환하게 밝은 한밤중에 ◇鴛
鴦枕(원앙침) 돌 베고=‘돌’은 ‘둘이’의 잘못인 듯. 원앙을 수놓은 베

개를 둘이 베고 ◇翡翠衾(비취금) 나슈 덥고='금'은 '금'(衾)의 잘못.
비취색의 이불을 둘이 같이 덮고 ◇晝夜(주야)동품ᄒ니=밤낮을 가리
지 않고 같이 붙어 있으니 ◇子孫(자손)이 滿堂(만당)ᄒ고=후손들이
집안에 가득하고 ◇百年偕老(백년해로)=평생을 같이 삶

通釋

머리 깎고 중이 된 아까운 저 각시 나의 말을 들어보시오

어두컴컴한 불당 안에서 염불만 외우다가 자네 인생 죽어지면 우
짖는 귀신의 무리가 네 아니 되겠느냐

다시금 네 마음을 돌려 먹으면 깨끗하게 꾸민 방 달 밝은 한밤중
에 고운 님 품에 들어 원앙침 둘이 베고 비취이불을 내어 덮고 밤낮
없이 같이 품어 자니 자손이 집안에 가득하고 부귀를 누리면서 평생
을 같이 늙으리라.

160-1
削髮爲僧 앗가온 閣氏 이늬 말을 들어보소

어득 寂寞 佛堂 안히 念佛만 외오다가 즈네 人生죽은 後ㅣ면 홍독
기로 탁을 괴와 柵籠에 入棺ᄒ야 더운 불에 찬직 되면 空山 구즌비
에 우지지는 鬼ㅅ것시 너 안인가

眞實로 마음을 들으혐연 子孫滿堂ᄒ여 헌 멀이에 니 쇠 듯이 닷는
놈 긔는 놈에 富貴榮華로 百年同樂 엇더리.

(二數大葉) (海周 546)

金壽長

홍독기로 탁을 괴와=홍두깨로 턱을 괴어. 홍두깨는 옷감을 감아서 다듬이질을 하는 데 쓰이는 원통형 막대 ◇柵籠(책롱)에=채롱에. 채롱은 싸릿가지로 함 비슷하게 만든 가구. 여기서는 관(棺)을 가리킴 ◇더운 불에 찬지 되면=뜨거운 불에 차가운 재가 되면. 화장(火葬)을 하게 되면 ◇空山(공산) 구즌비에 우지지는 鬼(귀)ㅅ것시=텅 빈 산에 궂은비에 우짖는 잡귀가 ◇들으혐연=돌이키면 ◇헌 멀이에 니 쇠 듯이=흰 머리에 이가 꾀이듯이 ◇닷는 놈 긔는 놈에=뛰는 놈 기어 다니는 놈에.

通釋

머리 깎고 중이 된 아까운 각씨 내 말을 들어보소.

어두컴컴한 불당 안에 염불만 외우다가 자네 인생 죽은 뒷면 홍두깨로 턱을 괴와 채롱에 입관하여 화장을 하여 들에 뿌려지게 되면 텅 빈산에 구즌비에 우짖는 잡귀가 바로 자네가 아니겠는가.

진실로 마음을 돌이키면 자손들이 집안에 가득하여 흰 머리에 이가 꾀듯이 뛰는 놈 기어다니는 놈에 영화와 부귀로 평생을 함께 즐기는 것이 엇떠하리.

166
삼남긔 그늬 믜아 님과 두리 어울씌니
思郎이 줄로 올나 가지마다 밋쳐셰라
뎌 님아 구로지 마라 써러질가 흐노라. (永言類抄 167)

삼남긔=삼(杉)나무에 ◇어울씌니=어울려 뛰니 ◇구로지 마라=

구르지 마라. 구르는 것은 그네를 높이뛰기 위해 힘을 주는 것.

삼나무에 그네를 매고 님과 둘이 어울려 뛰니
사랑이 줄로 이어져 가지마다 매쳤구나.
저 님아 구르지 마라 떨어질까 하노라.

167

相思로 곤헌 몸이 床머리을 베여드니
蝴蝶이 나을 모라다가 우리 임을 얼는 만나
어드셔 山間 樵笛이 잠듬 나을. (時調(朴氏本) 60)

곤헌=피곤한. 고된   ◇베여드니=베고서 잠이 드니   ◇얼는 만나=
급히 만나   ◇어드셔=어디서   ◇山間 樵笛(산간초적)이=산에서 부는
초동들의 피리소리가   ◇잠듬=‘잠든’의 오기.

通釋

서로 그리워하는 생각에 피곤한 몸이 상머리를 베고 잠이 드니
꿈이 나를 모라다가 우리 님을 급히 만나게 하니
어디서 산에서 부는 초동들의 피리소리가 잠든 나를.

168

새악시 書房 못 마자 애쓰다가 주근 靈魂 건삼밧 쑥삼되야
龍門山 皆骨寺에 니쌔진 늘근 즁놈 들뵈나 되얏다가

잇다감 쏨나 ᄀ려온 제 슬쎠겨 볼가 ᄒ노라.

(蔓横淸類) (珍靑 494)

건삼밧=기름진 삼밭. 또는 건삼(乾麻) 밭 ◇쑥삼=씨 없는 삼 龍門山(용문산)=경기도 양평에 있는 산 ◇皆骨寺(개골사)=절 이름. 실제 없는 절인 듯 ◇들뵈나=거친 베(布)나 ◇잇다감=이따금 ◇쏨나 가려온 제=땀이 나 ᄀ려울 때 ◇슬쎠겨=슬쩍슬쩍 건드려.

通釋

색시 서방을 맞이하지 못하고 애쓰다가 죽은 영혼이 기름진 삼밭의 뚝삼이 되어

용문산 개골사에 이 빠진 늙은 중놈의 거친 베나 되었다가

이따금 땀이 나 가려울 때 슬쩍슬쩍 건드려나 볼까 하노라.

169

새약氏 싀집간 날 밤의 질방글이 대여섯슬 쏠여 불이온이 시어마님이 물라 들라 ᄒ는고야

며늘이 對答ᄒ되 싀엄의 아들놈이 울이 짓 全羅道 慶尙道로서 會寧鍾城 다희를 못쓰게 쏠어 긔틋 첫신이

글로 빅여 보와도 兩違將홀짜 ᄒ노라. (樂時調) (海一 553)

질방글이=질방구리. 방구리는 물을 담을 수 있는 옹기로 동이보다 작음 ◇대여섯슬=대여섯 개를 ◇쏠여 불이온이=깨뜨려 버리니 ◇물라 들라=물어내라 ◇울이 짓=우리 집. 여성의 성기를 은유함

◇全羅道 慶尙道(전라도 경상도)=우리나라 남쪽 지역. 남성의 성기를 상징하는 듯 ◇會寧鍾城(회령종성) 다희를=회령과 종성 방향을. 여성의 음부를 상징하는 듯 ◇긔틋 첫신이=그르쳤으니 ◇빅여 보와도=비교해 보아도 ◇兩違將(양위장)=서로 다 장기(將棋)에서 '장군'을 부르는 것에 어긋남. 피장파장이니. 비길 수밖에 없음을 나타냄.

通釋

색시 시집간 날 밤에 질방구리 대여섯을 때려 버리니 시어머니가 물어 달라고 하는구나.

며느리 대답하되 시어머니의 아들놈이 우리 집 전라도 경상도로써 회령 종성 쪽을 못 쓰게 뚫어 그르쳤으니

그것으로 비겨 보아도 피장파장인가 하노라.

170

色ヌ치 됴흔 거슬 긔 뉘라셔 말리ᄂᆞᆫ고

穆王은 天子ㅣ로되 瑤池에 宴樂ᄒᆞ고 項羽ᄂᆞᆫ 天下壯士ㅣ로되 滿營 秋月에 悲歌慷慨ᄒᆞ고 明皇은 英主ㅣ로되 解語花 離別에 馬嵬驛에 우럿ᄂᆞ니

ᄒᆞ믈며 날ᄀᆞᆺ튼 小丈夫로 몃 百年 살리라 히올 일 아니ᄒᆞ고 속졀 업시 늘그랴. (蔓橫淸類) (珍靑 557)

色(색) ᄀᆞᆺ치 됴흔 거슬=여색과 같이 좋은 것을 ◇긔 뉘라셔 말리ᄂᆞᆫ고=그 누가 말리는가 ◇穆王(목왕)=목천자(穆天子). 중국 고대의 왕 ◇瑤池(요지)에 宴樂(연악)=목왕이 요지에서 서왕모와 연유(宴遊)

함 ◇滿營秋月(만영추월)=진영(陣營)에 가득히 비친 가을 달밤 ◇悲歌慷慨(비가강개)=강개해서 부른 슬픈 노래 ◇明皇(명황)은 英主(영주)=당 나라 현종(玄宗)은 뛰어난 임금임 ◇解語花(해어화)=양귀비를 가리킴. 달리 기생을 말을 이해하는 꽃에 비유하여 기생을 가리킴 ◇馬嵬驛(마외역)=당 현종이 안녹산(安綠山)의 난리에 피난가다 양귀비를 죽인 곳 ◇히올 일=해야 할 일 ◇쇽절 업시= 쓸데 없이.

通釋

여색같이 좋은 것을 그 누가 말리는가.

목왕은 천자지만 요지에서 잔치를 열어 즐기고 항우는 천하장사지만 군영에 가득한 가을 달밤에 비분강개해 슬픈 노래를 부르고 당 현종은 뛰어난 임금이지만 양귀비와 이별에 마외역에서 울었으니

하물며 나 같은 보잘 것 없는 사내야 몇 백년을 살겠다고 할 일을 아니하고 쓸데없이 늙겠느냐.

170-1

一定 百年 다 못산들 色 아니코 어이 하리

穆王도 天子ㅣ로딕 瑤池에 宴樂ᄒ고 項羽는 天下 壯士엿마ᄂ 虞美人 離別에 우러쩌든

ᄒ물며 碌碌ᄒ 少丈夫ㅣ야 멋 百年을 살이라고 히음 일 아니ᄒ고 쇽졀 업시 늘글야. (詩歌 648)

一定 百年(일정백년)=한 번 정해진 목숨이 백년임 ◇色(색) 아니코=여색(女色)을 가까이 아니하고 ◇穆王(목왕)=주나라의 왕 ◇瑤

池(요지)에 宴樂(연악)ᄒ고=요지에서 서왕모와 잔치를 열어 즐기고
◇虞美人(우미인)=항우의 애희(愛姬)　◇碌碌(녹록)ᄒ 少丈夫(소장부)
ㅣ야=하잘 것 없는 사나이야　◇히음 일=하여야 할 일　◇쇽졀 업시
=쓸데없이

通釋

한번 정해진 백년을 다 못산다고 한들 여색을 가까이 아니하고 어
이 하겠느냐

주나라 목왕은 천자이지만 요지에 잔치를 즐기고 항우는 천하장사
였지만 우미인과 이별에 울었거든

하물며 허잘 것 없는 소장부들이야 몇 백 년을 살겠다고 할 일을
아니하고 쓸데없이 늙겠느냐.

171
식 고은 꼿츨 보고 썩고져 유의로다
ᄉ랑타 그리며는 안 보니만 못ᄒ련이
아마도 알기 쉽고 깁흔 졍 어려워.(風雅 87)
李世輔

썩고져 유의로다=꺾고자하는 생각이 있다(有意)　◇그리며는=그리
워하면.

通釋

빛깔이 고은 꽃을 꺾고자하는 뜻이 있도다

사랑하다가 그리워하면 아니 본 것만 못하려니

아마도 알기 쉽고 깊은 정은 어려운.

172

生민 갓튼 져 閣氏님 남의 肝腸 그만 긏소

돈을 줄야 銀을 줄야 大緞침아 鄕織唐衣 亢羅속껏 白綾헐잇듸 구

름갓튼 北道싸리 玉빈혀 竹節빈혀 銀粧刀ㅣ라 金貝즈르 金粧刀ㅣ라

蜜花즈르 江南서 나오신 珊瑚柯枝 자기 天桃靑鸞박은 純金갈악씨 石

雄黃眞珠당게 繡草鞋를 줄야

져 님아 一萬兩이 숨잘리라 긏갓튼 寶죠기예 웃는 듯 씽긔는 듯

千金 言約을 暫間 許諾 ᄒ여라. (二數大葉) (海周 392)

李鼎輔

生(생)민 갓튼=길들이지 않은 매 같은 ◇긏소=끊으시오 ◇大緞(대
단)침아=대단치마. 대단은 중국산 비단 ◇鄕織唐衣(향직당의)=향직은
비단의 일종 향직으로 만든 당의. 당의는 저고리 앞 뒤 자락을 길게
드리워 끝을 예쁜 곡선으로 둥글린 궁중의 가벼운 예복의 하나 ◇亢
羅속껏=항라로 만든 속곳. 항라는 여름용 옷감임 ◇白綾(백릉)헐잇듸
=백릉으로 만든 허리띠. 백릉은 흰 빛깔의 엷은 비단 ◇北道(북도)싸
리=북쪽지방에서 나오는 다리. 다리는 여자가 머리에 덧넣는 딴머리.
가발 ◇金貝(금패)즈르=‘금패’는 ‘금패’(錦貝)의 잘못. 금패로 만든
장도(粧刀)의 자루. 금패는 호박(琥珀)의 일종 ◇밀화(蜜花)즈르=밀화
로 만든 자루. 밀화는 호박의 일종 ◇天桃靑鸞(천도청란)=천도복숭아

모양의 푸른 방울 ◇石雄黃(석웅황)=광물로 물감으로 쓰임. 댕기의 물을 들일 때 씀 ◇당게=당감잇줄. 당감잇줄은 짚신이나 미투리의 총에 꿰어 줄이고 늘리는 줄 ◇繡草鞋(수초혜)=보기 좋게 잘 꾸민 짚신 ◇一萬兩(일만냥)=값비싼 ◇꿈잘리라=잠자리라 ◇찡긔는 듯=찡그리는 듯 ◇千金言約(천금언약)=매우 소중한 약속.

通釋

생매 같은 저 각시님 남의 간장을 그만 좀 끊으시오.

돈을 줄까 은을 줄까 대단치마 명주 당의 항라 속곳 백릉 허리띠 구름 같은 북도 다리 옥비녀 죽절비녀 은장도와 금패 자루 금장도와 밀화 자루 강남서 나온 산호가지 자개 천도청란 박은 금가락지 석웅황 물들인 진주댕기 수놓아 만든 신발을 주라

저 님아 값비싼 잠자리라 꽃 같은 보조개에 웃는 듯 찡그리는 듯 매우 소중한 약속을 잠깐만 허락 하여라.

173

石崇의 累鉅萬財와 杜牧之의 橘滿車風采라도

밤일을 홀저긔 제 연장 零星ᄒ면 꿈자리만 자리라 그 무서시 貴홀 쏘냐

貧寒코 風度ㅣ 埋沒홀지라도 제 거시 무즘ᄒ여 내 것과 如合符節 곳 ᄒ면 그 내 님인가 ᄒ노라. (蔓橫淸類) (珍靑 546)

石崇(석숭)의 累鉅萬財(누거만재)=석숭의 수많은 재산. 석숭은 진 (晉)나라 때의 부자(富者) ◇杜牧之(두목지)의 橘滿車風采(귤만거풍

채)=두목지가 술에 취해 수레를 타고 양주(揚州)를 지나갈 때 두목지의 풍채에 반한 기생들이 귤을 던져 수레에 가득했다는 고사 ◇밤일을=방사(房事)를 ◇연장=남자의 성기를 가리킴 ◇零星(영성)ᄒ면=보잘 것이 없으면 ◇꿈자리만 자리라=동침하지 않으리라 ◇風度ㅣ 埋沒(풍도매몰)홀지라도=풍채와 도량이 보잘 것 없다고 하더라도 ◇제 거시 무즑하여=저의 물건이 묵직하여 ◇如合符節(여합부절)곳ᄒ면=서로가 합한 듯이 꼭 들어맞으면.

通釋

석숭의 수많은 재산과 두목지의 귤이 수레에 가득 차는 풍채라도 밤일을 할 때에 제 연장이 보잘 것 없으면 꿈에서만 자겠다. 그 무엇이 귀중하겠느냐

가난하고 풍채와 도량이 보잘 것 없다 할지라도 제 것이 묵직하여 내 것과 서로 합한 것처럼 꼭 들어맞으면 그가 내 님인가 하노라.

174
世上 衣服 手品 制度 針線 高下 허도ᄒ다
앙縷緋 두올쓰기 샹침ᄒ기 쌈금질과 싀발스침 감침질에 반당침 듸올쓰기 긔 다 죠타 ᄒ려니와
우리의 고온 님 一等 才質 삿쓰고 박금질이 第一인가 ᄒ노라.
(編數大葉) (靑六 861)

手品 制度(수품제도)=솜씨와 마련된 법도 ◇針線 高下(침선고하)=바느질 솜씨의 좋고 낮음 ◇허도ᄒ다=많기도 많다 ◇앙縷緋(누

비)=두 천 사이에 솜을 넣고 드믄드믄 꿰매는 것 ◇두올쓰기=두 올로 뜨는 바느질 ◇샹침ᄒ기=박이웃이나 보료 방석 같은 것의 가장자리를 실밥이 겉으로 드러나게 꿰매는 일(上針) ◇깜금질=깎음질 ◇시발스침=여러 겹을 맞대어 새발모양으로 호는 일 ◇감침질=바늘로 감치는 일 ◇반당침=중국에서 들여온 짧은 바늘(半唐針) ◇딘올쓰기=큰 올로 뜨는 것 ◇一等 才質(일등재질)=제일 잘하는 재주 ◇삿쓰고=삽을 들고. 삽은 두 다리 사이를 가리킴 ◇박금질=성교(性交)를 형용한 말.

通釋

세상 의복을 만든 솜씨와 법도 바느질 솜씨의 좋고 낮음이 많기도 많구나.

양누비 두올뜨기 상침하기 깎음질과 새발시침 감침질에 반당침 대올뜨기 그 것들이 다 좋다고 하겠지마는

우리의 고은 님 일등 가는 재질 삽을 들고 박음질이 제일인가 하노라.

175
세우 쑤리는 날에 紫芝 장옷 뷔혀 잡고
梨花 핀 깁흔 골노 진동한동 가는 閣氏
어듸가 뉘 거짓말 듯고 옷 젓는 줄 모로ᄂᆞ니. (瓶歌 734)

세우 쑤리는=이슬비가(細雨) 내리는 ◇紫芝(자지) 장옷 뷔혀 잡고 =자줏빛 장옷을 움켜쥐고 ◇진동한동 가는=빠른 걸음으로 급히 가

는.

通釋

이슬비가 내리는 날에 자주빛 장옷을 움켜쥐고

배꽃이 핀 깊은 골로 급히 가는 저 각시

어디가 누구의 거짓말을 듣고 옷 젖는 줄 모르느냐.

176

셋괏고 사오나온 저 軍牢의 쥬정보소

半龍丹 몸쑹이에 담벙거지 뒤앗고서 좁은 집 內近혼티 밤듕만 들녀 들어 左右로 衝突ᄒᆞ여 새도록 나드다가 제라도 氣盡틴디 먹은 濁酒 다 거이네

아마도 酗酒를 잡으려면 저 놈부터 잡으리라. (蓬萊樂府 25)

申獻朝

셋괏고=굳세고 ◇사오나온=사나운 ◇軍牢(군뇌)=지방 관아에 딸린 나졸(羅卒). 여기서는 남성의 성기를 은유한 것임 ◇쥬정보소=술 주정하는 것을 보시오 ◇半龍丹(반룡단)='반룡'은 '반령'(盤領)의 잘못인 듯. '단'은 옷단의 단을 한자로 표기한 듯. 폭이 좁은 소매에 둥근 깃을 단 옷인 반령착수(盤領窄袖)를 말하는 듯. 여기서는 남성의 성기의 외형을 가리킴 ◇담벙거지=병졸 등이 쓰던 모자의 일종. 남성의 성기 귀두(龜頭)를 가리킴 ◇뒤앗고서=뒤로 벗어 넘기고서 ◇內近(내근)혼티=부녀자가 거처하는 곳과 가까운 데. 여성의 성기를 말함 ◇새도록 나드다가=밤새도록 드나들다가. 성행위를 말함 ◇제라도=

저 자신마저도 ◇氣盡(기진)턴디=기운이 다 빠져 지쳤던지 ◇먹은 濁酒(탁주) 다 거이네=먹었던 탁주를 다 게우네. 탁주는 정액(精液)을 비유한 것임 ◇酗酒(후주)=주정. 주정꾼.

*六堂本『靑丘永言』에 작자가 金華鎭으로 되어 있음

通釋

굳세고 사나운 저 군뇌의 술주정을 보시오

반령단 몸뚱이에 담벙거지 뒤로 벗어 던지고서 좁은 집 내근한 곳에 밤중쯤에 달려들어 좌우로 충돌하여 밤새도록 드나들다가 제라도 기운이 다 빠졌는지 먹은 탁주를 다 게우는구나.

아마도 주정꾼을 잡으려면 저 놈부터 잡으리라.

177
속적우리 고은 씩치마 밋머리에 粉씩 민 閣氏
엇그제 날 속이고 어듸 가 쏘 눌을 소길려 ᄒ고
夕陽에 곳柯枝 것고 쥐고 가는 허리를 즈늑즈늑 ᄒ는다.
(二數大葉) (海周 555)
  金壽長

속적우리=속저고리. 속에 입는 저고리 ◇씩치마=알록달록한 치마 ◇밋머리=민머리. 여자가 쪽을 찌지 않은 머리 ◇粉(분)씩 민=분대(粉黛)로 꾸민. 분대는 여인들이 화장하는 분과 눈썹먹 ◇눌을 소길려 ᄒ고=누구를 속이려 하고 ◇가는 허리=가느다란 허리. 세요(細腰) ◇즈늑즈늑=동작이 가볍고 조용하며 부드러운 모양. 남자를 유혹하기 위하여 아양을 떠는 모습.

通釋

속저고리 고은 때치마 민머리에 분대로 화장을 한 각시
엊그제 나를 속이고 어디 가서 또 누구를 속이려 하고
석양에 꽃가지 꺾어 쥐고 가느다란 허리를 자늑자늑 하느냐.

177-1
靑치마 흔 환영의 쏠연 紫的長옷 뮈여 브릴 연이
엊그제 날 속이고 쏘 눌을 마자 속이려 ᄒ고
夕陽에 ᄀ는 허리를 한들한들 ᄒᄂ니. (栗糖數葉) (樂서 438)

환영의 쏠연=화냥의 딸년 ◇紫的長(자적장)옷=자줏빛 장옷 ◇뮈여
브릴 연이=찢어버릴 년이.

通釋

푸른 치마를 입은 화냥년 자주빛 장옷을 찢어버릴 년이
엊그제 나를 속이고 또 누구를 속이려 하고
석양에 가느다란 허리를 한들한들 하느냐.

178
孫約正은 點心 출히고 李風憲은 酒肴를 쟝만ᄒ소
거믄고 伽倻ㅅ고 奚琴 琵琶 笛 觱篥 杖鼓 舞工人으란 禹堂掌이 드
려오시

글 짓고 노래 부르기와 女妓女花看으란 내 다 擔當ᄒ리라.
(蔓橫淸類) (珍靑 525)

約正(약정), 風憲(풍헌), 堂掌(당장)=시골의 향직(鄕職)이나 서원(書院)에 딸린 직책의 하나 ◇舞工人(무공인)=춤추거나 악기를 다루는 사람 ◇女妓女花看(여기여화간)으란=기생이나 여자들을 돌보는 일이란.

通釋

손약정은 점심을 차리고 이풍헌은 술과 안주를 장만하시오
거문고 가얏고 해금 비파 저 필률 장고와 춤추고 악기를 다루는 사람은 우당장이 데리고 오시오.
글 짓고 노래 부르기와 기생과 여자들을 돌보는 일은 내가 모두 담당하리라.

178-1
金約正 자늬난 술을 장만ᄒ고 盧風憲 孫堂長은 安酒 만이 장마ᄒ쇼
嵇琴 琵琶 笛 피리 長鼓 巫鼓 舞鼓 工人으란 늬 다 擔當흠세
九十月 丹楓 明月夜에 모혀 취코 놀니라. (界樂時調) (六靑 776)

通釋

김약정 자네는 술을 장만하고 노풍헌과 손당장은 안주를 많이 장만하시오

해금 비파 저 피리 장고 무고 무고와 공인은 내가 다 담당함세
구시월 단풍철 달 밝은 밤에 모여서 취하고 놀리라.

179
술 먹고 醉흔 後의 얼음숭의 춘 슝닝과
새볘 님 가려거든 고쳐 안고 줍든 맛과
世間의 이 두 滋味는 눕이 알가 ᄒ노라.(醉興) (槿樂 201)

얼음숭의 춘 슝닝과＝얼음구멍에서 꺼낸 것 같은 차가운 슝늉과
◇새볘 님 가려거든＝새벽에 님이 가려고 하거든 ◇고쳐 안고＝다시
끌어안고.

通釋

술 먹고 취한 다음에 얼음구멍에서 꺼낸 것처럼 차가운 슝늉과
새벽에 님이 가려고 하거든 다시 끌어안고 잠드는 맛과
세상의 이 두 가지 재미는 남이 알까 하노라.

180
술 먹기 비록 죠흘지라도 흔두盞 박긔 더 먹지 말며
色ᄒ기 죠흘지라도 敗亡에란 말을지니
平生에 이 두일 삼가ᄒ면 百年千金軀를 病들일 줄 이시랴.
(羽樂時調) (六青 790)

百年千金軀(백년천금구)를＝평생토록 소중하게 지녀야 할 몸뚱이를.

술 먹기가 비록 좋다고 하더라도 한두 잔밖에는 더 마시지 말며
색 하기가 좋다고 하더라도 망치는 데까지는 가지 말 것이니
평생에 이 두 가지 일을 삼가면 평생을 살아야 할 몸뚱이를 병들
게 할 까닭이 있느냐.

181

술 먹어 病 업는 藥과 色ᄒ여 長生홀 藥을
갑 주고 살쟉이면 盟誓ㅣ개지 아모만들 관계ᄒ랴
갑쥬고 못 살 藥이니 눈칙 아라가며 소로소로ᄒ여 百年까지 ᄒ리
라. (蔓橫淸類) (珍靑491)

長生(장생)홀 藥(약)을=가집(歌集)에 따라 '약'은 '술'(術)로 되었음.
오래 살 수 있는 약을. 또는 방법을 ◇盟誓(맹서)ㅣ개지 아모만들=
맹세하지만 얼마인들 ◇소로소로ᄒ여=살짝살짝 하여.

通釋

술 먹어서 병 없을 약과 색을 하여도 오래 살 수 있는 방법을
값을 주고 살 수 있다면 맹세하지만 얼마인들 관계하랴
값 주고 살 수 없는 약이니 눈치 알아가며 살짝살짝 하면서 평생
을 살아가리라.

182

술 붓다가 盞 골케 붓는 妾과 色혼다고 싀움 甚히 흐는 안히

헌 비에 모도 시러다가 씌우리라 흔 바다희

狂風에 놀나 씌닷거든 卽時 다려오리라. (言樂) (六靑 807)

골케 붓는=곯게 붓는. 잔에 차지 않게 따르는 ◇色(색)혼다고 싀
움 甚(심)히 흐는=여색을 밝힌다고 시새움을 지나치게 하는 ◇헌 비
에=낡은 배에. 가집에 따라 '흔 빅'로 표기된 것도 있음.

通釋

술을 잔에 차지 않게 따르는 첩과 색을 한다고 시새움을 심하게
하는 아내

낡은 배에 모두 실어다가 띄우겠다, 큰 바다에

사나운 바람에 놀라 깨닫거든 즉시 데려오리라.

183

술이라 흐면 믈 물 혀 듯흐고 飮食이라 흐면 헌 물등에 셔리 황다

앗 듯

兩 水腫다리 잡조지 팔에 함기눈 안풋 쏩쟝이 고쟈 남진을 만셕듕

이라 안쳐 두고 보랴

窓밧긔 통메쟝ᄉ 네나 즈고 니거라. (樂戲調) (樂學 1062)

믈 혀 듯흐고=물 켜 듯하고 ◇셔리 황다앗 듯=미상. 혹 서리(暑
痢) 때문에 황이 된 듯. 서리는 더위로 생긴 설사병이며 황은 안맞는
골패짝으로 일이 잘못 되었을 때 "황 잡았다"고 함. 이본(異本)에는

'藥타오 듯'으로 되어 있음 ◇兩 水腫(양 수종)다리=두 수종다리. 수종은 붓는 병 ◇잡조지 팔=잡좆은 쟁기를 들기 위한 손잡이로 짧은 팔을 가리킴 ◇함기눈=흑보기. 눈동자가 한 쪽으로 몰려서 늘 흘겨 보는 사람의 별명 ◇안퐂 쏩장이=안팎 곱사등이 ◇고쟈 남진=고자 남편 ◇만셕듕=만석중이. 나무로 만든 꼭두각시의 하나 ◇통메장수=통(桶)메우시오 하고 외치는 장사꾼. 통메장사를 간부(間夫)에 비유함 ◇즈고 니거라=자고 가거라.

通釋

술이라 하면 말이 물 들이키듯 하고 음식이라면 헌 말 등에 약을 받아드리듯

통통 부은 두 다리 잡좆이 팔에 함개눈 안팎곱사등이 고자 남편을 만석중이라고 안쳐 두고 보겠느냐

창밖에 통 메우시오 하고 웨치는 장사꾼아 네나 자고 가거라.

183－1

술이라 ᄒ면 믈 물혀 듯하고 飮食이라 하면 헌 말등에 셔황다앗 듯

양수수종다리 잡조지팔에 개눈에 안팟꼽쟝이 男眞을 무어시라 안쳐두고 보리

窓밧긔 물자름 물자름 흘니난 구멍막이 메옵소 웨는 長事 l 야 네나 이리 오너라. (樂) (靑가 702)

개눈=의안(義眼) ◇무어시라=무엇 하려고 ◇물자름 물자름 흘니

난 구멍막이=물을 조금 조금 흘리는 구멍. 여성의 성기를 말함 ◇
메옵소 웨는 長事(장사) l 야='메우시오'하고 외치는 장사꾼아.

通釋

술이라 하면 말 물 들이키듯 하고 음식이라면 헌 말등에 약을 받
아들이 듯
두 수종다리 잡좃이 팔에 개눈에 안팎곱사등이 남편을 무엇이라고
안쳐두고 보겠느냐
창밖에 물 조름 물 조름 흘리는 구멍을 메우시오 외치는 장사꾼아
너나 이리 오너라.

184
으자 나 쓰던 되 黃毛筆을 首陽 梅月을 흠벅 지거 窓前에 언졋더
니
댁딍글 구우러 쏙 나려 지거고 이제 도라가면 어들 법 잇건마는
아모나 어더 가져셔 그려보면 알리라. (蔓横淸類) (珍靑 476)

으자=감탄사 ◇되 黃毛筆(황모필)=중국산 황모로 만든 붓. 황모는
족제비 털. 남자의 성기를 은유함 ◇首陽 梅月(수양매월)=예전 황해
도 해주(海州)에서 생산되던 품질이 우수한 먹의 이름들 ◇흠벅 지거
=잔뜩 찍어 ◇쏙 나려 지거고=뚝 떨어지겠구나 ◇아모나 어더 가져
셔=누구나 얻어 가지고 가서 ◇그려보면 알리라=써보면 알 것이다.

通釋

아! 내가 쓰던 중국산 황모필을 수양과 매월과 같은 먹을 흠뻑 찍어 창 앞에 얹었더니.

땍때굴 굴러 뚝 떨어졌구나. 이제 돌아가면 얻을 법도 있겠지만 아무나 얻어 가지고 가서 그려보면 일리라.

184-1

아쟈 내 黃毛試筆 墨을 뭇쳐 窓밧긔 디거고

이졔 도라가면 엇어올 法 잇것마는

아모나 어더 가져서 그려보면 알리라. (珍青 5)

디거고＝던졌구나.

通釋

아! 내 족제비 털로 만든 붓에 먹물을 묻혀 창밖으로 던졌구나.

이제 돌아가면 얻어올 법도 있겠지마는

아무나 얻어 가져서 그려보면 알리라.

165

ㅇ흠 긔 뉘오신고 것넌 佛堂에 동녕僧 이오런이

홀居師 홀로 자옵는 房에 무슴 것 홀아 와 겨오신고

홀居師 님의 노감탁이 버서 건은 말겻틔 내 곡갈 버서 걸라 왓슴

늬. (海一 573)

ㅇ흠＝어흠. 헛기침 소리   ◇뉘오신고＝누구신가   ◇동녕僧(승) 이

오러니=동냥하는 스님이더니 ◇홀居師(거사)=홀로 지내는 남자 스님
◇무슴 것 홀아=무엇을 하려고 ◇노감탁이=노감투. 노끈으로 만든
감투 ◇버서 건은=벗어 걸은 ◇말겻틔=말코지 곁에. 말코지는 물건
을 걸기 위해 벽에 박아놓은 못이나 갈고리 같은 것 ◇곡갈=고깔.
여승이 쓰는 삼각형 모양의 모자.

通釋

어험! "그 누구신가" "건너 불당에 동냥중입니다"
"홀 거사가 홀로 자는 방에 무엇 하려고 와 계신고"
"홀 거사님의 노감투 벗어 걸은 곁에 내 고깔 벗어 걸려고 왔습니
다."

186
알쓰리 그리다가 만나 보니 우습거다
그림것치 마주 안져 脉脉이 볼 섄이라
至今예 相看無語를 情일런가 ᄒ노라.(弄) (金玉 150)
　安玟英

알쓰리 그리다가=알뜰하게 그리워하다가 ◇脉脉(맥맥)이=계속해서
◇相看無語(상간무어)를=서로 바라보며 말이 없음을.

通釋

알뜰하게 그리워하다가 만나 보니 우습구나.

그림같이 마주 앉아 계속해서 바라볼 뿐이다

지금에 서로 바라보며 말이 없는 것을 정이라고 하겠다.

<金玉叢部>에

"丁丑春 余在雲宮矣 有人來訪故 出往視之則 其人自袖中出一封花箋 折而見之則 乃是全州梁臺: 在京書也 卽往相握 其喜何量 信乎其喜 極無語也"

"정축춘 여재운궁의 유인내방고 출왕시지즉 기인자수중출일봉화전 절이견지즉 내시전주양대 재경서야 즉왕상악 기희하량 신호기희 극 무어야: 정축(1877)년 봄에 내가 운현궁에 있을 때 사람이 찾아왔기에 만나보니 그 사람이 소매 속에서 봉한 편지 하나를 꺼내어 주거늘 뜯어보니 곧 전주 양대가 서울에서 보낸 글이다. 즉시 가서 서로 손을 잡으니 그 기쁨을 어찌 헤아릴 수가 있으랴. 그 기쁨을 믿을 수가 있겠는가? 참으로 할 말이 없도다."라고 하였음.

187

앗丩려 검주남오 불 싸혀도 實히 업고

앗꿀여 늠의 思郞 造누룩 술이로다

괼 쌔는 워스런 괴던이 後ㅅ啖 업셔지거다. (海一 522)

앗丩려=아서라. 감탄사 ◇검주남오=검불 나무 ◇불 싸혀도 實 (실)히 업고=불을 때어도 실속이 없고 ◇造(조)누룩='造'(조)는 '조' (粗)의 잘못인 듯. 질이 떨어지는 누룩 ◇괼 쌔는 워스런 괴던이=사 랑할 때에는 야단스럽게 사랑하더니 ◇後ㅅ啖(후담) 업셔지거다=뒷맛이 없어졌구나. 뒷말이 없구나.

通釋

아서라 검불나무는 불을 때어도 실속이 없고
아서라 남의 사랑이란 것은 질이 떨어지는 누룩으로 담근 술이로다
사랑할 때는 야단스럽게 사랑하더니 뒷맛이 없어졌구나.

188

夜半相逢 죠튼 마음 出門相送 엇덧턴고
月色은 滿庭헌데 화음은 작작이라
엇지타 봉시란 별시이ᄒ니 글를 슬허. (源一 680)

夜半相逢(야반상봉) 죠튼 마음=한밤중에 서로 만나 좋아하던 마음
◇出門相送(출문상송)=문을 나서서 서로 이별함 ◇화음은 작작이라=
꽃 그림자가(花陰) 그득하구나(綽綽) ◇봉시란 별시이ᄒ니=만나기는
어렵고(逢時難) 이별하기는 쉬우니(別時易).

通釋

한밤중에 만나 좋던 마음 문을 나서 서로 이별하니 어떠한가.
달빛을 뜰에 가득한데 꽃 그림자 그득하구나.
어찌하여 만나기는 어렵고 헤어지기는 쉬우니 그를 슬허.

189

洛山東臺 여즈러진 바회 우희 倭철쭉ヌ튼 져 내 님이

내 눈에 面츠거든 눕인들 지내쳐 볼야

암아도 百般嬌態는 금 못칠까 ᄒ노라.(三數大葉) (海一 487)

洛山東臺(낙산동대)='洛山'(낙산)은 '藥山'(약산)의 잘못. 약산 동쪽에 있는 대. 약산은 평북 영변에 있음 ◇여즈러진=이즈러진. 한 귀퉁이가 깨진 ◇내 눈에 面(면)츠거든=내 눈에 얼굴이 흡족하거든 ◇남인들 지내쳐 볼야=다른 사람인들 예사롭게 보겠느냐 ◇百般嬌態(백반교태)는=온갖 아양을 떠는 태도는 ◇금 못칠까=값을 따질 수가 없는가.

通釋

약산 동대 이즈러진 바위 위에 왜철쭉 같은 내 님이

내 눈에 예쁘게 보이거든 다른 사람들인들 예사로 보겠느냐

아마도 온갖 아양 떠는 모양은 값을 따질 수가 없는가 하노라.

189-1

藥山東坮 여즈러진 바회 우희 倭躑躅 ヌ튼 져 내 님이

내 눈에 덜 밉거든 남의 눈애 지나보랴

싀 만코 쥐 쐰 東山에 오조 ヌ듯 ᄒ여라. (三數大葉) (樂學 805)

내 눈에 덜 밉거든=내 눈이 밉지 않거든 ◇지나보랴=지나쳐 보겠느냐 ◇쥐 쐰=쥐가 꾀이는 ◇오조 ヌ듯=오조를 간 듯. 오조는

일찍 수확하는 조. 얼굴이 예쁜 여자에 비유, 많은 남자들이 꾀어든다는 말임.

通釋

약산 동대 이즈러진 바위 위에 왜철쭉 같은 저 내 님이
내 눈에 밉지 않거든 남의 눈에 지나쳐 보랴
새가 많고 쥐가 꾀이는 동산에 오조를 간 듯하구나.

189-2
藥山東臺 여즈러진 바희 우희 倭躑躅 궃튼 져 내 님이
내 눈의 덜뮙거든 눔인들 지내보랴
아모도 繁華혼 님이니 뒷손칠가 ᄒ노라. (永類 241)

아모도='아무리'의 잘못인 듯   ◇繁華(번화)혼 님이니=훌륭하고 잘난 님이라도   ◇뒷손칠가=뒷손질할까. 일을 마무리하고 또 다른 행동을 할까.

190
어듸 쟈고 어듸 온다 平壤 쟈고 여기 왓늬
臨津 大同江을 뉘뉘 배로 건너 온다
船價난 만트라마ᄂ 女妓배로 건너 왓늬.(三數大葉) (甁歌 817)

어듸 온다='여긔 온다'의 잘못   ◇뉘뉘=누구 누구   ◇건너 온다=건너 왔느냐   ◇船價(선가)난 만트라마ᄂ=배 삯은 많지마는. 탈 수 있

는 배들은 많지마는 ◇女妓(여기)배로=기생의 배를 타고. 배[船]와 배[腹]가 음이 같은 것을 비유해 지은 것임.

通釋

어디서 자고 여기에 왔는가. 평양에서 자고 여기에 왔네.
임진강과 대동강을 누구누구의 배로 건너 왔느냐
배 삯을 내고 탈 수 있는 배는 많으나 기생의 배를 타고 건너 왔네.

191
어른쟈 나븨야 에어른쟈 범나븨야
어이흔 나븨완듸 百花香의 춤추는고나
우리도 늠의 님 거러 두고 춤추어 볼가 ᄒ노라.
(蔓橫 樂時調 編數葉 弄歌) (靑詠 554)

어른쟈=얼씨구나   ◇에어른쟈=어얼씨구나   ◇어이흔 나븨완듸=
어떠한 나비기에   ◇百花香(백화향)의=모든 꽃의 향기에.

通釋

얼씨구나 나비야 어얼씨구 범나비야
어떠한 나비이기에 모든 꽃향기에 춤을 추는구나
우리도 임자 있는 님을 약속해 두고 춤추어 볼까 하노라.

192
어른쟈 너추리야 에어른쟈 박너추리야

어인 너추리완딕 담을 너머 손을 주노

어른 님 이리로셔 져리로 갈졔 손을 쥬려 ㅎ노라.

(蔓橫) (國樂 947)

어른쟈=얼씨구나 ◇너추리야=넝쿨이여 ◇에어른쟈 박너츌이야=
어얼씨구나 박넝쿨이야 ◇어인 너추리완딕=어떠한 넝쿨이기에 ◇담
을 넘어 손을 주노=담을 넘어서까지 손을 주느냐. 손은 덩굴손을 말
함 ◇어른 님=사랑하는 사람 ◇이리로셔 져리로=이 곳에서 저 곳
으로 ◇손을 쥬려=손을 주고자. 식물의 덩굴손과 손[手]이 음이 같
은 것을 관련하여 지은 것임.

通釋

얼씨구나 넝쿨이여 어얼씨구나 박넝쿨이여

어떠한 넝쿨이기에 담을 넘어 손을 주느냐

사랑하는 님이 이곳에서 저곳으로 갈 때 손을 주려고 한다.

192-1

너추리 너추리여 얼운쟈 박너추리야

어인 너추리완딕 손을 주어 담을 넘는

우리도 싀 님 거러 두고 손을 줄가 ㅎ노라.(蔓橫淸) (槿樂 387)

通釋

넝쿨, 넝쿨이여 얼씨구나 박넝쿨이여

어떠한 넝쿨이기에 담을 넘어서까지 손을 주느냐

우리도 새 님과 약속을 하여 두고 손을 줄까 하노라.

193

어와 게 누웁신고 거넌 佛堂 동녕僧이 내 올너니

홀 居士 혼조 가시는 방 말독 겻희 내 숑낙 걸나 와숩더니

오냐야 걸기는 거러라 커니와는 훗말 업시 ᄒᆞ여라. (靑淵 229)

　게 누웁신고=거기가 누구신가　◇거넌='건너'의 잘못　◇동녕僧
(승)=동냥을 다니는 스님　◇내 올너니=나 이러니　◇홀 居士(거
사)=혼자 지내는 남자 스님을 부르는 말　◇가시는='자시는'의 잘못
◇말독 겻희=말코지 곁에　◇숑낙=여승이 쓰는 모자(松絡). 고깔
◇오냐야=오냐　◇걸기는 거러라 커니와는=걸기는 걸라고 하겠지만
◇훗말 업시=뒷말 없게. 말썽 없게.

通釋

　어와! "거기가 누구신가" "건너 불당의 동냥중이 나 올시다"

　"홀 거사 혼자 주무시는 방 말코지 곁에 내 송낙을 걸러 왔습니
다."

　"오냐, 걸기는 걸라고 하겠거니와 뒷말이나 없이 하여라."

193-1

어흠 그 뉘웁신고 져 건너 佛堂에 동녕僧이 나려 왔니

홀거스 홀노 자난 房에 무엇 ᄒᆞ러 와 계시오

홀居士님 노감토 버서 건 말쪽 겻틔 늬 곳갈 버셔 걸녀 왔소.

(慶大時調集 130)

어흠! "그 누구신가" "저 건너 불당의 동냥중이 내려 왔네."
"홀 거사 홀로 자는 방에 무엇 하려고 와 계시오"
"홀 거사님 노감탁이 벗어 건 말코지 곁에 내 고깔 벗어 걸려고
왔소."

194
어득헌 구름 가에 슘어 발근 달 아니면
稀迷헌 안기 속에 半만 널닌 곳치로다
至今에 花容月態는 너를 본가 허노라.(金玉 47)
　安玫英

어득헌=어두컴컴한 ◇稀迷(희미)헌=희미한 ◇널닌=열린. 핀 ◇너
를 본가=너를 보았는가.

通釋

어두컴컴한 구름 가에 숨어 있는 밝은 달이 아니면
희미한 안개 속에 반만 핀 꽃이로다.
지금에 꽃처럼 아름답고 달 같은 맵시는 너를 보았는가 한다.

<金玉叢部>에

"讚平壤妓蕙蘭"

"찬평양기혜란: 평양의 기생 혜란을 칭찬하다."라고 하였음.

195

어이려뇨 어이려뇨 싀어마님아 어이려뇨

쇼대 남진의 밥을 담다가 놋쥬걱 잘를 부르쳐시니 이를 어이ᄒ료 싀어마님아

져 아기 하 걱정 마스라 우리도 져머신제 만히 것거 보왓노라. (蔓橫淸類) (珍靑 478)

어이려뇨=어떻게 하면 좋겠느냐 ◇쇼대 남진의=샛 사내의(間夫) ◇잘를=자루를 ◇부르쳐시니=부러뜨렸으니 ◇하=너무 ◇져머신제=젊었을 때에 ◇것거=꺾어. 또는 겨어.

通釋

"어찌하나 어찌하나 시어머님아 어찌하나"

"샛서방의 밥을 담다가 놋주걱 자루를 부러뜨렸으니 이를 어찌하나 시어머님아"

"저 며늘아기 너무 걱정을 하지마라 우리도 젊었을 때 많이 겪어 보았노라"

196

어이 얼어 잘이 므스 일 얼어 잘이

鴛鴦枕 翡翠衾을 어듸 두고 얼어 자리

오늘은 츤비 맛자신이 녹아 잘까 ㅎ노라.(二數大葉) (海一 139)
寒雨

어이 얼어 잘이=왜 얼어 자겠느냐 ◇츤비 맛자신이=찬비를 맞았
으니. 찬비는 자신을 나타내는 중의적 표현임.

通釋

왜 얼어 자겠느냐 무슨 일로 얼어 자겠느냐
원앙침과 비취금을 어디 두고 얼어 자겠느냐
오늘은 찬비를 맞았으니 녹아 잘까 하노라.

197
어졔런지 그졔런지 밤이런지 낫지런지
어드러로 가다가 눌이던지 만낫던지
오날은 너를 만나시니 긔 네런가 ㅎ노라.(弄) (六青 689)

낫지런지=낮이던지 ◇눌이던지=누군지를 ◇긔 네런거=그가 너
인가.

通釋

어젠지 그젠지 밤인지 낮인지
어디로 가다가 누구인지를 만났던지
오늘은 너를 만났으니 그가 너이런가 하노라.

197-1
어제런지 그제런지 밤이론지 낮이론지
어듸런지 가다가 눌이런지 만나보니
各別이 반갑든 아니흐되 즌슷치 이시라. (永言類抄 129)

各別(각별)이=특별이 ◇즌슷치 이시라=가만히 있거라. 다소곳이
있거라.

通釋

어제런지 그제런지 밤인지 낮인지
어디론지 가다가 누구든지 만나보니
각별하게 반갑지는 아니하되 다소곳이 있거라.

198
엇그제 이별흐니 춤아 못 이져 쏘 다시 가셔
식롭고 간졀흔 마음 피츠 잇고 노즈 흐니
져 임은 식 스롬 거러 두고 아니 본 체. (樂府(羅孫本) 320)

피츠 잇고 노즈 흐니=서로간에 잊어버리고 놀자고 하니 ◇거러
두고=약속해 두고.

通釋

엇그제 이별하니 차마 못 잊어 또다시 가서
새롭고 간절한 마음 피차 잊고 다시 놀자고 하니

저 님은 새 사람과 약속해 두고 아니 본 체.

199
연분 업는 임이 업고 임 업는 연분 업다
정 업스면 임 잇쓰며 임 잇쓰면 정 업스랴
아마도 인간의 유란무란은 임 스랑인가. (風雅 361)
　李世輔

유란무란은=유난무난(有難無難)은. 있으나 없으나 다 곤란함은.

通釋

연분이 없는 님이 없고 님이 없는 연분 없다
정이 없으면 님이 없으며 님이 없으면 정이 없다
아마도 사람의 정이 있거나 없거나 어려움은 님의 사랑인가.

200
烟雨朝陽 비긴 곳에 錦衣公子ㅣ 네 아니냐
百舌口辯이오 瀏亮흔 노릭로다
萬一에 네 안고 제 잇스면 뉘가 뉜지 모르괘라.
(羽二數大葉) (金玉 31)
　安玟英

烟雨朝陽(연우조양) 비긴 곳에=안개처럼 부옇게 내리는 이슬비 속
에서 비추는 아침 햇볕 비긴 곳에　◇錦衣公子(금의공자)='金衣公子'

(금의공자)의 잘못인 듯. 꾀꼬리를 가리킴 ◇百舌口辯(백설구변)이오=
때까치의 말솜씨요. 뛰어난 말솜씨를 말함 ◇瀏亮(유량)흔=맑고 맑은
◇네 안고 제 잇스면=너를 안고 저기 있으면 ◇뉘가 뉜지=누가 누
구인지.

通釋

이슬비 내리는 아침 햇살 비긴 곳에 꾀꼬리가 너 아니냐
마치 꾀꼬리와 같은 말솜씨요 맑고 맑은 노래로다
만일에 너를 안고 저기 있으면 누가 누구인지를 모를 것이다.

<金玉叢部>에
"讚密陽楚月"
"찬밀양초월: 밀양의 초월을 찬양함"이라 했음.

201
오경 샴졈 첫 마치의 가노라 이러나니
품 안의 다졍튼 임이 다시 보니 무졍ᄒ다
아마도 보닌 후의 잠 들기 어려. (風雅 115)
　李世輔

오경 샴졈 첫 마치의=오경의 석 점을 치는 첫 번째 종소리에.

오경의 석 점을 알리는 첫 번째 종소리에 가겠다고 일어나니
품안에 다정하게 느껴지던 님이 다시 보니 무정하구나.
아마도 보낸 후에 잠들기 어려울 것이리라

202
오늘밤도 혼자 곱송글여 공방 새오줌 자고 지난밤도 혼쟈 굽숭거려 공방 새오잠 자니
 웻 연놈의 팔자는 쥬야쟝천의 혼자 곱숭그려 공방 새오잠만 자노
 언제나 임 다리고 홰홰 츤츤 가물치 잠잘가.(時調 66)

 곱송글여=몸을 옴츠려 ◇공방 새오줌=빈방에 새우잠. 새우처럼 몸을 구부리고 자는 잠 ◇웻 연놈의=어떻게 된 놈의 ◇쥬야쟝천의 =밤낮의 가림이 없이 오랫동안(晝夜長川) ◇가물치 잠잘가=다리를 상대방의 다리에 칭칭 감고서 잠을 잘까.

通釋

 오늘밤도 혼자 몸을 옴츠려 빈방에서 새우잠을 자고 지난밤에도 혼자 옴츠려 반방에서 새우잠 자니
 웬 놈의 팔자가 밤낮 없이 항상 혼자 몸을 옴츠려 빈방에서 새우잠만 자느냐
 언제나 님을 데리고 홰홰 칭칭 다리를 휘감고 잠잘까.

202-1

어젯밤도 한자 곱숑글여 새오좀 자고 진안 밤도 흔자 곱숑글여 새오좀 자니

어인 놈의 八字ㅣ가 晝夜長常에 곱숑글여 새오좀만 잔다

오늘은 글이든 님 왓신이 발을 펴 볼이고 싀훤히 잘가 ᄒ노라. (騷聳) (海ᅳ 574)

◇어인 놈의=어떤 놈의 ◇晝夜長常(주야장상)에=밤낮을 가리지 않고 언제나 ◇잔다=자느냐 ◇글이든 님 왓신이=그리워하던 님이 왔으니 ◇펴 볼이고=펴 벌리고 ◇싀훤히 잘가=편안하게 잘까.

通釋

어제 밤도 혼자 몸을 옴츠려 새우잠 자고 지난 밤도 혼자 옴츠려 새우잠 자니

어떤 놈의 팔자가 밤낮 없이 항상 몸을 옴츠려 새우잠만 자느냐

오늘은 그리워하던 님이 왔으니 발을 펴고 시원스레 잘까 하노라.

203

언덕 문희여 좁은 길 메오거라 말고 두던이나 문희여 너른 구멍 조피되야

水口門 내ᄃ라 豆毛浦 漢江 露梁 銅雀이 龍山 三浦 여흘목으로 든니며 나리 두져먹고 치 두져먹는 되강오리 목이 힝금커라 말고 大牧官 女妓 小各官 쥬탕이 와당탕 내ᄃ라 두손으로 붓잡고 부드드 써는 이 내 무스 거시나 힝금코라쟈

眞實로 거로곳 흘쟉시면 愛夫ㅣ 될가 ᄒ노라.

(蔓橫淸類) (珍靑 574)

문희여=뭉개어 ◇메오거라 말고=메우려고 하지 말고 ◇두던이
나 문희여=두둑이나 무너뜨려. 두던이나 ◇너른 구멍 조피되야=넓
은 구멍을 좁게 하여. 넓은 구멍은 여성의 성기를 말함 ◇水口門(수
구문)=동대문 옆 청계천에 만들어 놓은 수문(水門) ◇豆毛浦(두모
포)=한강 북안 지금의 성동구 금호동(金湖洞) 근처에 있던 나루 ◇
漢江(한강) 露梁(노량) 銅雀(동작)이 龍山(용산) 三浦(삼포)=한강의 한
남동, 노량진, 동작 용산, 마포의 나루. 삼포는 마포의 한자 표기 ◇
여흘목으로=여울의 어귀로 ◇나리 두져먹고 치 두져먹는=내려가며
뒤져 먹고 거슬러 올라가며 뒤져 먹는 ◇되강오리=오리의 한 가지.
여기서는 여러 여자들을 편력(遍歷)하는 남자에 비유하였음 ◇힝금
커라=힐쭉하다고 하지 ◇大牧官(대목관) 女妓(여기) 小各官(소각관)
쥬탕이='小各官'(소각관)은 '소목관'(小牧官)의 잘못. 높은 관리에 견
줄 기생 낮은 관리에 견줄 주탕(酒湯)이 ◇부드드 썬는이=부르르 떠
느냐 ◇무스 거시나=어떤 것이나 ◇힝금코라쟈=실쭉하려 하느냐
◇거로곳 흘쟉시면=그렇기만 한다면 ◇愛夫(애부)=사랑하는 사람.
간부(間夫)

通釋

언덕을 뭉개어 좁은 길을 메우려고 하지 말고 두던이나 뭉개어 넓
은 구멍을 좁게 하여

수구문을 내리 달려 두모포 한강 노량진 동작나루 용산 마포 여울
목으로 다니면서 강을 따라 내려가면서 뒤져먹고 치 오라 오면서 뒤

저먹는 되강오리 목이 홀쭉하다고 하지 말고 대목관 같은 기생 소목관과 같은 술파는 계집들이 와당탕 내리달려 두 손으로 붙잡고 부르르 떠느냐 내가 무엇이 홀쭉하다고.

진실로 그렇기만 하다면 사랑하는 지아비가 될까 하노라.

204

얼골 조코 뜻 다라온 년아 밋정죠츳 不貞흔 년아

엇더흔 어린 놈을 黃昏에 期約ᄒ고 거즛 믹바다 자고 가란 말이 입으로 츳마 도와 나는

두어라 娼條冶葉이 本無定主ᄒ고 蕩子之 探春好花情이 彼我의 一般이라 허믈홀 줄 이시랴. (蔓橫淸類) (珍靑 550)

얼골 조코 뜻 다라온 년아=얼굴에 예쁘장하나 하는 생각이 더러운 계집아 ◇밋정죠츳 不貞(부정)흔=밑살마져 정숙하지 못한. 밑살은 여자의 음부 ◇어린 놈을=어리석은 놈을. 또는 나이가 어린 놈을 ◇거즛 믹바다=거즛 약속을 하고 ◇도와 나는=되어 나오느냐 ◇娼條冶葉(창조야엽)이=어린 가지와 새롭고 예쁜 잎이. 창녀(娼女)를 가리키는 말 ◇本無定主(본무정주)ᄒ고=본래 정한 주인이 없고. 임자가 없고 ◇蕩子之探春好花情(탕자지탐춘호화정)이=방탕한 남자의 봄을 찾고 꽃을 좋아하는 정이. 여자를 좋아하는 심정이 ◇彼我(피아)의 一般(일반)이라=너나 나나 다 같다.

通釋

얼굴에 예쁘장하고 마음 씀씀이가 더러운 년아 밑살마저 깨끗하지

못한 년아

어떤 어리석은 놈을 황혼에 약속을 하고 거짓으로 맹세하기를 자고 가라는 말이 입으로 차마 되어 나오느냐

두어라 창녀들이란 본래부터 정해진 주인이 없고 방탕한 남자가 여자를 좋아하는 심정이 너나 나나 일반이라 허물할 까닭이 있느냐.

205

얽고 검고 킈 큰 구레나룻 그것조차 길고 넙다

쟘지 아닌 놈 밤마다 비에 올라 죠고만 구멍에 큰 연장 너허두고 흘근 할젹홀 제ᄂᆞᆫ 愛情은 크니와 泰山이 덥누로ᄂᆞᆫ 듯 즌 放氣 소리에 졋먹던 힘이 다 쓰이노미라

아ᄆᆞ나 이 놈을 다려다가 百年同住ᄒᆞ고 永永 아니온들 어늬 기쓸 년이 싀앗 싀옴 ᄒᆞ리오.(蔓橫淸類) (珍靑 569)

구레나룻=귀밑에서 턱까지 나온 수염 ◇그것조차=그것마저. 그것은 남자의 성기 ◇쟘지 아닌 놈=어린애의 것처럼 작지 않은 놈. '쟘지'가 아닌 성인의 것 ◇죠고만 구멍에 큰 연장 너허두고=조그만 구멍에 커다란 연장을 넣어두고. 구멍과 연장은 각각 여자와 남자의 성기를 비유한 말 ◇흘근 할젹홀 제ᄂᆞᆫ=성교를 할 때에는 ◇愛情(애정)은=사랑하는 감정은 ◇크니와=말할 것도 없거니와 ◇즌 放氣(방기)소리에=작은 방귀소리에 ◇쓰이노미라=쓰이는구나 ◇百年同住(백년동주)ᄒᆞ고=평생을 같이 살고 ◇어늬 기쓸 년이=어느 개같은 년이 ◇싀앗 싀옴=시앗에 대한 시기심.

通釋

얽고 검고 키가 큰 구레나룻 그 것마저 길고 넓죽하다

작지 아니한 놈이 밤마다 배에 올라와 조그만 구멍에 커다란 연장을 넣어두고 흘근흘근 할 때에는 애정은 물론이지만 태산이 덮쳐누르는 듯 작은 방귀소리에 젖 먹던 힘까지 다 쓰이는구나.

아무나 이놈을 데려다가 평생을 같이 살고 영영 아니 온다고 한들 어느 개딸년이라도 시앗 새움을 하겠느냐.

206

엇썬 남근 八字 有福ᄒ야 大明殿 大들杖 되고

쏘 엇던 남근 八字 사오나와 난番 宵鏡 다섯 든番 宵鏡 다섯 掌務 公事員 合ᄒ야 열두 宵鏡의 都막대 되고

출ᄒ로 검은고 술썩되야 閣氏네 손에 쥐물려나 볼까 ᄒ노라.

(樂時調) (海一 544)

남근=나무는 ◇大明殿(대명전)=고려시대 개성에 있던 궁궐의 이름 ◇大(대)들杖(고)=대들보 ◇사오나와=사나워 ◇난番(번) 든番(번)=당직 같은 것의 하번(下番)과 상번(上番) ◇掌務 公事員(장무 공사원)=장무와 공사원 직책을 맡은 사람 ◇都(도)막대=맨 앞의 소경이 짚는 막대 ◇출ᄒ로=차라리 ◇검은고 술썩=거문고를 타는 채 ◇쥐물려나=주물림을 당하려나.

通釋

어떤 나무는 팔자가 좋아서 대명전의 대들보가 되고

또 어떤 나무는 팔자가 사나와 상번 소경 다섯 하번 소경 다섯 장무 공사원 합하여 열두 소경의 도막대가 되었는고

차라리 거문고 술대가 되어 각시님 손에 주물러나 볼까 하노라.

106-1

엇던 남근 八字 有福ᄒ야 大明殿 大들보 되고

쏘 엇던 남근 八字 사오나와 난 番 宵鏡 다숫 든 番 宵鏡 다숫 掌務公司員 合ᄒ야 열두 宵鏡의 都대막 된고

츨ᄒ로 거믄고 腹板 줄대나 되어서 어엿븐 閣氏님 무릅 베고 쥐물녀나 볼가 ᄒ노라. (蔓橫 樂時調 編數葉 弄歌) (靑詠 586)

줄대나='줄대'는 '술대'의 잘못.

通釋

어떤 나무는 팔자가 좋아서 대명전의 대들보가 되고

또 어떤 나무는 팔자가 사나와 상번 소경 다섯 하번 소경 다섯 장무 공사원 합하여 열두 소경의 도막대가 되었는고.

차라리 거문고 복판의 술대가 되어 각시님의 무릎을 베고 주물려나 볼까 하노라.

207

엇지ᄒ야 못 오드니 무음 일노 아니 오든이

너 온는 길에 弱水 三千里와 萬里長城 둘너ᄂᆞ듸 蠶叢及魚鳧에 蜀道之難이 가리엇드냐 네 어이 아니 오드니

長相思 淚如雨터니 오날이야 만나꽤라. (詩歌 696)

무음 일노＝무슨 일로 ◇오든이＝오더냐 ◇弱水 三千里(약수 삼천리)와＝선경(仙境)에 있다고 하는 물과. 삼천리는 멀다는 뜻 ◇蠶叢及魚鳧(잠총급어부)＝잠총과 어부. 촉(蜀)나라의 초기 임금의 이름 ◇蜀道之難(촉도지난)이＝촉에 가는 길의 어려움이 ◇長相思 淚如雨(장상사 누여우)터니＝오랜 동안 그리워하여 눈물이 비처럼 쏟아지더니 ◇만나꽤라＝만났구나.

通釋

어찌하여 못 오더냐 무슨 일로 못 오더냐

네가 오는 길에 약수삼천리나 만리장성의 둘렸는데 잠총과 어부에 촉으로 가는 높은 산이 가리웠더냐 네가 어이 아니 오느냐

오랜 동안 그리워 눈물이 비 오듯 하더니 오늘이야 만나겠구나.

207－1

어이후야 못오드냐 무슴 일노 못오던요

줌총급어부의 촉도지난이 가리웟더냐 무슴 일노 못오던야

아마도 빅는지즁의 대인는이 어려웨라. (時調(池氏本) 67)

줌총급어부＝잠총(蠶叢)과 어부(魚鳧). 이들은 모두 촉(蜀)의 초창기 왕들이었음(蠶叢及魚鳧) ◇촉도지난＝촉으로 가는 길이 매우 어려움(蜀道之難). 이백이 당 현종이 안녹산의 난 때 촉으로 피난하고자 하는 것은 막으려고 썼다는 '촉도지난'(蜀道之難)이란 시에서 유래한 말

◇빅는지즁의=여러 가지 어려운 일 가운데(百難之中)　◇대인는이=
대인난(待人難)이. 사람을 기다리는 일이 가장 어려움.

通釋

어찌하여 못 오더냐 무슨 일로 못 오더냐

잠총과 어부의 촉으로 가는 높은 산이 가리웠느냐 무슨 일로 못
오더냐

아마도 여러 가지 어려운 것 가운데 사람을 기다리는 것이 어렵구
나.

208

礪山 端川 떡갈나무 입도 새로 속립 나니

쵸마끈 졸나 매고 前에 하든 行實 버리자 하얏드니

밤이면 궁벅국새 우난 소래에 버릴지 말찌. (樂高 1)

礪山 端川(여산단천)=여산과 단천. 여산은 전라도에, 단천은 함경
도에 있는 지명　◇前(전)에 하든 行實(행실) 버리자 하얏드니=예전에
하던 나쁜 버릇을 하지 말자고 하였더니　◇궁벅국새 우난 소래에=
뻐꾹새 우는 소리에.

通釋

여산 단천의 떡갈나무 잎도 새로 속잎이 나니

치마끈 졸라매면서 이전에 하던 행실을 버리자고 하였더니

밤이면 뻐꾹뻐꾹 뻐꾹새 우는 소리에 버릴지 말지.

208-1

푸른 거션 버들이요 우넌 거션 벅구이라

치미끈 즐너미고 이 힝실 마짓더니

뒤동산 궁벽궁 우는 시소리 벌일동 말동. (三家樂府)

通釋

푸른 것은 버들이요 우는 것은 뻐꾸기라

치마끈 졸라매고 이 행실을 하지말자고 하였더니

뒷동산 뻐꾹뻐꾹 우는 새소리에 버릴동 말동.

209

暎山紅綠 봄ㅂ름에 黃蜂白蝶 넘노는 듯

百花園林 香氣 속에 興쳐 노는 두룸인 듯

두어라 千態萬狀은 너쑌인가 허노라. (羽中擧數大葉) (金玉 45)

安玟英

暎山紅綠(영산홍록)=활짝 핀 꽃으로 울긋불긋 물든 산   ◇黃蜂白
蝶(황봉백접)=노랑 벌과 흰나비 ◇百花園林(백화원림)=모든 꽃이 핀
동산 수풀 ◇興(흥)쳐 노는 두룸인 듯=흥치며 노는 두루미인 듯   ◇
千態萬狀(천태만상)은=천차만별의 모습은.

通釋

꽃으로 울긋불긋 물든 산 봄바람에 노랑 벌과 흰나비가 넘실대는

듯
  온갖 꽃이 핀 동산 향기 속에 흥이 넘쳐 노는 두루미인 듯
  두어라 천차만별의 모습은 너뿐인가 하노라.

  <金玉叢部>에
  "余自東萊歸路 與崔致學到密陽 廣招妓樂 數日迭宕 而有童妓楚月者
色態俱備 歌舞精妙 可謂絶世色藝也 近聞南人傳言 則楚月色藝 爲一道
居甲云 昔年雖知來頭將進之趣 然豈料如今日所聞哉"
  "여자동래귀로 여최치학도밀양 광초기악 수일질탕 이유동기초월자
색태구비 가무정묘 가위절세색예야 근문남인전언 즉초월색예 위일도
거갑운 석년수지래두장진지취 연기료여금일소문재: 내가 동래로부터
돌아오는 길에 최치학과 더불어 밀양에 도착하여 널리 기생과 악공
들을 불러 여러 날 질탕하게 놀았는데 동기 가운데 초월이가 있어
색태가 갖추어져 있고 가무가 정묘해서 가히 절세의 색예라고 일컬
을 만했다. 근래 남인의 전언을 들으니 초월의 색예가 의도에서 제일
이라 일컫더라. 지난해에 비록 먼저 왔을 때 장차 크게 진취할 뜻을
알았으나, 어찌 오늘날에 들리는 바와 같으리라 짐작하였으랴."라고
했음.

  210
  옛스람 이른 말리 어안이라 호엿건만
  고금이 부동호니 귄들 동동 쉬울숀가
  아마도 고진감너라 호니 슈히 볼가. (風雅 356)
    李世輔

이른 말리=일컫던 말이 ◇어안이라=어안(魚雁)이라고. 어안은 편지를 말함 ◇고금이 부동ㅎ니=예전과 지금(古今)이 같지 않으니(不同) ◇긘들 동동 쉬울숀가=그것인들 그렇게 쉽겠는가 ◇고진감뇌라 ㅎ니=고진감래(苦盡甘來)라 하니 ◇슈히=쉽게. 빨리.

通釋

옛사람이 하는 말이 어안이라고 하였지만
예전과 지금이 같지 않으니 그것인들 아주 쉽겠는가.
아마도 고진감래라 하였으니 빨리 볼 수가.

211

오늘늘도 하 심심키로 죽창 열짜리고 遠近山川을 바라를 보니 봄 드럿고나 (봄 드럿고나) 저 남산에 봄이 드럿구나

누른 것은 쇠꼴이요 푸른 것은 버들이라 黃金갓흔 쇠꼴시는 황금 갑옷을 써덜쳐 입고 楊柳間으로 往來를 ㅎ고 白雪갓흔 흰 나븨는 素服단장을 써덜쳐 입고 곳을 보구서 반긔는데 靑天白日에 쓴 기럭기은 소상강수로 날아를 드는데

우리 연연ㅎ고 틀틀흔 친구는 어ᄂ 방촌으로 돌아를 가시고 요ᄂ 일신 어루만져 줄 쥴을 모른단 말이가. (樂高 910)

하 심심키로=너무 심심하기에 ◇죽창 열짜리고=죽창(竹窓)을 열어젖히고 ◇遠近山川(원근산천)를=가까이와 먼 곳의 경치를 ◇써덜쳐=떨쳐 ◇素服(소복)단장=흰 옷으로 단정하게 차려 입음 ◇靑天白日(청천백일)에=한낮의 푸른 하늘에 ◇瀟湘江水(소강강수)=소상강의 물 ◇연연ㅎ고 틀틀흔=그립고(戀戀) 소탈한 ◇어ᄂ 방촌으로=

어느 방촌(芳村)으로. 방촌은 술집 ◇요닉=이 나의 ◇일신=한 몸 뚱이(一身) ◇말이가=말인가.

通釋

오늘도 너무 심심하기에 죽창을 열어젖뜨리고 멀고 가까운 경치를 바라보니 봄철이 되었구나. 저 남산에 봄이 되었구나.

누른 것은 꾀꼬리요 푸른 것은 버들이라 황금과 같은 꾀꼬리는 황금갑옷을 떨쳐입고 버드나무 사이를 왕래하고 백설 같은 흰나비는 흰옷으로 단장하여 떨쳐입고 꽃을 보고 반기는데 한낮 푸른 하늘에 높이 뜬 기러기는 소상강으로 날아드는데

우리의 그립고 소탈한 친구는 어느 술집으로 돌아가시고 내 한 몸을 어루만져 줄 줄을 모른단 말인가.

212

오늘도 져무러지게 져믈면은 새리로다

새면 이 님 가리로다 가면 못 보려니 못 보면 그리려니 그리면 病들려니 病곳 들면 못 살리로다.

病드러 못 살줄 알면 자고 간들 엇더리. (蔓橫淸類) (珍靑 506)

져무러지게=저물었구나 ◇새리로다=날이 새겠구나 ◇가리로다=갈 것이로다 ◇그리려니=그리워 할 것이니 ◇그리면=그리워 하면 ◇病(병)들려니=병이 들 것이니 ◇살리로다=살 것이로다.

    *李漢鎭本『靑丘永言』에 작자가 白湖로 되어 있음.

오늘도 저물었구나. 저물면 날이 새겠구나.

날이 새면 이 님이 갈 것이로다. 가면 못 보려니 못 보면 그리워하려니 그리워하면 병들 것이니 병이 들면 못 살 것이로다.

병들어 못 살줄 알면 자고 간들 어떠하리.

213

오날 전녁 이 다정이 닉일 밤은 또 누군고

장부의 호탕심소 알고도 마니 속아

아마도 동방야야환신랑인가. (風雅 387)

李世輔

다정이=다정이. 다정다감한 것이 ◇호탕심소=호탕한 마음 씀씀이를(浩蕩心事) ◇마니 속아=많이 속아 ◇동방야야환신랑=신방(新房)에 밤마다 신랑을 바꿈(洞房夜夜換新郎).

通釋

오늘 저녁 이 다정다감함이 내일 밤은 또 누구인가

장부의 호탕한 마음씀씀이를 알고도 많이 속아

아마도 신방에 밤마다 신랑을 바꿈인가.

오늘밤 風雨를 그 丁寧 아랏던덜 딘사립짝을 곱거러 단단 민엿슬
거슬

비바람의 불니여 왜각지걱하는 소리여 항연아 오는 양하야 窓밀고
나서보니

月沈沈 雨絲絲한데 風習習 人寂寂 하더라. (編時調) (金玉 179)

安玟英

딘사립짝=대나무로 엮은 사립문 ◇곱거러=거듭 걸어. 단단히 걸
어 ◇불니여=불리워. 흔들려 ◇왜각지걱=바람에 흔들려 나는 소리
◇항연아=행여나 ◇月沈沈 雨絲絲(월침침 우사사)한데=달빛은 컴컴
하고 비는 부슬부슬 내리는데 ◇風習習 人寂寂(풍습습 인적적)=바람
은 산들산들 불고 사람의 자취는 끊어져 조용함.

通釋

오늘밤 비바람을 그럴 줄을 정말 알았다면 대 사립문을 단단히 매
였을 것을

비바람에 불리어 왜각대각 하는 소리에 행여나 오는가 하여 문을
열고 나서보니

달빛은 컴컴하고 바람은 산들산들 사람의 자취는 끊어져 조용하더
라.

<金玉叢部>에

"余率朱德基 留利川時 與閭家少婦 有桑中之約 以達宵苦待"

"여솔주덕기 유이천시 여여가소부 유상중지약 이달소고대: 내가 주덕기를 데리고 이천에 머무를 때에 여염집 젊은 부인과 뽕나무밭에서 만나기로 약속을 하고 밤이 되기를 고대했다."라고 했음

215
汚泥에 天然흔 곳치 蓮곳 밧긔 뉘 잇는가
遐陬에 네 날쥴을 나는 일즉 몰낫노라
至今의 써나는 情이야 엇지 그지 잇스리.
(羽平擧數大葉) (金玉 60)
  安玟英

汚泥(오니)에=더러운 진흙에 ◇蓮(연)곳 밧긔 뉘=연꽃 밖에 누가 ◇遐陬(하추)에 네 날쥴을=먼 시골에 네가 있을 줄은 ◇그지 잇스리=끝이 있겠느냐.

通釋

더러운 진흙에 뛰어나게 아름다운 꽃이 연꽃 밖에 누가 있겠느냐
먼 시골이 너 같은 미인이 있을 줄은 나는 일찍 몰랐노라
지금에 너와 이별하는 정이야 어찌 끝이 있겠느냐.

<金玉叢部>에
"余自統營入巨濟 遊覽山川 有妓可香者 年可二八 而雖無歌舞 丰容秀色 言語動止 眞一世絶艶也 豈料此地 有此等美姬耶 余不忍拾 留十餘日而別 古人所謂 花香蝶自來者 信不誣也"

"여자통영입거제 유람산천 유기가향자 년가이팔 이수무가무 봉용수색 언어동지 진일세절염야 기료차지 유차등미희야 여불인사 유십여일이별 고인소위 화향접자래자 신불무야: 내가 통영으로부터 거제에 들어와 산천을 유람할 때 가향이란 기생이 있어 나이가 가히 이팔이 되었으니 비록 가무를 못하나 예쁜 얼굴과 빼어난 용모 말씨와 행동거지가 참으로 일세에 뛰어나게 아름다웠다. 어찌 이런 곳에 이처럼 아름다운 여인이 있으리라 짐작이나 했겠는가? 내가 차마 버리지 못하고 십 여일을 머물다 작별하니 고인이 일컫는바 '꽃이 향기로우면 나비가 저절로 온다'는 말이 거짓이 아님을 믿겠다."라고 하였음.

216

오다가나 오동나무요 십리 절반에 오리목나무

님의 손목은 쥐염나무 하늘 중천에 구름나무 열아홉에 스무나무 서른 아홉에 스세나무 아흔 아홉에 빅자나무 물에 둥둥 쑥나무 월츌동턴에 씰씰나무 들 가온디 계슈나무 옥독긔로 씩어내여 금독긔로 것다듬어 삼각산 데일봉에 수간 초옥을 지어 놋코 흔간에눈 금녀 두고 흔간에눈 션녀 두고 쏘 흔간에눈 옥녀 두고 션녀 옥녀를 잠드리고 금녀방에를 드러가니 쟝긔판 바둑판 쌍륙판 다 노엿고나 쌍륙 바둑은 져례ᄒᆞ고 쟝긔 흔 체 버릴 적에 한나라 한ᄌᆞ로 한픠공 삼고 촛나라 쵸ᄌᆞ로 초픠왕 삼고 수레나 차ᄌᆞ로 관운쟝 삼고 콧기리 샹ᄌᆞ로 ᄌᆞ룡 삼고 말마ᄌᆞ로 마툐을 삼고 선빅ᄉᆞᄌᆞ로 모ᄉᆞ들 슴고 ᄶᅮ리 포ᄌᆞ로 녀포를 슴고 좌우병졸노 다리 놋코

이 포 져 포가 넘나들 적에 십만대병이 츈셜이로고나.

(樂高 896)

쑥나무=뚝나무. 느릅나무 ◇월츌 동텬에=달이 동쪽 하늘에 돋음에(月出東天) ◇옥독긔로=옥으로 만든 도끼로 ◇수간 초옥=두어 칸(數間)의 초가집(草屋) ◇쌍륙판=쌍륙(雙六) 놀이를 하도록 만들어 놓은 말판 ◇져례ᄒ고=저리 미러 두고 ◇흔 쳬=한 판 ◇한픿공=한나라 고조인 유방(漢沛公) ◇초픠왕=초나라의 항우(楚覇王) ◇관운쟝=촉한의 장군 관우(關雲長) ◇ᄌ룡=촉한의 장군 조자룡(趙子龍) ◇마툐=촉한의 장군 마초(馬超) ◇모ᄉ들=모사(謀士)들 ◇ᄭ리 포ᄌ=꾸릴 '포'(包) 자(字) ◇녀포=여포(呂布). 후한 때 사람으로 동탁(董卓)을 섬기다 그를 죽임 ◇이 포 져 포가 넘나들 적에=이 포와 저 포가 이리로 왔다 저리로 갔다 할 때에. 남녀간의 교접을 말함 ◇츈셜=봄눈처럼 녹아 없어짐(春雪).

通釋

오다 가나 오동나무요 십리 절반은 오동나무

님의 손목은 쥐엄나무 하늘 중천에 구름나무 열아홉에 스무나무 서른아홉에 사세나무 아흔아홉에 백자나무 물에 둥둥 뚝나무 달이 뜨는 동쪽하늘에 질꿩나무 달 가운데 계수나무 옥도끼로 찍어 내여 금도끼로 가지를 다듬어 삼각산 제일봉에 두어 칸 초가집을 지어 놓고 한 칸에는 금녀 두고 한 칸에는 선녀 두고 또 한 칸에는 옥녀 두고 선녀와 옥녀를 잠들게 하고 금녀방에 들어가니 장기판 바둑판 쌍륙판이 다 놓였구나. 쌍륙판과 바둑판은 제쳐두고 장기 한 판 벌릴 때에 한나라 한자로 한패공을 삼고 초나라 초자로 초패왕 삼고 수레

의 차자로 관운장 삼고 코끼리 상자로 자룡을 삼고 말마자로 마초를
삼고 선비 사자로 모사들을 삼고 꾸릴 포자로 여포를 삼고 좌우 병
졸로 다리 놓코.

이 포 저포가 넘나들 적에 조조의 십만 대병이 봄눈 녹는 듯하는
구나.

217
오려 논에 물 시러 노코 姑蘇臺에 올나 보니
나 심은 오됴 밧혜 싀 안져스니 아희야 네 말녀 주렴
아모리 우여라 날녀도 감도라 듬네.
(南太 41)

오려 논에=올벼를 심은 논에 ◇물 시러 노코=물을 대어 놓고
◇姑蘇臺(고소대)=춘추 전국시대 오나라 강소성 소주주(蘇州府)에 있
던 정자 ◇오됴 밧혜=일찍 수확하는 조(早粟) 밭에 ◇싀 안져스니
=새가 앉았으니. 오조 밭은 여성을, 새는 다른 남성을 뜻함 ◇우여
라 날녀=‘휘이’라 하고 소리치며 날려도 ◇감도라 듬네=감돌아서
들어오네. 멀리 쫓아도 다시 돌아오네.

通釋

올벼를 심은 논에 물을 대어 놓고 고소대에 오르니
내가 심은 오조 밭에 새 앉아 있으니 아희야 네가 말려 주려무나.
아무리 ‘휘이’ 하고 날려도 다시 돌아드네.

烏程酒 八珍味를 먹은들 술로 가랴

玉漏 金屛 깁혼 밤의 元央枕 翡翠衾도 님 업쓰면 거즉 써시로다

져 님아 헌덕썩 집벼개에 草食을 홀찌라도 離別곳 업씨면 그 願인
가 ᄒ노라.(靑謠 71)

朴文郁

烏程酒(오정주)=술의 한 가지. 또는 오정주(五精酒). 오정주는 솔잎,
구기자(枸杞子), 천문동(天門冬), 백출(白朮), 황정(黃精) 등 다섯 가지
로 빚은 술 ◇八珍味(팔진미)=중국에서 성대한 식상(食床)에 오른다
고 하는 여덟 가지의 맛있는 음식. 팔진미는 용간(龍肝), 봉수(鳳髓),
토태(兎胎), 이미(鯉尾), 악적(鶚炙), 웅장(熊掌), 성순(猩脣), 표제(豹蹄)
임 ◇술로 가랴=살로 가겠느냐. 살이 찌겠느냐 ◇玉漏 金屛(옥루금
병)=옥으로 만든 물시계와 금빛으로 꾸민 병풍. 훌륭한 치장을 한 방
◇元央枕 翡翠衾(원앙침 비취금)도='원앙'은 '원앙'(鴛鴦)의 잘못. 원
앙을 수놓은 베개와 비취색의 이불도 ◇거즉 써시로다=거짓 것이다.
쓸 데 없다 ◇헌 덕썩 집 벼개에=낡은 덕석을 덮고 짚으로 만든 베
개를 베며. 매우 불편한 잠자리 ◇草食(초식)을=푸성귀만으로 만든
음식을. 또는 그런 음식만 먹음 ◇긔=그것이 ◇願(원)인가=소원인가.

通釋

오정주와 팔진미를 먹는다고 살로 가겠느냐

옥루와 금병으로 꾸민 방안 깊은 밤에 원앙침과 비취금도 님이 없
으면 거짓 것이로다.

저 님아 헌 덕석 짚 베개에 거친 음식을 먹을지라도 이별이 없으면 그것이 소원인가 하노라.

219

玉갓튼 님을 일코 님과 갓튼 너를 본이
네가 권지 긔가 넨지 암오건 줄 내 몰내라
네 긔나 긔 네낫 中에 자고 간들 엇더리. (編樂時調) (海一 567)

네가 권지 긔가 넨지=네가 그인지 그가 너인지 ◇암오건 줄 내 몰내라=누구인지를 내가 모르겠구나.

通釋

옥과 같이 소중한 님을 잃어버리고 님과 똑같이 닮은 너를 보니
네가 그인지 그가 너인지 누가누구인지를 내 모르겠구나.
네가 그이거나 그가 너이거나 가운데 자고 간들 어떠리.

220

玉又튼 漢宮女도 胡地에 塵土 되고
解語花 楊貴妃도 驛路에 브렷느니
閼氏니 一時花容을 앗겨 무슴 ᄒ리오. (二數大葉) (樂學 694)

漢宮女(한궁녀)도=한나라 궁녀도. 왕소군(王昭君)을 가리킴 ◇胡地(호지)에 塵土(진토) 되고=오랑캐 땅에 흙이 되고 ◇解語花(해어화)=말을 알아듣는 꽃이란 뜻으로 양귀비를 가리킴 ◇驛路(역로)에=역을

지나는 길에. 당 명황이 안록산난(安祿山亂) 때 양귀비를 마외파(馬嵬坡)에서 죽였음   ◇—時花容(일시화용)을=한 때의 꽃 같이 아름다운 얼굴을   ◇앗겨 무슴=아껴서 무엇.

通釋

옥같이 아름답던 왕소군도 오랑캐 땅에 한 줌 흙이 되고
해어화라고 하던 양귀비도 마외파를 지나는 길에 버렸느니
각시네는 한 때 아름다운 얼굴을 아껴서 무엇 하리오.

221
玉盤의 훗튼 구슬 任意로 굴넛거늘
畵龍의 잠긴 鸚鵡 百舌 口辯 가졋셔라
두어라 人如珠 語如鸚鵡ᄒ니 그을 ᄉ랑ᄒ노라.(金玉 73)
  安玫英

玉盤(옥반)의 훗튼 구슬=좋은 소반에 흐트러진 구슬. 듣기에 좋은 목소리   ◇畵龍(화룡)의 잠긴 鸚鵡(앵무)=‘畵龍’(화룡)은 ‘화롱’(花籠)의 잘못인 듯. 아름다운 새장에 갇힌 앵무새   ◇百舌口辯(백설구변) 가졋 셔라=지빠귀처럼 뛰어난 말재주를 가졌구나   ◇人如珠 語如鸚鵡(인 여주 어여앵무)ᄒ니=사람이 구슬처럼 아름다운 목소리를 가지고 말을 앵무새처럼 잘하니.

通釋

좋은 소반위의 구슬이 제 멋대로 구르거늘

새장에 갇힌 앵무새는 지빠귀 같은 말재주를 가졌구나.

두어라 구슬처럼 아름다운 목소리로 앵무새처럼 말을 잘하니 그를 사랑하노라.

<金玉叢部>에

"讚晉陽蘭珠"

"찬진양난주: 진양의 기생 난주를 칭찬하다."라고 했음.

222

玉鬢 紅顔 第一色을 나는 널을 보앗거니

明月 黃昏 風流動을 너는 누룰 보안는다

두어라 路柳墻花언이 돌녀 놀가 ㅎ노라. (海朴 465)

玉鬢 紅顔(옥빈홍안) 第一色(제일색)을=옥빈홍안은 아름다운 귀밑머리와 붉은 얼굴. 아름다운 젊은이의 모습이고 제일색은 뛰어나게 아름다운 미인을 가리키는 것으로, 젊고 아름다운 여인을 가리킴 ◇ 明月 黃昏(명월황혼) 風流動(풍류동)을='風流動'(풍류동)은 '풍류랑'(風流郎)의 잘못인 듯. 달이 밝은 황혼에 찾아온 풍류랑을 ◇路柳墻花(노류장화)언이 돌녀 놀가=길가의 버들과 담장의 꽃처럼 아무나 가까이 할 수 있는 기생과 같으니 함께 어울려 놀까.

通釋

젊고 아주 뛰어나게 아름다운 미인을 나는 너를 보았거니
달이 밝은 황혼에 찾아온 풍류랑을 너는 누구를 보았느냐
두어라 기생과 같은 존재이니 함께 어울려 놀까 하노라.

222-1
玉鬢紅顔 第一色인줄을 나는 너를 아랏썬이와
明月黃昏 風流郎인줄을 너는 눌을 보앗는다
楚臺에 雲雨會ᄒ니 鳳之求凰을 너도 斟酌 ᄒ일이라.
(蔓數大葉) (海一 580)

楚臺(초대)에 雲雨會(운우회)ᄒ니=초나라 왕이 고당(高唐)에서 신녀
(神女)와 운우의 모임이 있으니 ◇鳳之求凰(봉지구황)을=봉이 황을
구하는 심정을. 사마상여(司馬相如)가 탁문군(卓文君)을 구하기 위해
노래를 지어 불렀다고 함.

通釋

젊고 아주 뛰어나게 아름다운 미인임을 나는 너를 알았거니
달이 밝은 황혼에 찾아온 풍류랑을 너는 누구를 보았느냐
초대에 운우의 모임이 있으니 봉황이 짝을 찾는 심정을 너도 짐작
하리라.

223
玉肥ᄂ 千人枕이요 丹脣은 萬家苔이랴

어엿분 네의 몸이 霜刃이 안이로되
장부의 一寸 肝腸을 굽이굽이 버히는다. (海朴 466)

玉肥(옥비)는 千人枕(천인침)이요='玉肥'(옥비)는 '옥기(玉肌)나' '옥
비'(玉臀)의 잘못인 듯. 아름다운 살결. 또는 아름다운 살결의 팔은 많
은 사람의 베개요 ◇丹脣(단순)은 萬家甘(만가감)이랴=붉은 입술은
누구나 빨 수 있는 감초(甘草)이더냐 ◇霜刃(상인)이 아니로되=서릿
발처럼 날카로운 칼날이 아니로되 ◇버히는다=버히느냐.

通釋

어여쁜 팔은 많은 사람의 베개요 붉은 입술은 누구나 빨 수 있는
감초더냐
어여쁜 네 몸이 서릿발 같은 칼날이 아니로되
장부의 짧은 간장을 굽이굽이 버히느냐.

224
玉顔을 相對하니 如雲間之明月이요
朱脣을 半開하니 若水中之蓮花로다
두어라 雲月 水中花를 앗겨 무삼. (樂府(羅孫本) 799)

玉顔(옥안)을 相對(상대)하니=아름다운 얼굴을 서로 마주 대하니
◇如雲間之明月(여운간지명월)이요=구름 속에 있는 밝은 달과 같고
◇朱脣(주순)을 半開(반개)하니=붉은 입술을 반쯤 여니 ◇若水中之蓮
花(약수중지연화)로다=마치 물속에 피어 있는 연꽃과 같구나.

어여쁜 얼굴을 상대하니 구름 속에 있는 밝은 달과 같고
붉은 입술을 반쯤 여니 마치 물속에 피어 있는 연꽃과 같구나.
두어라 구름 속의 달과 물속의 연꽃 같은 아름다움을 아껴 무엇.

225
玉을 玉이라 커든 荊山 白玉만 여겼더니
다시 보니 紫玉일시 的實ᄒ다
맛춤이 활비비 잇더니 쭈려 볼가 ᄒ노라. (樂學 545)
　玉伊

　玉(옥)을 玉(옥)이라 커든=옥을 옥이라 하거든 ◇荊山(형산) 白玉(백옥)만='白玉'(백옥)은 '璞玉'(박옥)의 잘못. 형산의 박옥으로만. 박옥은 주(周)나라 무렵에 변화(卞和)가 형산에서 얻었다고 하는 옥. 박색(薄色)의 여인에 비유 ◇紫玉(자옥)일시 的實(적실)ᄒ다=자줏빛 옥임에 틀림이 없다. 미인(美人)에 비유 ◇맛춤이=때마침 ◇활비비 잇더니=활비비 송곳이 있더니. 남성의 성기에 비유.

通釋

옥을 옥이라 하거든 형산의 박옥으로만 여겼더니
다시 보니 자옥임에 틀림이 없다
때마침 활비비 송곳이 있으니 뚫어볼까 하노라.

225-1

玉이 玉이라커늘 燔玉만 너겨써니
이제야 보아ᄒᆞ니 眞玉일시 젹실ᄒ다
네게 슬송곳 잇던니 ᄯ러볼가 ᄒ로라.
(鄭松江與妓眞玉相酬答) (槿樂 391)

鄭松江

燔玉(번옥)만=번옥으로만. 번옥은 돌가루를 구워서 만든 인조옥
◇眞玉(진옥)일시=진짜 옥임에 ◇슬송곳=남자 성기의 은유.

通釋

옥을 옥이라하거늘 번옥으로만 여겼더니.
이제야 자세히 보니 진짜 옥임에 틀림이 없다
나에게 살송곳이 있으니 뚫어볼까 하노라.

226

왔다고 믜여 마소 날 왔다고 믜여 마소
님 둔 님 볼아오기 내 왼 줄 알것마는
남이야 날 싱각할랴마는 내 못 니져 볼아왓닉.(解我愁 159)

믜여 마소=미워하지 마시오 ◇님 둔 님 볼아오기=임자가 있는 님
을 보러오기 ◇내 왼 줄=내가 잘못된 줄.

通釋

왔다고 미워하지 마시오. 내가 왔다고 미워하지 마시오.
임자가 있는 님을 보러오기가 내가 잘못인 줄 알지마는
남이야 내 생각을 하랴마는 내가 못 잊어 보러왔네.

227
우레 ᄀ치 쇼릐ᄂ 님을 번기 ᄀ치 번듯 만ᄂ
비 ᄀ치 오락가락 구름 갓치 허여지니
胸中에 ᄇ람 ᄀ튼 한숨이 안기 픠 듯ᄒ여라.(三數大葉) (詩歌 557)

쇼릐ᄂ=요란한 소리가 나는 ◇허여지니=헤어지니 ◇안기 픠 듯ᄒ
여라=안개가 피어올라 사라지 듯.

通釋

우레와 같이 요란하게 소리가 나는 님을 번개처럼 급히 만나
비처럼 오락가락 하다 구름처럼 헤어지니
가슴 속에 바람 같은 한숨이 안개가 피어오르듯 사라지더라.

228
우어라 닛ᄇ듸를 보ᄌ 쏭기어라 눈씨를 보ᄌ
안거라 보ᄌ 서거라 보ᄌ 百萬嬌態를 다 ᄒ여라 보ᄌ 날 괴얌즉
ᄒᆫ가 보ᄌ
네 부모 너 삼겨 ᄂ]올 졔 날만 괴라 삼기도다. (時調譜 273)

우어라=웃어라 ◇닛브듸를=잇바디를. 잇몸 ◇씽기어라=찡그려라
◇눈씨를=눈매를 ◇百萬嬌態(백만교태)를=온갖 아양을 떠는 몸짓을
◇괴얌즉 혼가=사랑할 수 있는 지를 ◇삼겨 닉올 제=태어 날 때에
◇괴라 삼기도다=사랑하라고 생겼도다.

通釋

웃어라, 잇바디를 보자. 찡그려라 눈매를 보자.
안거라 보자. 일어서거라 보자. 온갖 아양 떠는 짓거리를 다 하여
라 보자, 나를 사랑할 만한가 보자.
네 부모가 너를 낳을 제 나만을 사랑하라 낳았도다.

228-1
웃는 樣은 닛밧애도 족코 흘긔는 樣은 눈씨도 더욱 곱다
안거라 서서라 것거라 듯거라 온갖 嬌態를 다 히여라 허허허 내
思郞 되리로다
네 父母 너 상겨 내올 제 날만 괴게 흐드라. (樂時調) (海一 527)

웃는 樣(양)은=웃는 모습은 ◇닛밧애도=잇바대. 가지런한 치아의
모습 ◇흘긔는 樣(양)은=흘기는 모습은 ◇눈씨도=눈매도 ◇듯거라=
뛰거라 ◇嬌態(교태)=아양을 떠는 태도 ◇되리로다=되겠구나 ◇상겨
내올 제=때어날 때에 ◇괴게=사랑하게

通釋

웃는 모습은 잇바디도 좋고 흘기는 모습은 눈매도 곱다

안거라. 일어서거라. 걸어라 뛰어라 온갖 아양을 다 떨어보아라 허
허허 내 사랑이 되겠구나.

네 부모 너를 낳을 때에 나만을 사랑하게 하더라.

229

울며불며 잡은 사미 썰썰이고 가들 마오
그디는 장부라 도라가면 잇건마는
소첩은 아녀자라 못늬 잇씀네. (南薰 187)

사미=옷소매 ◇썰썰이고 가들 마오=떨쳐버리고 가지를 마시오
◇잇건마는=잊어버리지만 ◇소첩은 아녀자라=나는 여자라. 소첩은
여자가 자기를 낮추어 부르는 말 ◇못늬=끝내.

通釋

울며불며 잡은 옷소매를 떨쳐버리고 가지 마시오.
그대는 사내대장부라 돌아가면 잊어버리지만
나는 여자라 끝내 잊지 못합니다.

230

월무죡이 보천리요 풍무슈이 요슈로다
동정의 걸닌 돌은 동정을 응ᄒ여 월락함디ᄒ여 셔산에 지고 손 업
슨 모진 광풍은 만슈장림을 뒤흐드는 디 우리 연연ᄒ고 살들ᄒ고 야
속흔 님은 셰류곳치 가은 셤셤옥슈가 잇것만은 듀소로 이 (요)내 편
(일)신 어러(루)질줄 모로노(만저 줄을 웨 모른단 말인가)

님으로 ᄒ여 지난 눈물이 대동강 웃턱에 빅은탄이 되리로다

(樂高 903)

월무죡이보천리요=달은 다리가 없어도 천리를 걸어가고(月無足而步千里) ◇풍무수이요슈로다=바람은 손이 없어도 나무를 흔든다(風無手而搖樹) ◇동정을 응ᄒ여=동정호(洞庭湖)에 호응하여 ◇월락함디(月落咸池)=달이 함지로 넘어감. 함지는 해가 지는 곳에 있다고 하는 연못 ◇만슈쟝림=나무가 우거진 숲(萬樹長林) ◇연연ᄒ고 살틀ᄒ고 야속ᄒᆫ=그립고 애틋하고(戀戀) 살뜰하고 쌀쌀한(野俗) ◇세류ᄀᆺ치 가은 셤셤옥슈기=가느다란 버드나무가지(細柳) 같은 가느다란 예쁜 여자가(纖纖玉手) ◇듀소로=주소(晝宵)로. 밤낮으로 ◇편신=편신(遍身). 전신(全身) ◇지난 눈물=떨어지는 눈물 ◇대동강=평양에 있는 강(大同江) ◇웃턱=위 쪽 ◇빅은탄=대동강에 있는 여울(白銀灘)

通釋

달은 다리가 없어도 천리를 가고 바람은 손이 없어도 나무를 흔든다.

동정호에 걸린 달은 동정호에 호응하여 월락함지 하여 서산으로 넘어가고 손이 없는 사나운 바람은 나무가 우거진 숲을 뒤흔드는데 그립고 살뜰하고 야속한 님은 버들가지처럼 가느다란 예쁜 손이 있건마는 밤이나 낮이나 이 내 몸을 어루만질 줄을 모르나 님 때문에 흘리는 눈물이 대동강 위쪽의 백은탄이 되리로다.

231

月態花容 고혼 틔도 七寶 단장 아미를 나직하고 玉빈紅顔 양 귀 밋테 구실 갓탄 눈물리 綠衣紅裳 다 젹시며 체읍 良久에 하년 마리

신첩이 폐下를 모시고 장의 同行ᄒ와 平生을 依托ᄒ고 厚恩을 입 어 天下大(平)을 바라옵더니 國運이 不幸ᄒ여 千里 戰場 흠흔 곳의 無情히 바일진듸

靑春 少妾 요요단신을 뉘를 위ᄒ여 保全할가. (時調(河氏本) 104)

月態花容(월태화용)=화용월태와 같은 말. 예쁜 얼굴과 맵시 있는 태도 ◇아미를 나직하고=고운 눈썹(蛾眉)을 내리 숙이고 ◇玉빈紅顔 (옥빈홍안)=보기 좋은 귀밑머리와 발그레한 얼굴 ◇구실 갓탄 눈물리 =구슬 같은 눈물이 ◇綠衣紅裳(녹의홍상)=푸른 저고리와 붉은 치마 ◇체읍 良久(양구)에 하년 마리=오랫동안 눈물을 흘리면서 울고서(涕 泣) 하는 말이 ◇신첩이=신첩(臣妾)이. 여자가 임금에게 자기를 낮추 어 일컫는 말 ◇폐下(하)를=폐하를. 임금을 ◇장의 同行(동행)ᄒ와= '장의'는 '장의'(將依)인 듯. 장차 의지하고 함께 살고자 ◇千里戰場(천 리전장) 흠흔 곳의 無情(무정)히 바일진듸=멀리 너른 싸움터 험한 곳 에 무정하게 적의 칼날에 버히는 것처럼 한다면 ◇靑春 少妾(청춘소 첩)=나이가 젊은 첩 ◇요요단신을=나이가 어리고 어여쁜 이 한 몸 을(夭夭單身) ◇뉘를=누구를.

通釋

달 같은 맵시와 꽃처럼 예쁜 얼굴에 고운 태도 칠보로 꾸민 아름 다운 눈썹을 내리깔고 옥빈홍안의 두 귀밑에 구슬 같은 눈물이 녹의

홍상을 다 적시며 오랫동안 울면서 하는 말이

신첩이 폐하를 모시고 장차 같이 살고자 평생을 의탁하고 두터운 은혜를 입어 천하태평을 바라옵더니 국운이 불행하여 너른 전장터의 험한 곳에 무정하게 버리는 것처럼 한다면

젊은 신첩의 예쁘장한 이 한 몸이 누구를 위하여 보전할까.

232

웨 와씀나 웨 와씀나 나 홀노 즈는 방에 웨 아씀ᄂ

오기는 와써니와 즈최 업시 잘 단여 가오

갓득이 말 만코 탈마는 집안의 모듸기녕 날싸.(時調 94)

와씀나=왔느냐 ◇아씀는='와씀나'의 잘못 ◇단여 가오=다녀 가시오 ◇갓득이=가뜩이나 ◇탈마는=탈이 많은. 까탈이 많은 ◇모듸기녕 날싸=모다기령이 날까. 한꺼번에 쏟아져 내리는 명령. 호령.

通釋

왜 왔느냐, 왜 왔느냐. 나 홀로 자는 방에 왜 왔느냐

오기는 왔지마는 자취 없이 잘 다녀가시오

가뜩이나 말이 많고 탈이 많은 집안에 모다기령이 날까.

233

위듸 밍공이 다섯 아리듸 밍공이 다섯 景慕宮 압 연못세 잇는 밍공이 연닙하나 쑥 따 물 써 두루쳐 이구 수은 장수 허는 밍공이 다섯 三淸洞 밍공이 六月 소낙이의 죽은 어린이 나막신쟉 하나 으더

타고 가진 풍유하고 서뉴하는 밍공이 다섯 四五二十 시무 밍공이 慕
華館 盤松里 李周明네 집 마당가의 포깁포깁 모이더니 밋테 밍공이
아구 무겁다 밍공 허니 윗 밍공이는 뭣시 무거유냐 장간 차마라 쟉
갑시럽다 군말된다 허구 밍공 그중에 어느 놈이 상시럽구 밍낭시러
운 수밍공이냐

綠水靑山 깁혼 물의 白首風塵 훗날리구 孫子 밍공이 무릅헤 안치
구 저리 가거라 뒤틔를 보자 이리 오느라 압틔를 보자 싹싹궁 도리
도리 질나릐비 훨훨 지롱부리는 밍공이 슈밍공루 아러더니

崇禮門 박 썩 늬다러 七픠 八픠 靑픠 비다리 쪽제굴 네거리 里門
洞 四거리 七픠 비다리 첫 둘 셋 넷 다섯 여섯 일굽 여덜 아홉 녈지
미나리 논의 방구 통 쉬구 눈물 죄죄죄 흘니구 오좀 질금 싸구 노랑
머리 복쥐여 틋구 엄지 장가락의 된 가릐침 비터 들구 두 다리 쏘고
깁흑헌 방축 밋테 남 알가 용 올리는 밍공이 슈밍공이인가. (調詞 62)

위틔=우대. 서울 인왕산 가까이의 동네   ◇아릐틔=동대문과 광희
문(光熙門) 방면의 동네   ◇景慕宮(경모궁)=사도세자의 사당이 있던
곳. 종로구 연건동(蓮建洞)에 있었으며 지금 서울대 병원 함춘원(含春
園) 자리   ◇두루쳐 이구=둘쳐 이고   ◇수은 장수='수은'은 '순의'의
와철(訛綴)인 듯. 순은 식물의 순(筍) 즉 어린 싹을 가리킴   ◇三淸洞
(삼청동)=경복궁의 동북쪽 서울 성의 북문인 숙정문(肅靖門)이 있음
◇소낙이의=소나기에. 장마   ◇으더 타고=얻어 타고   ◇가진 풍유하
고 서뉴하는=갖은 놀이(風流)를 하고 뱃놀이(船遊)하는   ◇慕華館(모
화관)=조선시대 중국 사신을 맞이하기 위해 돈의문(敦義門)밖에 지은
집. 지금의 독립문 근처 ◇盤松里(반송리)=반송방(盤松坊). 서울 서대

문 밖에 있던 동리 이름 ◇李周明(이주명)=인명 ◇아구=아이구 ◇
뭣시 무거유냐=무엇이 무거우냐 ◇장간 차마라=잠깐 참아라 ◇쟉
갑시럽다 군말된다=자깝스럽고 쓸데없는 말이 된다. 자깝스럽다는
깜찍하다의 뜻이 있음 ◇허구=~하고 ◇상시럽구 밍낭시러운=쌍스
럽고 하는 행동이 맹낭한 ◇白首 風塵(백수풍진)=세상살이의 어려움
에 희어진 머리 ◇뒤틔 압틔=앞 뒤의 모습(態) ◇짝짝궁 도리도리 질
나릐비 훨훨=어린 아이들이 사람들이 부르는 구호에 따라 하는 재롱
으로 짝짝궁은 손벽을 치는 놀이. 도리도리는 고개를 좌우로 흔드는
놀이. 질나래비 훨훨은 새가 날아가는 모양을 흉내를 내는 것 ◇崇禮
門(숭례문)=남대문 ◇七픽 八픽=남대문 밖에서 용산 쪽으로 가는 길
에 있던 마을 ◇빗다리=지금 서울 용산구 갈월동에서 청파동 쪽으로
들어가는 길에 있던 동리 ◇복 쥐여 틋구=박박 쥐여 뜯고 ◇깁흑헌
=깊숙한 ◇용올리는=힘쓰는.

通釋

우대 맹꽁이 다섯 아래대 맹꽁이 다섯 경모궁 앞 연못에 있는 맹
꽁이 연잎 하나 뚝 따서 물 떠 들쳐 이고 야채 장수하는 맹꽁이 다
섯 삼청동 맹꽁이 유월 소나기에 죽은 어린애 나막신짝 하나 얻어
타고 갖가지 풍류를 하고 뱃놀이하는 맹꽁이 다섯 사오이십 스무 맹
꽁이 모화관 반송리 이주명네 집 마당가에 포갬포갬 모이더니 밑에
맹꽁이 아이고 무겁구나. 하고 맹꽁 하니 위에 맹꽁이는 무엇이 무거
우냐 잠깐 참아라. 자깝스럽고 군말된다 하고 맹꽁 그 가운데 어느
놈이 쌍스럽고 맹랑스런 수놈 맹꽁이냐.

푸른 물과 산의 깊은 물에 세상 살기에 힘든 흰머리를 흩날리며

손자 맹꽁이를 무릎에 앉히고 저리 가거라 뒷모습을 보자 이리 오너라 앞모습을 보자 짝짝궁 도리도리 질나래비 훨훨 재롱부리는 맹꽁이 수놈 맹꽁이로 알았더니

남대문 밖 썩 내달아 칠패 팔패 청파 배다리 쪽제굴 네거리 이문동 사거리 칠패 배다리 첫 둘 셋 넷 다섯 여섯 일곱 여덟 아홉 열째 미나리 논에 방귀 퐁 뀌고 눈물 쾨쬐죄 흘리고 오줌 질끔 싸고 노랑머리 박박 쥐어뜯고 엄지 장가락에 된 가래침을 뱉어 들고 두 다리 꼬고 깊숙한 방축 밑에 남이 알까 용을 쓰는 맹꽁이가 수놈 맹꽁이인가.

233-1

져 건너 신진사 집 시렁 우희 언진 거시 쌀은 청청둥 청정미 청차조쌀이 아니 쌀은 청쳐둥 청정미 청차조쌀이냐

우뒤 밍쏭이 다섯 아레뒤 밍쏭이 다섯 문안 밍쏭이 다섯 문밧 밍쏭이 다섯 사오이십 스무 밍쏭이 모화관 숩버들 궁게셔 밋헤 밍쏭이는 무겁다고 밍쏭 웃밍쏭이는 무에 무구우냐 잣꼽스럽다고 밍쏭 어늬 밍쏭이 슈밍쏭이냐

아마도 숙네문 밧 썩 늬다라 쳥픠 팔픠 칠픠 비다리 이문동 도져골 쪽다리 것너 쳣지 둘지 셋지 넷지 다섯 여섯 일곱 여들 아홉 열지 미나리 논에서 코를 쥴쥴 흘니고 머리 푸러 산발ᄒ고 눈을 희번득이며 다리 쏘아 늬밀면셔 용 올리는 밍쏭이가 슈밍쏭이냐. (南太 197)

신진사=신진사(申進士) ◇시렁=물건을 언져 두기 위해 만든 선반

◇청정미=생동쌀. 차조의 하나인 생동찰의 쌀(靑精米)   ◇모화관=서대문 밖 조선 시대 중국 사신들을 맞이하기 위해 지은 집(慕華館)   ◇슈버들 궁게셔=순이 새로 나온 버드나무가 있는 구멍에서   ◇무에 무구우냐=무엇이 무거우냐   ◇잣깝스럽다고=수다스럽다고   ◇슉녜문='숭례문'(崇禮門)의 잘못. 남대문   ◇쳥픠 팔픠 칠픠 비다리 이문동 도져골 쪽다리=남대문에서 현재 원효로 입구까지에 있었던 동리의 이름   ◇머리 푸러 산발ㅎ고=머리를 풀어 헝클어뜨리고(散髮)   ◇용 올리는=힘을 쓰고 있는. 교미에 정신이 없는.

通釋

저 건너 신진사 집 시렁 위에 언즌 것은 쌀을 청청등 생동쌀은 청차좁쌀이 아니 쌀은 청처등 생동쌀 청차좁쌀이냐

우대 맹꽁이 다섯 아래대 맹꽁이 다섯 문안 맹꽁이 다섯 문밖 맹꽁이 다섯 사오이십 스무 맹꽁이 모화관 새순이 돋은 버드나무 아래 구멍에서 밑에 맹꽁이는 무겁다고 맹꽁 위에 맹꽁이는 무엇이 무거우냐 자깝스럽다고 맹꽁 어느 맹꽁이가 수놈 맹꽁이냐

아마도 남대문 밖 썩 내달려서 청파 팔패 칠배 배다리 이문동 도져골 쪽다리 논에서 코를 줄줄 흘리고 머리 풀어 산발하고 눈을 희번덕이며 다리를 꼬고 내밀면서 힘을 쓰는 맹꽁이가 수놈 맹꽁이냐.

234

의 업고 정 업쓰니 아셔라 나는 간다
썰치고 가는 나샴 다시 챤챤 뷔여 잡고
눈물노 이른 말리 닉 한 말 듯고 가오. (風雅 127)

李世輔

의 업고=의리도 없고   ◇나샴=나삼(羅衫). 비단 적삼. 옷소매   ◇
이른 말리=하는 말이.

通釋

의리도 없고 정도 없으니 말리지마라 나는 간다
떨치고 가는 사람의 옷소매를 다시 단단히 움켜쥐고서
눈물로 하는 말이 내 한 말씀만 듣고 가시오.

235
이리 알쓰리 살쓰리 그리고 그려 病 되다가 萬一에 어느 찍가 되
던지 만나보면 그 엇더할고
  應當이 두 손길 뷔여잡고 어안 벙벙 아모 말도 못하다가 두 눈예
물결이 어릐여 방울방울 써러져 아롱지리라 이 옷 압 자랄예 일것셰
만낫다 하고
  丁寧에 이럴 줄 알냥이면 차라리 그려 病 되넌이만 못 하여라.
  (編時調) (金玉180)
  安玟英

이리=이렇게   ◇그리고 그려=그리워하고 그리워   ◇물결이 어릐
여=눈물이 어리어   ◇아롱지리라=얼룩지리라   ◇일것셰=모처럼   ◇
알냥이면=알았다면.

通釋

　이렇게 알뜰살뜰 그리워하고 그리워 병이 되었다가 만일에 어느 때가 되던 만나보면 그 어떠할까

　응당 두 손을 마주잡고 어안이 벙벙하여 아무 말도 못 하다가 두 눈에 눈물이 고여 방울방울 떨어져 얼룩지리라. 이 옷 앞자락에, 모처럼 만났다 하고

　참으로 이럴 줄 알았다면 차라리 그리워하여 병드는 것만 못 하리라.

　<金玉叢部>에

　"憶江陵紅蓮"

　"억강릉홍련: 강릉의 홍련을 생각하다."하고 하였음.

236
이 몸이 무삼 되로 창가 녀즈 되어 나셔
졍 드려 못 잇는 낭군 이별이 어이 즈져
두어라 젼싱식니 후싱의나. (風雅 137)
　　李世輔

　무삼 되로=무슨 죄로　◇창가 녀즈 되어 나셔=창가(娼家)의 여자로 태어나서　◇어이 즈져=어찌 자주 있어서　◇젼싱식니 후싱의나=전생의 일이니(前生事) 후생에나(後生).

이 몸이 무슨 죄로 기생으로 태어나서

정이 들어 못 잊는 낭군을 이별이 왜 그리 잦아

두어라 이 모두 전생의 일이니 아니면 후생에나.

237

이 몸이 싀여져서 江界 甲山 졉이 되야

님 자는 窓밧 춘혀 긋마다 죵죵 즈로 집을 지여 두고

그 집의 든은 쳬ᄒ고 님의 房에 들리라. (樂時調) (海一 521)

싀여져셔=죽어서 　◇江界 甲山(강계 갑산)=강계는 평안북도, 갑산
은 함경북도에 있는 군(郡)으로 오지이며 조선시대 귀양을 가던 곳
◇졉이=제비 　◇춘혀=추녀 　◇죵죵 즈로=가끔 자주 　◇든은 쳬ᄒ
고=들어가는 체하고.

通釋

이 몸이 죽어서 강계나 갑산과 같은 산골의 제비가 되어

님 자는 창 밖 추녀 끝마다 가끔은 자주 집을 지어두고

그 집에 들어가는 체하고 님의 방에 들겠다.

238

이슬에 눌닌 곳과 발암에 부친 입피

春宵 玉階上의 香氣 놋는 蕙蘭이라

밤중만 月明庭畔의 너만 사랑 하노라.(羽樂) (金玉 161)

安玫英

눌닌 숫과=고개 숙인 꽃과   ◇발암에 부친=바람에 흩날리는   ◇
春宵 玉階上(춘소옥계상)의=봄철 밤의 섬돌 위에   ◇香氣(향기) 놋는
=향기를 풍기는   ◇蕙蘭(혜란)이라=혜란이다. 혜란은 난의 일종이면
서 작중 대상 인물을 지칭하는 중의적 표현임   ◇月明庭畔(월명정반)
의=달빛이 밝게 비추는 뜰 안에.

通釋

이슬 때문에 고개 숙인 꽃과 바람에 날리는 잎이
봄철 밤중 섬돌 위에 향기를 풍기는 혜란이라
밤중만 달이 밝은 뜰 안에 너만 사랑하노라.

<金玉叢部>에
"讚潭陽妓蕙蘭"
"찬담양기혜란: 담양의 기생 혜란을 칭찬하다."라고 했음.

239
이시럼 브듸 갈다 아니 가든 못홀소냐
가셔 오느니 와신 직 자고 가렴
가노라 ᄒ고 자고 간들 엇더ᄒ리. (永類 195)

이시럼 브듸 갈다=있으려무나 부디 가겠느냐   ◇가셔 오느니=가
셔 온다고 하느니   ◇와신 직=왔을 때.

通釋

있으려무나, 부디 가겠느냐 아니 가든 못하겠느냐
가서 온다고 하느니 이랑에 왔으니 자고 가려무나.
간다고 하고 자고 간들 어떠하겠느냐.

240
인간의 못할 일은 타향의 님이로다
이싱의 그리든 졍을 후싱의 네 날 그려
동즈야 쇠고리 날녀라 슈심 젼숑. (風雅(詩歌) 16)
  李世輔

이싱의=이승의 ◇네 날 그려=네가 나를 그리워하여.

通釋

사람이 못 할 일은 타향에 있는 님을 사귀는 것이로다.
이승에서 그리워하던 정을 후생에서나 네가 나를 그리워해라
아희야, 꾀꼬리 날려라. 나의 수심도 같이 보내리라.

241
일간쵸당 지은 후의 난만화쵸 심어두고
임 안고 나 안즈니 삼쳑금이 한가허다
그 즁의 일쌍빅학이야 일너 무샴. (風雅 95)

李世輔

일간쵸당=한 칸밖에 안 되는 작은 초가집 ◇난만화쵸=꽃이 흐드러지게 피는 화초(爛漫花草) ◇삼쳑금이 한가허다=조그만 거문고가 (三尺琴) 쓸 데가 적구나 ◇일쌍빅학이야=한 쌍의 백학이야 ◇일너무샴=말하여 무엇.

通釋

조그만 초당을 지은 후에 꽃이 활짝 피는 화초를 심어 두고
임을 안고 내가 앉으니 석자밖에 안 되는 거문고도 쓸 데가 적구나
그런 가운데 즐기는 한 쌍의 백학이야 말하여 무엇.

242
一定百年 살줄 알면 酒色참다 관계ᄒ랴
힝혀 참은 後에 百年을 못살면 그 아니 애달르랴
人命이 在天ᄒ니 酒色을 참은들 百年 살기 쉬우랴.
(蔓橫淸流) (珍靑 486)

通釋

정해진 목숨 백년을 살줄 알면 주색을 참은들 관계하겠느냐
행여나 참은 후에 백년을 못 살면 그 애닯지 않겠느냐
인명이 하늘에 달렸으니 주색을 참는다고 백년 살기 쉽겠느냐.

243

임아 야속ᄒ다 날더럴랑 말를 마쇼

단풍이 다 진토록 일ᄌ셔신 업단말가

밤즁만 우는 홍안 번연이 날 속인가. (風雅 355)

李世輔

다 진토록=다 떨어지도록 ◇일ᄌ셔신=글자 한 자라도 쓴 편지 (一字書信) ◇홍안=기러기(鴻雁) ◇번연이 날 속인가=훤히 알면서 (飜然) 나를 속였는가.

通釋

님아 야속하다고 나에게는 말하지 마시오

단풍이 다 지도록 편지 한 장 없단 말인가

밤중에 우는 기러기 훤히 알면서 나를 속였는가.

242

임 이별 ᄒ든 날의 늬 죽어 모르드면

못 이져 싱각 업고 이 몸의 병 안 들년이

엇지타 ᄉ라 와셔 이 이를 석여. (風雅 140)

李世輔

안 들년이=아니 들었으려니 ◇ᄉ라 와셔=살아서 ◇석여=썩여.

通釋

님과 이별하던 날에 차라리 내가 죽어 몰랐다면

못 잊어 생각할 까닭 없고 이 몸이 병 아니 들 것이니

어쩌다 이제까지 살아서 이 마음을 썩여.

243

林川의 草堂 짓고 만卷 書冊 싸아 눗코

烏騅馬 살지게 메게 흐르는 물가의 굽씩겨 세고 보릭미 길드리며

절딕佳人 겻혜 두고 碧梧 거문고 식줄 언저 세워두고 生簧 洋琴 海

琴 저 피리 一等美色 前後唱夫 左右로 언저 엇쏘로 弄樂헐제

아마도 耳目之所好와 無窮之至所樂은 나뿐인가.(調詞 70)

林川(임천)의=숲과 내가 있는 곳에 ◇烏騅馬(오추마)=항우가 탔던
준마 ◇살지게 메게=기름지게 먹여 ◇굽씩겨 세고=말굽을 깨끗이
씻겨 세워두고 ◇一等美色(일등미색)=제일가는 미인 ◇前後唱夫(전
후창부)=앞뒤에 있는 소리꾼 ◇左右(좌우)로 언저=좌우에서 거문고
줄에 얹어 ◇엇쏘로 弄樂(농락)헐제=엇장단으로 노래하고 즐길 때에
◇耳目之所好(이목지소호)와=눈으로 보고 귀로 듣는 것의 즐거움과
◇無窮之至所樂(무궁지지소락)은=지극히 즐기는 바의 무궁함은.

通釋

숲이 우거진 냇가에 초당을 짓고 많은 서책을 쌓아두고

오추마를 살지게 먹여 흐르는 물가에 굽을 씻겨 세워두고 보라매
길들이며 아주 예쁜 미인을 곁에 두고 벽오동 거문고에 새 줄을 얹

어 세워두고 생황 양금 해금 젓대 피리와 뛰어난 미색과 앞뒤에 늘어선 소리꾼을 좌우에 앉혀 엇장단으로 노래하고 희롱하며 즐길 때에

아마도 눈과 귀로 보고 듣는 것의 즐거움과 지극하게 즐기는 바의 무궁함은 나뿐인가.

244
立馬沙頭別意遲홀제 生憎楊柳最長枝를
佳人緣薄含新態오 蕩子情多問後期라 桃李落落寒食節이오 鷓鴣는
飛去夕陽風이로다
江南에 草綠春波潤ᄒ니 欲採蘋花로 有所思로다.
　(蔓橫樂時調編數葉弄歌) (靑詠 561)

立馬沙頭別意遲(입마사두별의지)홀 제=말을 물가에 세우고 이별하기를 머뭇거릴 때 ◇生憎楊柳最長枝(생증양류최장지)를=말을 맬 수 있도록 가장 길게 자란 가지가 미운 것을 ◇佳人緣薄含新態(가인연박함신태)오=가인과는 인연이 적으나 새로운 교태를 머금고 ◇蕩子情多問後期(탕자정다문후기)라=탕자는 정이 많아 후기약을 묻더라 ◇桃李落落寒食節(도리낙락한식절)이오=복숭아와 오얏 꽃이 다 지는 한식절이오 ◇鷓鴣(자고)는 飛去夕陽風(비거석양풍)이로다=자고새는 석양 바람에 날아간다 ◇江南(강남)에 草綠春波潤(초록춘파윤)ᄒ니=강남에 풀이 푸르니 봄의 물결이 윤택하고 ◇欲採蘋花(욕채빈화)로 有所思(유소사)로다=빈화를 뜯고자 하니 생각하는 바가 있도다. 빈화는 개구리밥 ◇조선 선조때 高敬命(고경명)이 기생에게 지언준 시.

通釋

말을 물가에 세우고 이별을 머뭇거릴 때 말을 맬 수 있도록 자란 버드나무가지가 밉구나.

가인과 인연은 적으나 새로운 교태를 머금고 탕자는 정이 많아 다음 기약을 묻는다. 복숭아와 오얏꽃이 다 떨어지는 한식 때에 자고새는 석양바람에 날아가는구나.

강남이 풀이 푸르니 봄철의 물결이 윤택하고 빈화를 뜯고자 하니 생각하는 바가 많구나.

245
자다가 씌드르니 遠村의 닭이 운다
안고 다시 안아 싀 스랑 늬엿거든
무슴 일 東녁 다히는 漸漸 볼가 가느니. (古今 200)

싀 스랑 늬엿거든='늬엿거든'은 '니엿거든'의 잘못인 듯. 새로운 사랑이 계속되었거든 ◇東(동)녁 다히는=동쪽은 ◇볼가 가느니=환해지느냐.

通釋

자다가 깨달으니 멀리 있는 마을의 닭이 운다
안고 다시 안아 새로운 사랑이 계속되거든
무슨 일 동쪽 하늘은 점전 밝아 오느냐.

246

즈못 불근 곳치 즘즛 숨어 뵈지 안네

장츠 츠즈리라 구지 헷쳐 드러가니

眞實노 그 곳치여늘 문득 것거 드럿노라.

(羽平擧數大葉) (金玉 62)

安玟英

즈못=제법   ◇즘즛 숨어=일부러 숨어   ◇구지 헷쳐 드러가니=구
태여 헤치고 들어가니   ◇것서 드럿노라=꺾어 들었다.

通釋

제법 붉은 꽃이 일부러 숨어 보이지 않는구나

앞으로 찾겠다 하고 구태여 헤치고 들어가니

진실로 그 꽃이거늘 문득 꺾어 들었노라.

<金玉叢部>에

"晉州飛燕 以色態喧動一營 而爲外村巨富成進士之所愛 不得相見云
矣 余在晉州時 聞其名而間人得一見之"

"진주비연 이색태훤동일영 이위외촌거부성진사지소애 부득상견운
의 여재진주시 문기명이간인득일견지: 진주 기생 비연은 곱고 아름다
운 태도로써 한 고을을 시끌하게 하였고 외촌 거부 성진사의 사랑하
는 바가 되어 부득이 서로 볼 수가 없다고들 하였다. 내가 진주에 있
을 때 그의 명성을 듣고 간인을 통하여 한 번 만났다."라고 하였음.

247
잔솔밧 언덕 올히 굴쥭ㄱᄐ튼 고래논을
밤마다 장기 메워 물부침의 삐지우니
두어라 自己買得이니 他人竝作 못하리라. (蓬萊樂府 7)
    申獻朝

  잔솔밧 언덕 올히 굴쥭ㄱᄐ튼 고래논을=작은 소나무가 우거진 밭 아
래에 있는 물이 많고 기름진 고래논을. 잔솔밭은 여인의 성기 주위
를, 고래논은 성기를 비유한 것 ◇밤마다 장기 메워=밤마다 쟁기를
꾸려. 쟁기는 남성의 성기를 은유 ◇물부침의 삐지우니=물을 대고
씨를 떨어뜨리니. 남녀의 교접을 말함 ◇自己買得(자기매득)이니=내
가 돈을 주고 산 것이니. 내 것이니 ◇他人竝作(타인병작)=다른 사
람과 어우리 농사를 짓는 것.

  通釋

  작은 소나무가 우거진 밭 언덕 아래 기름진 고래논을
  밤마다 쟁기를 메워 물을 대고 씨를 떨어뜨리니
  두어라 내가 돈을 주고 산 것이니 다른 사람과 어우리는 못하리라.

248
長衫 쓰더 즁의 젹슴 짓고 念珠 쓰더 당나귀 밀밀치 ᄒ고
釋王世界 極樂世界 觀世音菩薩 南無阿彌陀佛 十年 工夫도 너 갈듸
로 니거니
  밤즁만 암 居士 품에 드니 念佛경이 업세라.

(蔓橫淸類) (珍靑 514)

長衫(장삼)=소매가 긴 옷. 스님이 입는 웃옷의 하나 ◇중의 적숨
=중의(中衣)와 적삼(赤衫). 중의는 여름의 홑바지인 고의(袴衣) ◇밀
밀치=밀치를 강조한 말. 밀치는 안장이나 길마에 쓰는 기구로 꼬리
밑에 대는 가느다란 막대기 ◇釋王世界 極樂世界(석왕세계 극락세
계)=아미타불이 살고 있는 극락정토의 세계 ◇觀世音菩薩(관세음보
살)=관세음과 같음. 보살은 위로는 부처를 따르며 아래로는 중생의
제도를 일삼는 부처 다음 가는 성인(聖人) ◇南無阿彌陀佛(나무아미
타불)=염불하는 소리의 하나로 아미타불에 귀의한다는 뜻 ◇갈듸로
니거니=가고 싶은 곳으로 가거라. 십년공부가 도로 아미타불이 되었
다는 뜻 ◇암 居士(거사) 품에 드니=여승(女僧)의 품에 안기니 ◇
念佛(염불)경=염불할 경황 ◇업셰라=없구나.

通釋

장삼 뜯어 중의 적삼을 만들고 염주 뜯어 당나귀의 밀치를 하고
  석왕세계 극락세계 관세음보살 나무아미타불 십년공부도 너 가고
싶은 곳으로 가거라.
  밤중에 암거사의 품에 안기니 염불할 경황이 없구나.

249
長松으로 빈를 무어 大同江에 흘니 씌여
柳一枝 휘여다가 구지 구지 미야시니
어듸셔 妄伶엣 거슨 소혜 들나 ᄒᄂ니. (海一 142)

求之

빈를 무어=배를 만들어 ◇흘니 씌여=흘러가도록 띄워 ◇柳一枝 (유일지) 휘여다가=버드나무 가지 하나를 휘어지게 하여. 유일지는 작자의 애부(愛夫)를 뜻하는 중의적인 표현임 ◇구지 구지 미야시니= 단단히 매었으니. 구지는 작자를 가리키는 중의적인 표현임 ◇妄伶 (망령)엣 거슨=망령(妄靈)된 것들은 ◇소혜 들나=소(沼)에 들라. 웅덩 이에 들라. 다른 여자에게 가까이 하라.

通釋

커다란 소나무로 배를 만들어 대동강물에 흘러가도록 띄워
유일지를 휘여다가 굳게굳게 매었더니
어디서 망령된 것들은 웅덩이에 들라 하는고.

250
재너머 莫德의 어마 네 莫德이 쟈랑마라
내 품에 드러셔 돌겟줌 자다가 니 굴고 코 고오고 오좀 스고 放氣 쉬니 盟誓개지 모진 내 맛기 하 즈즐ᄒ다 어셔 드려 니거라 莫德의 어마
莫德의 어미년 내드라 發明ᄒ야 니르되 우리의 아기쌸이 고림症 빈아리와 잇다감 제症 밧긔 녀남은 雜病은 어려셔브터 업ᄂ니. (蔓横 清類) (珍青 567)

어마=어멈 ◇돌겟줌=돌계잠. 방안을 딩굴어 돌아다니며 자는 잠

◇니 굴고=이 갈고 ◇코 고오고=코 골고 ◇盟誓(맹서)개지=맹세하지만 ◇모진 내=지독한 냄새 ◇하 즈즐ᄒ다=너무 지긋지긋하다 ◇드려 니거라=다려 가거라 ◇내드라=달려와 ◇發明(발명)ᄒ야=변명하여 ◇니르되=말하되 ◇아기ᄹ=어린 딸 ◇고림症(증)=고림증(膏痳症). 임질의 한 가지 ◇비아리=배앓이. 배를 앓는 병 ◇잇다감=가끔 ◇제症(증) 밧긔=체증(滯症) 밖에. 체증은 체하여 소화가 잘 안 되는 병 ◇녀남은=그 이외에 ◇업ᄂ니=없도다.

通釋

고개 너머 막덕의 어멈아, 막덕이 자랑마라

내 품에 들어 돌계잠 자다가 이 갈고 코골고 오줌 싸고 방귀 뀌니 맹세하지만 지독한 냄새 맡기 너무 지긋지긋하다 어서 다려가거라 막덕 어멈아

막덕의 어미년 달려와 변명하여 말하기를 우리 어린 딸년이 고림증 배앓이와 어쩌다 체증 밖에 다른 잡병은 어려서부터 없었다.

251

지 넘어 싀앗슬 두고 손쌕치며 애써 간이

말만흔 삿갓집의 헌 덕셕 펼쳐덥고 년놈이 흔듸 누어 얽지고 틀어졋다 이졔는 얼이북이 叛奴軍이 들거곤아

두어라 모밀쩍에 두 杖鼓를 말려 무슴 ᄒ리요. (青謠 15)

金兌錫

지 넘어='넘어'는 '너머'의 잘못. 고개 너머 ◇싀앗을 두고=시앗

을 얻어 두고. 시앗은 첩(妾) ◇손뼉치며 애써 간이=좋아하며 부지런히 가니 ◇말만흔 삿갓집의=말(斗)처럼 조그마한 삿갓 모양의 집에 ◇헌 덕석=낡은 덕석. 덕석은 추위를 막기 위해 소의 등에 덮는 멍석 ◇년놈이 흔듸 누어=사내놈과 계집년이 같이 누워 ◇얽지고 틀어졋다=얽혀지고 틀어졌다 ◇얼이북이=어리보기. 정신이 투미한 사람 ◇叛奴軍(반노군)='발룩구니'의 한자음사(漢字音寫). 발룩구니는 하는 일 없이 공연히 놀며 돌아다니는 사람을 일컫는 말 ◇모밀썩에 두 杖鼓(장고)=가난한 사람이 처첩을 거느려 두 살림을 차라고 사는 것을 빗대서 하는 말. "메밀떡 굿에 쌍장구치랴"에서 온 말.

通釋

고개 너머에 시앗을 두고 손뼉을 쳐가며 부지런히 가니

말처럼 조그만 삿갓집에 헌 덕석을 펼쳐 덮고 연놈이 한 곳에 누어 얽어지고 뒤틀어졌구나. 이제는 어리보기 발룩구니 축에 들겠구나.

두어라 메밀떡에 두 장고를 말려 무엇 하겠느냐.

252
這 건너 廣窓 놉흔 집의 머리 됴흔 這 閣氏뉘
初生 半달곳치 빗최지나 마로되여
우리도 남의 任 거러 두고 빗최여나 볼가 ᄒ노라.
(樂戱調) (樂高 808)

廣窓(광창)=커다란 창 ◇빗최지나 마로되여=비추지나 말으렴은.

인물이 흰함을 비유함.

　저 건너 커다란 창문을 단 높은 집의 머리 좋은 각시님

　초승의 반달처럼 비추지나 말으려무나

　우리도 임자 있는 님을 약속하고 비추어나 볼까 하노라.

253

　져 건너 흰옷 닙은 사룸 준믭고도 양믜왜라

　쟈근 돌ᄃ리 건너 큰 돌ᄃ리 너머 밥쮜여 간다 ᄀᄅ 쮜여 가는고

애고애고 내 書房 삼고라쟈

　眞實로 내 書房 못될진대 벗의 님이나 되고라쟈. (蔓橫淸類)

　(珍靑 517)

　준믭고도 양믜왜라＝아주 믭고도 얄미워라　◇밥쮜여＝바삐 뛰어

◇삼고라쟈＝삼고 싶구나　◇못될진대＝되지 않을 때에는　◇벗의 님

이나＝친구의 사랑하는 사람이나　◇되고라쟈＝되었으면 좋겠다

通釋

　저 건너 흰옷 입은 사람 아주 믭고도 얄미워라

　작은 돌다리 건너 큰 돌다리 넘어 바삐 뛰어간다 가로 뛰어 가는

구나 아이고 이아고 내 서방을 삼고 싶구나

　진실로 내 서방이 못된다고 하면 벗의 님이나 되었으면 좋겠다.

折衝將軍 龍驤衛 副護軍 날을 아는다 모로는다

늬 비록 늙엇시나 노릐 츔을 추고 南北漢 놀이갈 쎄 써러진 적 업고 長安 花柳 風流處에 안이 간 곳이 업는 날을

閣氏네 그다지 숙보아도 흐룻밤 격거 보면 數多흔 愛夫들에 將帥ㅣ될 줄 알이라. (二數大葉) (海周 559)

金壽長

折衝將軍(절충장군)=정삼품(正三品)의 무관 벼슬   ◇龍驤衛(용양위)=조선시대 오위(五衛)의 하나   ◇副護軍(부호군)=오위도총부(五衛都摠府)에 속하는 종사품의 벼슬   ◇날을=나를   ◇아는다 모로는다=아느냐 모르느냐   ◇南北漢(남북한)=한강의 남북. 서울 근교(近郊)를 가리킴   ◇長安 花柳風流處(장안 화류풍류처)에=서울 도성안의 기생들과 더불어 노니는 곳에   ◇안이 간 곳이=가지 아니한 곳이   ◇그다지 숙보아도=그처럼 어리숙하게 여겨도   ◇격거 보면=겪어 보면. 지내 보면   ◇數多(수다)흔=많은   ◇愛夫(애부)들에 將帥(장수)ㅣ될 줄 알이라=정부(情夫)들 가운데 제일가는 줄을 알게 될 것이다.

通釋

절충장군 용양위 부호군인 나를 아느냐 모르느냐

내 비록 늙었으나 노래하고 춤을 추고 남북한 놀이 갈 때 떨어진 적이 없고 장안 기생들과 노는 곳에 아니 간 곳이 없는 나를

각시들 그렇게 어수룩하게 보아도 하룻밤 겪어 보면 많은 애부들 가운데 으뜸이 되는 줄을 알리라.

255

져 건너 槐陰彩閣中에 繡놋는 져 處女야

뉘라셔 너를 弄호여 넘노는지 細眉玉頰에 雲鬟은 아조 허트러져 鳳簪조ᄎ 기우러져느냐

丈夫의 探花之情을 任不禁이니 一時花容을 앗겨 무슴 호리요.

(言弄) (靑六 805)

槐陰彩閣中(괴음채각중)=느티나무 그늘이 진 단청(丹靑)한 집 가운데 ◇弄(농)호여 넘노는지=희롱하며 넘나들며 괴롭히는지 ◇細眉玉頰(세미옥협)에=가느다란 눈썹의 어여쁜 얼굴에 ◇雲鬟(운환)은=뭉게구름의 모습으로 꾸민 머리는 ◇鳳簪(봉잠)조ᄎ=봉황을 새긴 비녀마저 ◇探花之情(탐화지정)을 任不禁(임불금)이니=여자에게 쏠리는 정을 마음대로 금할 수가 없으니 ◇一時花容(일시화용)을=젊었을 때의 아름다움을 ◇앗겨=아껴서 ◇무슴=무엇.

通釋

저 건너 느티나무 그늘진 단청한 집안에 수를 놓는 저 처녀야

누가 너를 희롱하여 넘노는지 가느다란 눈썹에 어여쁜 얼굴에 뭉게구름 같은 머리는 아주 흐트러져 봉을 수놓은 비녀마저 기울었느냐.

사내대장부의 여자에게 쏠리는 정을 마음대로 금할 수 없느니 젊었을 때의 아름다움을 아껴 무엇 하겠느냐.

256

져 님의 눈즛 보소 에우린 낙시로다

져 낙시 거동 보소 날 낙글 낙시로다

두어라 낙기곳 낙그면 낙겨 볼가 ᄒ노라.(海朴 503)

눈즛=눈짓 ◇에우린=구부린 ◇낙기곳 낙그면=낚아서 낚일 수 있다면.

通釋

저 님의 눈짓을 보시오 구부린 낚시로다

저 낚시 거동 보시오 나를 낚을 낚시로다

두어라 낚아서 낚일 수 있다면 낚여 볼가 하노라.

256-1

져 아씨 눈믹 보쇼 반 구분 鐵 낙씨라

엇던 사람 낙고랴고 저리 곱게 구버넌고

우리도 어제나 완화江 金붕어 되야 져 낙씨예 낙계 볼가.

(時調(池氏本) 17)

어제나=언제나 ◇완화江=완화계(莞花溪)를 가리키는 듯. 완화계는 당나라 두보의 초당이 있던 곳.

通釋

저 아씨의 눈매를 보시오 반을 구부린 쇠 낚시라

어떤 사람을 낚으려고 저렇게 곱게 굽었는고
우리도 언제나 완화강의 금붕어가 되어 저 낚시에 낚여 볼까.

257
정녕이 가마고 와셔 비 온다고 나 안 가면
기다리든 임의 마음 뎐뎐반측 못 즈련이
아희야 교군 도녀라 갈 길 밧버. (風雅 118)
　李世輔

　가마고 와셔=간다고 하고 와서는 ◇뎐뎐반측=전전반측(輾轉反側).
몸을 뒤척이며 잠을 이루지 못함 ◇교군 도녀라=교군(轎軍)을 돌려
라. 가마꾼을 돌려라.

　通釋

　틀림없이 가겠다고 하고 와서는 비가 온다고 내 아니 가면
　기다리던 님의 마음은 전전반측하며 잠을 못 자려니
　아희야 가마꾼을 돌려라 갈 길이 바쁘구나.

258
정 업슨 샹스 업고 샹스 업는 다정 업다
이별이 샹스되고 샹스가 샹봉이라
아마도 유정무졍키는 연분인가. (風雅 362)
　李世輔

정 업슨 샹스 업고=정이 없는 상사(相思)가 없고 ◇다정=다정(多情). 정이 많음 ◇유정무정키는=유정무정(有情無情)하기는.

通釋

정이 없는 그리움이 없고 그리움 없는 다정 없다
이별이 그리움이 되고 그리움이 서로 만남이 된다
아마도 정이 있고 없음은 연분인가.

259
酒色을 마자 하고 山水間의 집을 짓고 구름 속의 밧 갈기와 달 아
레 고기 낙기 以終餘年 하잿드니
　青天有月 未幾時에 金樽美酒 겻테 두고 아니 취키 어려우며 旅館
寒灯 獨不眠에 絶代佳人 겻헤 두고 아니 犯키 어려워라
　아마도 술 두고 안니 醉코 色 두고 안니 犯키 사람마다 兩難이라.
(時調集 144)

　酒色(주색)=술과 여색(女色) ◇마자 하고=하지 않겠다 하고 ◇以終
餘年(이종여년)=이것으로써 남은 여생을 마치고자 ◇하잿드니=하자
고 하였더니 ◇青天有月未幾時(청천유월미기시)=푸른 하늘에 아직 달
이 있고 해가 뜨기 전에. 새벽에 ◇金樽美酒(금준미주)=좋은 술통에
담긴 좋은 술 ◇겻테 두고=곁에 두고 ◇旅館寒灯 獨不眠(여관한정
독불면)=여관의 차가운 등불 아래 홀로 잠 못 이룸 ◇絶代佳人(절대
가인)=아름다운 여인 ◇犯(범)키=법도를 어기기 ◇兩難(양난)이라=둘
다 어려우리라.

通釋

술과 여색을 가까이 하지 않겠다 하고 산수간에 집을 짓고 구름 속에 밭 갈기와 달빛 아래 고기 낚기로 남은 생애를 마치자고 하였더니

푸른 하늘에 달이 아직 뜨지 아니하였을 때에 좋은 술을 곁에 두고 아니 취하기 어려우며 여관 차가운 등불에 홀로 잠 못 이룰 때에 예쁜 미인을 곁에 두고 아니 넘보기 어려워라

아마도 술 두고 아니 취하고 여색을 두고 아니 넘보기 사람마다 둘 다 어려운 것이리라.

260

酒色을 삼가란 말이 녯 사룸의 警誡로되

踏靑登高節에 벗님늬 드리고 詩句를 을플 제 滿樽香醪를 아니 醉키 어리오며

旅館에 寒燈을 對ᄒ여 獨不眠홀 제 玉人을 만나셔 아니 자고 어이리. (蔓橫淸類) (珍靑 509)

警戒(경계)=타일러서 주의시킴　◇踏靑登高節(답청등고절)=풀을 밟고 높은 곳에 오르는 계절. 답청은 봄에, 등고는 가을에 하는 세시 풍속이었음　◇을플 제=읊조릴 때　◇滿樽香醪(만준향료)=술통에 가득 찬 맛 좋은 술　◇旅館(여관)에 寒燈(한등)을 對(대)ᄒ여=객지의 숙소에서 차가운 등을 상대하여　◇獨不眠(독불면)홀 제=혼자 잠 못 이룰 때　◇玉人(옥인)을=아름다운 사람을. 여인을.

通釋

술과 여색을 삼가란 말이 옛 사람의 경계로되

풀을 밟고 산에 오르는 계절에 벗님들 다리고 시구를 읊조릴 때 술통에 가득한 좋은 술을 아니 취하기 어려우며

여관에서 차가운 등을 대하여 홀로 잠 못 이룰 때 아름다운 사람을 만나서 아니 자고 어찌하겠느냐.

261

酒色을 삼간 後에 一定百年 살쟉시면

西施ㄴ들 돌아봄여 千日酒ㄴ들 먹을쏜아

애우려 츰곡 츰아든 날 속일까 ᄒ노라.(二數大葉) (海一 397)

살쟉시면=산다고 하면 ◇애우려 츰골 츰아든=애써 참고 참았던.

通釋

술과 여색을 삼간 뒤에 정해진 백년을 산다고 하면

서시인들 도라 보며 천일주인들 먹겠느냐

애써 참고 참았던 나를 속일까 하노라.

261-1

酒色을 全廢ᄒ고 一定長生 홀쟉시면

西施ㄴ들 돌아보며 千日酒ㄴ들 먹을쇼냐

眞實노 長生곳 못ᄒ면 兩失홀가 ᄒ노라. (三數大葉) (詩歌 315)

홀쟉시면=한다고 하면 ◇兩失(양실)홀가=술과 여색을 둘 다 잃을 까.

通釋

술과 여색을 전부 버리고 정해진 백년을 산다고 하면
서신들 돌아보며 천인주인들 먹겠느냐
진실로 장생을 못하면 술과 여색을 둘 다 잃을까 하노라.

262
酒色이 敗人之本인 줄을 나도 暫間 알건마는
먹던 술 이즈며 녜던 길 아니 녜랴
아마도 丈夫의 ᄒᆞ올 일이 酒色인가ᄒᆞ노라. (界二數大葉)
(六靑 512)

敗人之本(패인지본)인 줄을=사람을 망하게 하는 근본인 줄을 ◇녜던 길=가던 길. 살아 온 방법.

通釋

술과 여색이 나를 망치는 근본인 줄을 나도 잠간 알지마는
먹던 술을 잊으며 살아오던 방식대로 아니 하랴
아마도 장부의 해야 할 일은 술과 여색인가 하노라.

263

朱脣動 素腔擧흔이 洛陽少年과 邯鄲女 ㅣ로다

古稱綠水今白苧요 催絃急管爲君舞ㅣ라 窮秋九月에 荷葉黃이요 北風이 驅雁天雨霜이로다

夜長코 酒亦多ᄒ니 樂未央을 ᄒ올여. (蔓數大葉) (海一 624)

朱脣動 素腔擧(주순동소강거)흔이=붉은 입술을 움직이고 예쁜 얼굴을 드니 ◇洛陽少年(낙양소년)과 邯鄲女(한단녀) ㅣ로다=낙양의 소년과 한단의 계집이로다. 낙양은 서울을, 한단은 색향(色鄕)을 가리킴 ◇古稱綠水今白苧(고칭녹수금백저)요=예전의 녹수가 이제는 백저요. 녹수는 거문고에 맞추어 부르는 금가(琴歌)의 이름으로 사마상여(司馬相如)가 탁문군(卓文君)에게 사랑을 구했던 노래 ◇催絃急管爲君舞(최현급관위군무)라=관현을 급히 재촉하여 그대를 위해 춤을 추노라 ◇窮秋九月(궁추구월)에 荷葉黃(하엽황)이요=늦가을 구월에 연잎이 누렇고 ◇北風(북풍)이 驅雁天雨霜(구안천우상)이로다=북풍이 기러기를 쫓아 하늘은 서리 내린다 ◇夜長(야장)코 酒亦多(주역다)ᄒ니=밤이 길고 술 또한 많이 있으니 ◇樂未央(낙미앙) ᄒ올여=즐거움이 그지없구나.

　　　* 포조(鮑照)의 '백저곡'(白苧曲)으로 초·중장을 만듦

通釋

붉은 입술을 움직이고 예쁜 얼굴을 드니 낙양의 소년과 한단의 계집이로다.

예전의 녹수가 이제는 백저요 관현을 급히 재촉하여 그대를 위해

춤을 추노라. 늦가을 구월에 연잎이 누렇고 북풍이 기러기를 쫓아 하늘에 서리가 내린다.

밤은 길고 술 또한 많으니 즐거움이 그지없다고 하겠구나.

264

즁놈도 사룸이냥ᄒ여 자고 가니 그립두고

즁의 숑낙 나 베읍고 내 족도리 즁놈 베고 즁의 長衫 내 덥습고 내 치마란 즁놈 덥고 자다가 ᄭᅵᄃ르니 둘희 ᄉ랑이 숑낙으로 ᄒ나 족도리로 ᄒ나

이튼날 하던 일 ᄉ닝각ᄒ니 흥글항글 하여라. (蔓橫淸類) (珍靑 552)

사룸이냥ᄒ야=사람인 것 같아. 사람이라고　◇그립두고=그립구나 ◇숑낙=소나무의 겨우살이(松蘿)로 만든 스님이 쓰는 모자. 송낙(松絡) ◇베읍고=베고　◇족도리=여승이 쓰는 세모꼴의 흰색 모자　◇長衫(장삼)=소매가 넓은 스님의 웃옷 ◇덥습고=덥고 ◇흥글항글=마음이 들떠 좋아하는 모양.

通釋

중놈도 사람이라고 자고 가니 그립구나.

중의 송낙을 내가 베고 내 족두리 중놈이 베고 중의 장삼 내가 덥고 내 치마는 중놈이 덥고 자다가 깨달으니 둘의 사랑이 송낙으로 가득 족두리로 가득

이튼날 하던 일을 생각하니 흥글항글 하는구나.

265

짓 딘 鶴 털 진 사슴 松竹에 깃드럿닉
仙山서 이리 올직 멀긴들 안일소냐
그러나 져 閣氏 고은 빈에 졋칼치나 실를가.(各調音) (興比 372)

짓 딘=짓이 떨어진 ◇털 진=털이 빠진 ◇鶴(학), 사슴=남성의
성기를 은유한 듯 ◇松竹(송죽)에=소나무와 대나무 숲에. 여성의 국
부를 은유한 듯 ◇仙山(선산)서 이리 올직=선산에서 이곳으로 올 때.
선산은 미상이나, 신선이 사는 산이란 뜻으로 외부(外部)에서 이곳으
로 올 때까지 ◇멀긴들 안일소냐=아주 멀지 않았겠느냐 ◇졋칼치나
실를가=젓가락이나 실을. 성교를 은유함.

通釋

짓이 떨어진 학 털이 빠진 사슴이 송죽에 깃들였네.
선산에서 여기로 올 때까지 얼마나 멀었겠느냐
그러나 각시의 고은 배에 젓가락이나 실을까.

265-1
딧 디는 鶴일넌가 털 치는 사심인지
졋갈치 形狀이요 멀기는 무삼 일고
어듸셔 슐 업슨 밥을 먹고 누를 보려 왓난고. (各調音) (興比 371)

털 치는 사심인지=털이 빠진 사슴인지 ◇무삼 일고=무슨 일인가.

通釋

짓이 떨어지는 학인가 털이 빠진 사슴인지
젓가락 형상이요 멀기는 무슨 일인가
어디서 술이 없는 밥을 먹고 누구를 보려고 왔는가.

266

窓밧씌 감아숫 막키라는 장ᄉ 離別 나는 굼멍도 막키옵는가
　그 궁기 本來 물이 흐르매 英雄 豪傑들도 知慧로 못 막앗쇼 허믈며 西 楚伯王의 힘으로 能히 못 막앗신이 하 우은 말 마오
　眞實로 장ᄉ의 말과 갓탈씬대 長離別인가 ᄒ노라. (靑謠 65)
　朴文郁

　窓(창)밧씌=창밖에　◇감아숫=가마솥　◇막키라는 장ᄉ=뚫어진 곳을 때우라고 외치는 장사꾼　◇離別(이별) 나는=이별이 생기는　◇굼멍도=구멍도　◇막키옵는가=막을 수가 있는가　◇그 궁기 本來(본래) 물이 흐르매=그 구멍이 본래부터 물이 흐르므로. 구멍은 여성의 성기를 말함　◇西 楚伯王(서초백왕)=항우를 가리킴　◇못 막앗신이=막지 못하였으니　◇하 우은 말 마오=너무 우스운 말을 하지 마시오　◇장ᄉ의 말과 갓탈씬대=장사꾼의 말과 같다면　◇長離別(장이별)인가=다시는 만나지 못하는 것인가.

通釋

창밖에 가마솥 막으라고 하는 장사꾼아 이별이 생기는 구멍도 막

을 수 있는가

그 구멍이 본래 물이 흐르므로 영웅호걸들도 지혜로 못 막았고 허물며 서 초패왕(항우)의 힘으로 능히 못 막았으니 너무 우스운 말 하지 마시오.

진실로 장사꾼의 말과 같다면 영원한 이별인가 하노라.

266-1

창 밧게 가마솟 막이 장사야 니별 나는 궁도 네 잘 막일소냐

그 장시 디답허되 쵸한쎡 항우라도 녁발산ᄒ고 긔긔세로되 심으로 능이 못 막엿고 삼국쎡 제갈냥도 상통천문에 하달지리로되 지쥬로 능이 못 막여쩌든

허물며 날거튼 소장부야 일너 무슴. (南太 84)

가마솟 막이 장사야=가마솥을 때우라고 하는 장사꾼아 ◇니별 나는 궁도=이별이 생기게 하는 구멍도 ◇막일소냐=막을 수가 있느냐 ◇쵸한쎡 항우라도=초나라와 한나라가 싸우던 시절의 항우도 ◇녁발산ᄒ고 긔긔세로되=힘은 산을 뽑을 만큼 세고 기운은 세상을 덮을 만하되(力拔山 氣蓋世) ◇심으로 능이 못 막엿고=힘으로는 능히 못 막았고 ◇상통천문에 하달지리로되=위로는 천문에 통달했고 아래로는 지리에 숙달했으되(上通天文 下達地理) ◇소장부야=하잘 것 없는 남자야(小丈夫) ◇일너 무슴=말하여 무엇.

通釋

창밖에 가마솥 때우는 장사야 이별이 생기는 구멍도 네 잘 막을

수 있느냐

그 장사 대답하되 초와 한나라 때 항우라도 힘은 산을 뽑을만하고 기개는 세상을 덮을만하였지만 힘으로는 능히 못 막았고 삼국시대 제갈량도 위로는 천문에 통하고 아래로는 지리에 통달하였으나 제주로는 능히 못 막았거든

하물며 나 같은 소장부야 말하여 무엇.

266

窓 밧기 어른어른 ᄒᆞᄂᆞ니 小僧이 올시다

어제 저녁의 動鈴하러 왓든 즁이 올ᄂᆞ니 閣氏님 ᄌᆞᄂᆞᆫ 房 독도리 거ᄂᆞᆫ 말그틱 이 닉 쇼리 숑낙을 걸고 가자 왓소

져 듕아 걸기ᄂᆞᆫ 걸고 갈지라도 後ㅅ말이나 업게 ᄒᆞ여라.

(蔓橫) (樂學 937)

窓(창) 밧기 어른어른 ᄒᆞᄂᆞ니=창밖에 그림자가 희미하게 움직이니 ◇小僧(소승)=스님이 자기를 낮추어 부르는 말 ◇動鈴(동령)하러=동냥하러 ◇올ᄂᆞ니=옳으니. 틀림이 없으니 ◇독도리=족두리 ◇말그틱=말고지 곁에 ◇쇼리 숑낙을=송낙(松絡)을. 송낙을 강조하기 위해 반복하여 썼음 ◇後(후)ㅅ말이나=뒷말이나. 소문(所聞)

通釋

창밖이 어른어른 하니 "소승입니다"

"어제 저녁에 동량하러 왔던 중이니 각시님 자는 방 족두리 거는 말꼬지에 나의 송낙을 걸고 가자고 왔소"

"저 중아 걸기는 걸고 갈지라도 뒷말이나 없게 하여라."

269
窓 밧긔 窓치난 任아 아모리 窓치다 듥오라 하랴
너도곤 勝한 任을 이기 거러 뉘엿꺼든
뎌 任아 날 보랴 하시거든 모래 뒨 날 오시쇼.
(界二數大葉) (靑六 544)

窓(창)치난=창문을 두드리는 ◇窓(창)치다 듥오라 하랴=창을 두드
린다고 해서 들어오라고 하겠느냐 ◇너도곤 勝(승)한=너보다 좋은
◇이기 거러 뉘엿꺼든=이미 약속하고 눕혔거든 ◇모래 뒨 날=모레
이후 훗날.

通釋

창밖에 창을 두드리는 님아 아무리 창을 두드린다고 들어오라고
하겠느냐
너보다 좋은 님을 이미 약속을 하고 눕혔거든
저 님아 날 보고자 하시거든 모레 이후 뒷날이나 오시오.

269-1
窓 밧긔 窓 치는 님아 네 窓 치다 닉 나가랴
너도골 勝흔 님을 이기 거러 뉘엿노라
져 님아 날 보랴 흐시거든 모릐 뒷날 오너라. (慶大時調集 262)

窓(창)치다=창을 두드린다고   ◇너도골='너도곤'의 잘못 ◇모릐=
모레.

通釋

창밖에 창을 두드리는 님아 네가 창을 두드린다고 내 나가겠느냐
너보다 좋은 님을 이미 약속하고 뉘었노라
저 남아 날 보려고 하시거든 모레 이후 뒷날 오너라.

270
窓外三更 細雨時에 兩人心事 兩人知라
新情이 未洽한듸 하날이 장차 밝아 온다
다시곰 羅衫을 뷔혀잡고 後ㅅ期約을 뭇더라. (蔓橫) (瓶歌 904)

窓外三更細雨時(창외삼경세우시)에=창밖은 한밤중 이슬비가 내리
는 때에 ◇兩人心事兩人知(양인심사양인지)라=두 사람 사이의 일은
두 사람이 아는지라 ◇新情(신정)이 未洽(미흡)한듸=새로운 정이 아
직 흡족하지 아니한데 ◇다시곰 羅衫(나삼) 뷔혀잡고=새삼스럽게 비
단옷을 움켜쥐고 ◇後ㅅ期約(후기약)을=다음 약속을 조선 선조 때 김
명원(金命元)의 시를 초장은 그대로, 중·종장은 번역하여 시조로 만
든 것임.

通釋

창밖은 한밤중 이슬비가 내리는 때에 두 사람 사이의 일은 두 사

라만 아는지라

새로운 정이 아직 흡족하지 아니한데 하늘이 장차 밝아 온다.

다시금 비단옷을 움켜잡고 다음 약속을 묻더라.

271

千古 離別 셜운 中에 누구누구 더 셜운고

明皇의 楊貴妃와 項羽의 虞美人은 劍光에 늘아나고 漢公主 王昭君
은 胡地에 遠嫁ᄒ야 琵琶絃 鴻鵠歌의 遺恨이 綿綿ᄒ고 石崇의 金谷
繁華로도 綠珠를 못 잇엿시되

우리는 連理枝 並蔕花를 님과 나와 것거 쥐고 元央枕 翡翠衾에 百
年同樂 ᄒ리라. (靑謠 53)

　　金默壽

千古 離別(천고이별)=예전부터 지금까지 사람들이 헤어짐 ◇셜운
고=서러운고 ◇明皇(명황)의 楊貴妃(양귀비)=명황은 당나라의 현종
(玄宗). 양귀비는 그의 총희(寵姬). 안록산(安祿山)의 난리에 마외역(馬
嵬驛)에서 죽임을 당함 ◇項羽(항우)의 虞美人(우미인)=우미인은 항우
의 애첩(愛妾). 항우가 한(漢)의 고조(高祖)에게 해하(垓下)에서 포위되
어 자결할 때 같이 죽음 ◇劍光(검광)=칼날의 번쩍이는 빛 ◇늘아나
고=목이 날아나고. 죽었고 ◇漢公主 王昭君(한공주 왕소군)=왕소군
은 한나라의 궁녀. 흉노와의 친화책(親和策)으로 호지(胡地)에 바치는
몸이 되어 마상에서 비파를 뜯어 원통함을 노래했고, 죽어 그곳에 묻
혀 그 무덤을 청총(靑塚)이라 함 ◇胡地(호지)에 遠嫁(원가)ᄒ야=오랑
캐 땅에 멀리 시집을 가서 ◇琵琶絃(비파현)=비파의 줄 ◇鴻鵠歌(홍

곡가)=노래의 이름 ◇유한(遺恨)이 면면(綿綿)ᄒ여=남은 한이 계속하여 이어져서 ◇石崇(석숭)의 金谷繁華(금곡번화)=석숭은 중국 진(晉)나라의 부호이자 문장가. 하남성 낙양현의 서쪽 금곡에 별장을 두고 호사(豪奢)를 누렸음. ◇綠珠(녹주)=석숭의 애첩. 당시에 손수(孫秀)라는 사람이 권력으로 석숭의 애첩인 녹주를 빼앗고자 하였으나 녹주는 다락에서 떨어져 자결하였음 ◇잇엿시되='지녓시되'의 잘못인 듯. 지니지를 못 하였으되 ◇連理枝(연리지)=두 나무가 서로 맞닿아 결이 통한 것. 화목한 부부나 남녀간의 사랑을 이른 말 ◇並蔕花(병체화)=한 뿌리에 두 개의 꽃이 핀 꽃 ◇元央枕(원앙침)='원앙'은 '원앙'(鴛鴦)의 잘못. 원앙을 수놓은 베개 ◇翡翠衾(비취금)=비취색의 이불 ◇百年同樂(백년동락)=평생을 같이 살며 즐거워 함.

通釋

천고 이별 서러운 가운데 누구누구가 더 서러운고.

명황의 양귀비와 항우의 우미인은 번쩍이는 칼날에 죽었고 한나라 공주 왕소군은 오랑캐 땅으로 멀리 시집가서 비파줄 홍곡가에 남은 한이 계속되고 석숭의 금곡의 호사스런 부귀도 녹수를 지니지 못하였으되

우리는 연리지와 병체화를 님과 나와 꺾어 쥐고 원앙침과 비취이불에 평생을 같이 즐기리라.

272

天地間 萬物之衆에 긔 무어시 무서온고

白額虎 豺狼이며 大蟒 毒蛇 蜈蚣 蜘蛛 夜叉ㅣ 두억神과 魍魅魍魎

妖怪 邪氣며 狐精靈 蒙達鬼 閻羅使者와 十王差使를 다 몰속 겻겨 보와시나

아마도 任을 못 보면 肝腸에 불이 나셔 살져 죽게 되고 볼지라도 놀납고 숨즉ᄒ야 四肢가 덜로 녹아 어린 듯 醉ᄒᄃ시 말도 아니 나기는 任이신가 ᄒ노라. (弄) (靑六 722)

天地間 萬物之衆(천지간 만물지중)=이 세상의 모든 생물의 무리 가운데 ◇白額虎(백액호)=이마와 눈썹이 희도록 늙은 호랑이 ◇豺狼(시랑)=승냥이와 이리 ◇大蟒(대망)=이무기 ◇蜈蚣(오송)=지네 ◇蜘蛛(지주)=거미 ◇夜叉(야차)=모양이 추하고 잔인하여 사람을 해치는 혹독한 귀신. 또는 두억신 ◇두억神(신)=두억시니. 사나운 귀신의 하나 ◇魍魅魍魎(이매망량)=도깨비 ◇妖怪邪氣(요괴사기)=요망하고 괴이하며 사악한 기운 ◇狐精靈(호정령)=여우의 혼백이 된 귀신 ◇蒙達鬼神(몽달귀신)=총각이 죽은 귀신 ◇閻羅使者(염라사자)=염라대왕의 사자 ◇十王差使(시왕차사)=저승에 있다는 시왕이 죄인을 잡으러 보내는 사자 ◇몰속=모두 ◇살져=사루어서. 태워져서 ◇덜노=저절로.

通釋

이 세상 만물 가운데 그 무엇이 무서운가

눈썹이 흰 호랑이와 시랑이며 이무기 독사 지네 거미 야차 두억신과 갖가지 도깨비의 요망하고 괴이하고 사악한 기운과 호정령 몽달귀신 염라대왕 사자와 시왕차사를 모두 다 겪어 보았으나

아마도 님을 못 보면 간장에 불이 나서 사라져 죽게 되고 보더라도 놀랍고 끔직하여 사지가 절로 녹아 어린 듯 취한 듯이 말도 아니

나오기는 님이신가 하노라.

273
天寒코 雪深흔 날에 님 츠즈라 天上으로 갈제
신 버서 손에 쥐고 보션 버서 품에 품고 곰뷔님뷔 님뷔곰뷔 쳔방
지방 지방쳔방 흔 번도 쉬지 말고 허위허위 올라가니
보션 버슨 발은 아니 스리되 넘의온 가슴이 산득산득 하여라.
(蔓橫淸類) (珍靑 542)

天寒(천한)코 雪深(설심)흔 날에=날이 몹시 춥고 눈이 몹시 많이
내린 날에 ◇츠즈라=찾으려고 ◇天上(천상)으로=높은 곳으로 ◇보션
버서=버선 벗어 ◇쳔방지방=정신없이 급한 걸음으로 가는 모습(天
方地方) ◇스리되=시렵되 ◇넘의온=여민 ◇산득산득=선뜩선뜩.

通釋

몹시 춥고 눈이 많이 내린 날에 님을 찾으려고 높은 곳으로 갈 때
신 벗어 손에 쥐고 버선 벗어 품에 품고 계속하여 정신없이 한 번
도 쉬지 않고 빨리빨리 올라가니
버선 벗은 발은 아니 시리되 여민 가슴이 선뜩선뜩 하여라.

274
鐵을 鐵이라커든 무쇠錫鐵만 여겻더니
다시 보니 鄭澈일시 的實하다
맛춤이 골풀모 잇더니 녹여 볼가 하노라. (二數大葉) (樂學 546)

鐵伊

　무쇠錫鐵(석철)=정제되지 아니한 잡철(雜鐵) ◇鄭澈(정철)=조선 선
조 때의 문신. 정제된 정철(正鐵)에 비유함 ◇맛츰이=때마침 ◇골
풀모=골풀무. 땅에 골을 파서 만들 풀무. 풀무는 바람을 만들어 불을
피우는 기구. 여성의 성기를 은유함.

通釋

쇠를 쇠라 하니 무쇠잡철로만 여겼더니
다시 보니 정철임에 분명하다
때마침 골풀무가 있으니 녹여볼까 하노라.

275
靑驄馬 여윈 後ㅣ니 紫羅裙도 興盡커다
나의 風度야 업다야 홀야만은
世上에 至極흔 公物을 돌려 볼가 ᄒ노라. (二數大葉) (海一 232)
　李貴鎭

　靑驄馬(청총마) 여윈 後(후)ㅣ니=총이말을 잃어버린 뒤니. 총이말은
부인이나 애인을 비유함 ◇紫羅裙(자라군)도 興盡(흥진)커다=기생들
도 재미가 없구나 ◇風度(풍도)야 =풍채와 태도가 ◇업다야 홀야만은
=없다고 하겠느냐마는 ◇至極(지극)흔 公物(공물)을=아주 공평한 물
건을. 공물은 남성의 성기에 비유함 ◇돌려 볼가=회람해 볼까.

通釋

총이말과 헤어진 뒤니 기생들도 흥미가 없다
나의 풍도가 없다고만 하겠느냐마는
세상이 인정한 지극히 공평한 물건을 돌려볼까 하노라.

276

청울치 뉵놀 메토리 신고 휘대 長衫 두루혀 메고
瀟湘斑竹 열두모되를 불횟재 쌔쳐 집고 모르너머 재너머 들건너
벌건너 靑山 石逕으로 횟근누운 누운횟근 횟근동 너머 가옵거늘 보
은가 못보은가 그 우리 남편 禪師즁이
놈이셔 즁이라 ᄒ여도 밤즁만 ᄒ여셔 玉人 ᄀᆞ튼 가슴 우희 슈박ᄀᆞ
튼 머리를 둥굴썰썰 썰썰둥굴 둥궁둥실 둥굴러 긔여올라 올져긔는
내사 죠해 즁 書房이. (蔓横淸類) (珍靑 577)

청울치=청올치. 청올치는 츩의 속껍질 ◇뉵놀 메토리=여섯 개의
날을 가진 짚신 ◇휘대 長衫(장삼)=소매가 긴 장삼 ◇두루혀 메고=
둘러 메고 ◇瀟湘斑竹(소상반죽)=순임금의 이비(二妃)인 아황(娥皇)과
여영(女英)의 피눈물이 얼룩졌다는 대나무 ◇불횟재 쌔쳐=뿌리까지
뽑아 ◇모르너머=마루너머. 고개 너머 ◇벌건너=벌판을 건너 ◇石
逕(석경)으로=돌길로 ◇횟근동=희긋희긋 하며 ◇놈이셔=남이야 ◇
玉人(옥인)=신선. 사랑하는 사람 ◇슈박 ᄀᆞ튼 머리=머리카락이 하나
도 없어 수박처럼 매끈하고 둥근 머리통 ◇내사 죠해=나야 좋아. 나
는 좋아.

청올치 여섯 날 미투리 신고 소매가 긴 장삼을 둘러메고

소상반죽 열두 마디를 뿌리째 빼어서 짚고 마루 넘어 재 넘어 들 건너 벌 건너 청산 돌길로 희긋누운 누운횟긋 희긋희긋 하며 넘어 가거늘 보았는가 못 보았는가 우리 남편 스님 중이

남들이 중이라 하여도 밤중만 하여서 사랑하는 사람 같은 가슴 위에 수박 같은 머리를 둥글 껄껄 껄껄 둥글 둥실둥실 둥굴러 기여 올라 올 때에는 나는 좋아라, 중서방이.

276-1

청홀치 六늘 메토리 신고 휘대 長衫 두루히 메고

瀟湘斑竹 열두ᄆ듸 불희채 ᄏ여 툭 썰쳐 집고 재너머 휘끈 ᄆ릐너머 휘끈휘끈 가시는 우리 즁샤님 보시온가 못 보시온가

가기ᄂ 가시데 마ᄂ 未忘情懷를 못내 슬허 ᄒ더라..

(蔓橫淸) (槿樂 347)

ᄏ여=캐어 ◇ᄆ릐=마루 ◇즁샤님=중 스님 ◇未忘情懷(미망정회)를=정회를 잊지 못하여.

通釋

청올치 여섯날 메투리 신고 소매가 긴 장삼 둘러메고

소상반죽 열두 마디 뿌리째 캐어 툭 떨어서 짚고 재넘어 휘끈 마루 넘어 휘끈휘끈 가시는 우리 중선사님 보신가 못 보신가.

가기는 가시데마는 정회를 잊지 못하여 슬퍼하더라.

276—2

청올치 신날 얼거지고 팔대 장삼 썰드리고 石上의 枯木되여 慇懃
이 섯는 鐵竹 쑤리채 덤썩 캐여 탈탈 터러 걱구르 집고

夕陽 山路 빗긴 길로 눈을 흘깃흘깃 살펴보며 나려올 제 보신가
못 보신가 예 우리 任이 登山寺 하엿건만 남들은 다 중이라 하리

百八念珠 목에 걸고 短珠는 팔에 걸고 袈裟 長衫 썰드리고 목탁
치며 念佛打令 아무리 보아도 豪傑僧인 듯.(時調集 160)

얼거지고='얼거신고'의 잘못인 듯 ◇팔대 長衫(장삼)=소매가 팔까
지 내려오는 장삼 ◇石上(석상)에 枯木(고목)되어=바위 위에 말라 죽
은 나무가 되어 ◇빗긴 길로=비스듬한 길로 ◇登山寺(등산사) 하엿건
만=산사에 올라 중이 되었건만 ◇다 중이라 하리=다들 중이라 부를
것이다 ◇短珠(단주)는=묵주(默珠)는 ◇袈裟(가사)=스님이 입는 법의
(法衣) ◇念佛打令(염불타령)=불경을 타령조로 읊는 것

通釋

청올치 짚신 날을 얽어 신고 팔까지 내려오는 장삼을 떨쳐입고 바
위 위에 말라죽은 나무가 되어 얌전하게 서 있는 철쭉 뿌리째 덥석
캐어 흙을 탈탈 털어 거꾸로 짚고

석양에 산길이 비스듬히 난 길로 우리 님이 산에 들어 중이 되었
것만 남들은 다 중이라 할 것이다

백팔염주를 목에 걸고 묵주는 팔에 걸고 가사와 장삼을 떨어뜨리
고 목탁을 치며 염불타령을 부르는 것을 아무리 보아도 호걸승인 듯.

277

楚 襄王은 무슴 일로 人間樂事 다 브리고
巫山十二峰에 雲雨夢만 싱각는고
두어라 神女의 生涯는 이쑨인가 ㅎ노라. (頭擧) (源國 384)

楚 襄王(초양왕)은=초나라의 양왕은 ◇人間樂事(인긴낙사)=사람이
살아가는 데의 즐거운 일 ◇巫山十二峰(무산십이봉)에=중국 사천성
무산현 동남에 있고, 봉우리가 열둘임 ◇雲雨夢(운우몽)=운우의 꿈
◇神女(신녀)의=초 양왕과 무산에서 놀았다고 하는 무신인 신녀.

通釋

초나라 양왕은 무슨 일로 살아가는 즐거움을 다 버리고
무산 십이봉에서 신녀와의 운우몽만 생각하는고
두어라 신녀의 생애는 이 뿐인가 하노라.

278

쵸경의 오마든 임이 삼ᄉ경의 도라드니
되인난 칙망 ᄉᆽ헤 술 취코 화회로다
엇지타 청루 가인이 정 어려워. (風雅 108)

李世輔

쵸경의=초경(初更)에. 밤 7시에서 9시 사이 ◇삼ᄉ경의=삼사경에
◇되인난 칙망 ᄉᆽ헤=사람을 기다리는 것이 얼마나 어려운 것인가를

책망한 다음에 ◇화회로다=서로 의견이 맞았도다(和會) ◇靑樓 佳人
(청루가인)이=술파는 집의 아름다운 여인이. 기생이.

通釋

초경에 온다고 하던 님이 삼사경이 데어서야 돌아오니.
대인난을 책망한 다음에 술 취하여 화회로다
어쩌다 술집의 기생과는 정을 주기가 어려운가.

279
秋波에 셧는 蓮꼿 夕陽을 씌여 잇셔
微風이 건듯허면 香氣 놋는 네로고나
늬 엇지 너를 보고야 아니 씩고 엇지 허리.(金玉 43)
　安玟英

秋波(추파)에=가을철이 잔잔하고 맑은 물결에 ◇씌여 잇셔=띠고
잇어 ◇微風(미풍)이=산들바람이 ◇香氣(향기) 놋는=향기를 뿜어내
는.

通釋

가을철 출렁이는 물결 앞에 서 있는 연꽃이 저녁 햇볕을 띠고 있
어
산들바람이 건듯 불면 향기를 뿜어내는 너로구나
내가 어찌 너를 보고서 아니 꺾고 어찌 하랴.

<金玉叢部>에

"余自溫井 歸到萊府 妓靑玉家爲主 而靑玉則萊府名姬也 姿色之艶姸 歌舞之整熟 雖使洛中名姬相對 固不肯讓"

"여자온정 귀도래부 기청옥가위주 이청옥즉내부명희야 자색지염연 가무지정숙 수사낙중명희상대 고불긍양: 내가 온정으로부터 돌아오는 길에 동래부에 이르러 기녀 청옥의 집을 주인으로 삼으니 청옥은 동래부의 유명한 기생이다. 자색이 아름답고 고움과 가무의 정연하고 원숙함이 비록 서울의 이름난 기생들로 하여금 상대해도 진실로 양보를 즐겨하지 않을 것이다."라고 했음.

280
침침 야삼경의 등 일코 길 이른 안과
적젹키 홀노 안져 그린 임 못 보는 안을
지금의 싱각ᄒ면 뉘 나은지. (風雅 106)
　　李世輔

침침 야삼경의=어두컴컴한(沈沈) 한밤중에(夜三更) ◇등 일코 길 이른 안과=등불을 잃고 길을 잃은 심정과 ◇적젹키=쓸쓸히 ◇그린 임=그리워하는 님 ◇뉘 나은지=누가 더 옳은지.

通釋

어두컴컴한 한밤중에 등과 길을 잃은 심정과
쓸쓸히 혼자 앉아 그리던 님을 못 보는 심정과

지금에 생각하면 누가 더 나은지를.

281
칩다 네 품에 드자 벼개 업다 내 팔 베자
입에 바람 든다 네 혀 믈고 잠을 드자
밤中만 믈 미러 오거든 네 배 탈가 하노라. (詩歌 389)

칩다＝춥다 ◇잠을 드자＝잠을 자자 ◇믈 미러 오거든＝물이 밀어
오거든. 물은 성욕(性慾)으로 인해 정액이 넘쳐나거든 ◇네 배 탈가＝
네 배에 올라갈까.

通釋

춥다 네 품안에 들어가자. 베개 없다 내 팔 베자
입에 바람 들어온다. 네 혀를 물고 잠을 들자
밤중에 물이 밀어 오거든 네 배 탈까 하노라.

282
콩밧틔 드러 콩닙 뜨더 먹는 감은 암쇼 아므리 이라타 쏘츤들 제
어듸로 가며
니불 아레 든 님을 발로 툭 박츠 미젹미젹ᄒ며셔 어셔 가라 흔들
날 ᄇ리고 제 어드러로 가리
아마도 쌰호고 못 마를 슨 님이신가 ᄒ노라.
(蔓橫淸類) (珍靑 503)

드러=들어가 ◇감은 암쇼=검은 암소 ◇아므리 이라타 또츤들=아무리 '이려'하고 쫓은들 ◇니불 아레 든=이불 안에 들어온 ◇제 어드러로 가리=제가 어디로 가겠느냐 ◇못 마를 슨=못 말릴 것은. 그만두지 못할 것은.

通釋

콩밭에 들어가 콩잎 뜯어 먹는 검은 암소 아무리 '이려'하고 쫓은들 제가 어디로 가며

이불 아래 들어 있는 님을 발로 툭 박차 미적미적 하면서 어서 가라고 한들 나를 버리고 제가 어디로 가겠느냐

아마도 싸우고 못 말릴 것은 님이신가 하노라.

283
터럭은 희여셔더 마음은 푸르럿다
곳은 날을 보고 態 업시 반기건을
閣氏네 므슨 타스로 눈흙읨은 엇쩨요. (海周 520)
　金壽長

곳은=꽃은 ◇態(태) 업시=잘난 체를 하지 아니하고 ◇엇쩨요=어쩐 일이요.

通釋

머리카락은 희였어도 마음은 푸르렀다

꽃은 나를 보고 잘난 체를 않고 반가워하거늘
각시는 무슨 까닭으로 눈 흘김은 왼 일이오.

284

텬쟝욕우에 디션습ᄒ니 하ᄂᆞ님쯰셔 비를 주실나ᄂᆞ지 ᄯᅡ흐로부터
누긔만 돌고
나갓든 님이 오실나ᄂᆞ지 잠ᄌᆞ든 거시기 거시기 싱야단 ᄒᆞ누나
ᄎᆞᆷ아루 님의 화용이 간절ᄒᆞ여 나 못 살갓네. (樂高 893)

텬쟝욕우에 디션습ᄒ니=천장욕우(天將欲雨)에 지선습(地先濕)하니.
비가 오려고 하면 땅이 먼저 축축해지니 ◇누긔만 돌고=축축한 기운
(漏氣)만 가득 차고 ◇잠ᄌᆞ든 거시기 거시기=가만히 있던 거기기가.
거시기는 남자의 성기 ◇싱야단 ᄒᆞ누나=발기하여 억제하기가 어렵구
나 ◇ᄎᆞᆷ아루=참으로 ◇화용이 간절ᄒᆞ여=예쁜 얼굴(花容)의 생각이
절실(懇切)하여.

通釋

비가 오려고 하면 땅이 먼저 축축해지니 하느님께서 비를 내리게
하시려는지 땅으로부터 축축한 기운만 돌고
나갔던 님이 오시려는지 잠자듯 가만히 있던 거시기 거시기가 생
야단을 하는구나.
참으로 님의 예쁜 얼굴의 생각이 간절하여 나 못 살겠구나.

285
텬즁 단오일의 玉壺의 술을 너코
녹음방쵸의 빅마로 도라드니
柳枝의 女娘鞦韆이 탕자 情을 도도더라.(界二數大葉) (六靑 526)

텬즁=천즁(天中) ◇玉壺(옥호)의=좋은 술병에 ◇柳枝(유지)의 女娘
鞦韆(여낭추천)이=버드나무 가지에 아가씨가 그네를 뛰는 것이 ◇탕
자 情(정)을 도도더라=방탕한 사내의 춘정(春情)을 돋우더라.

通釋

단오절에 술병에 술을 넣고
녹음방초의 좋은 때에 백마를 타고 찾아드니
버드나무에 그네를 뛰는 아가씨가 방탕한 사내의 춘정을 돋우더라.

285-1
天中端午節에 玉壺에 술울 너코
綠陰芳草에 白馬로 도라드니
柳枝에 玉鱗을 쩌여 들고 杏花村을 춧노라. (詩歌 212)
(尹世紀)

단오절에 술병에 술을 넣고
녹음방초의 좋은 계절에 백마를 타고 찾아드니
버들개지에 물고기를 꿰어 들고 술집을 찾노라.

286

抱向紗窓弄未休홀제 半含嬌態 半含羞ㅣ라
低聲闇問相思否아 手整金釵로 少點頭ㅣ로다
네 父母 너 싱겨닐제 날만 괴라 싱겻쏘다.
(界二數大葉) (六靑 545)

抱向紗窓弄未休(포향사창농미휴)홀제=사창을 향하여 서로 포옹하
고 희롱하기를 그치지 아니할 때 ◇半含嬌態半含羞(반함교태반함수)
ㅣ라=반은 아양을 머금었고 반은 수줍음을 머금었더라 ◇低聲闇問
相思否(저성암문상사부)아=나즉한 소리로 가만히 묻기를 사랑하지 않
느냐 하니 ◇手整金釵(수정금차)로 少點頭(소점두)ㅣ로다=손으로 금
비녀를 만지작거리며 고개를 끄덕이더라 ◇날만 괴라=나만을 사랑
하라, 조선 선조 때 심희수(沈喜壽)의 시를 시조로 만든 것임.

通釋

사창을 향해 포옹하고 희롱하기를 그치지 아니하니 반은 아양을
떨고 반은 수줍어하더라.
나직한 목소리로 가만히 나를 사랑하느냐고 물으니 고개를 끄덕이
더라
네 부모가 너를 낳을 때 나만을 사랑하라고 낳았도다.

287

품 안의 임 보닌 후의 펼친 이불 모아 덥고
다시 누어 싱각ᄒ니 허황헌 일리로다

아마도 인간지란은 남의 님인가. (風雅 116)
　李世輔

허황헌 일리로다=허황된 일이로구나　◇인간지란은=인간지난(人間至難)은. 사람들이 살아가는 데 가장 어려운 일은　◇남의 님인가=임자가 있는 님인가.

通釋

품 안에 자던 님을 보낸 뒤에 펼쳤던 이불 모아 덮고
다시 누워 생각하니 허황된 일이로다
아마도 사람들에게 가장 어려운 일은 임자 있는 님인가.

288
풋고츄 절의김치 문어 전복 겻드려 황쇼쥬 쇨타 향다니 드려 오류정으로 나간다 오류정으로 나간다
　어늬 연 어늬 쯰 어늬 시절에 다시 만나 그리든 스랑을 품에다 품고 스랑스랑 늬 스랑아 에화둥게 늬가 가마 이제가면 언제나 오료 오만 한을 일너듀오 명년 츈식 도라올으면 꼿피거든 만나볼가 놀고 가세 놀고 가세 너구 나구 나구 너구 놀고 가세 곤이 든 잠을 힝혀 나 씌올세라 등도 되고 비도 되고 쎨네쎨네 흔들면서 이러나오 이러나오 계오 든 잠을 씌워 늬여 눈 쩌 보니 늬 낭군일셰
　그리든 님을 만나 만단정회 치 못ᄒᆞ여 날니 즁츳 발가 오니 글노 민망 ᄒᆞ노미라 놀고 가세 놀고 가세 너구 나구 나. (시쳘가 97)

절의김치=절인 김치 ◇황쇼쥬=소주(黃燒酒) ◇향다니=향단(香丹)이 ◇오류정='오리정'(五里亭)의 잘못 ◇어늬 연=어느 해 ◇오만한을=온다고 하는 시한(時限) ◇일너 듀오=알려 주시오 ◇명년 츈싴=내년 봄(明年 春色) ◇곤이=곤히 ◇등도 되고 비도 되고=등도 되고 나룻배도 되고. 남녀가 교접하는 과정을 말함 ◇계오 든 잠=겨우 든 잠 ◇만단정회=여러 가지 회포와 심회(萬端情懷) ◇치 못ㅎ여=미쳐 못다 하여 ◇날니 즁ᄎᆞᆺ 발가 오니=날이 벌써 훤히 밝아 오니 ◇글노=그 것으로.

通釋

풋고추 절인 김치에 문어 전복 곁들여 소주에 꿀을 타 향단이에게 들려 오리정으로 나간다 오리정으로 나간다

어느 해 어느 때 어느 시절에 다시 만나 그리든 사랑을 품에다 품고 사랑사랑 내 사랑아 어화 둥게 내가 가마 이제가면 언제나 오겠오 오겠다는 시한을 말해주시오 내년 봄이 돌아오면 꽃피거든 만나볼까 놀고 가세 놀고 가세 너하고 나하고, 나하고 너하고 놀고 가세 곤히 든 잠을 행여나 깨울세라 등도 되고 배도 되고 절레절레 흔들면서 일어나오 일어나오 계우 든 잠을 깨워 내여 눈 떠보니 내 낭군일세

그리던 님을 만나 만단정회 채 못하여 날이 장차 밝아오니 그것으로 민망 하구나 놀고 가세 놀고 가세 너하고 나하고 나.

289-1

푹苦草 져리김치 文魚 全鰒 겻드리고 黃燒酒 쑬을 타 香丹이 들녀

압 세우고 淳昌 潭陽 세대삿갓 눈섭 눌너 숙여 쓰고 五里亭 나갈 적에

　玉佩은 錚錚 雲鞋는 자각자각 五里亭 當到ㅎ야 溪邊巖上에 酒案 노코 憂然歎息 울음 울 제 제 머리도 아드득 쓰더 싹싹 비벼 늬 던지고잔담이도 쓰더 뷔여 더지고 버들도 조로록 훌터 淸溪水에 듸틔리고 無情歲月若流波를 날노 두고 흔 말인가

　二八靑春 이 늬 몸이 오날도 離別ㅎ고 獨宿空房 웃지 살가.

　폭苦草(고초)=풋고추　◇져리김치=절인 김치　◇文魚(문어)=문어 ◇全鰒(전복)=전복　◇黃燒酒(황소주)=소주　◇香丹(향단)이=『춘향전』 (春香傳)에 나오는 춘향의 하녀　◇淳昌 潭陽(순창 담양)=전라도의 지명　◇세대삿갓=가느다란 대(細竹)로 엮은 삿갓　◇눈섭 놀려=눈 섭까지 눌러　◇五里亭(오리정)=전북 남원군에 있는 정자로 춘향이 이도령과 이별하는 장소로 되어 있음　◇玉佩(옥패)은 錚錚(쟁쟁) = 옥으로 만든 패물을 쨍그렁쨍그렁　◇雲鞋(운혜)는=앞코에 구름무늬를 놓은 여자의 마른신의 하나　◇當到(당도)ㅎ야=이르러서　◇溪邊巖上 (계변암상)=시냇가 바위에　◇酒案(주안)=술상　◇憂然歎息(알연탄식)= 서글픈 소리로 한숨을 쉼　◇잔담이=잔디　◇듸틔리고=들뜨리고 ◇ 無情歲月若流波(무정세월약류파)를=무정한 세월이 흐르는 물과 같이 빠름을　◇二八靑春(이팔청춘)=열여섯 살. 젊은 나이　◇獨宿空房(독 수공방)=아무도 없는 방에서 혼자 잠 ◇웃지 살가=어떻게 살까.

通釋

　풋고추 절인 김치에 문어 전복 곁들이고 황소주에 꿀을 타서 향단

이 들려 앞세우고 순창 담양에서 나는 가느다란 대로 엮은 삿갓 눈썹까지 눌러 숙여 쓰고 오리정으로 나갈 때에 차고 있는 옥은 쨍그렁쨍그렁 운혜는 자각자각 오리정에 당도하여 시냇가 바위에 술상을 놓고 서글픈 소리를 내어 한숨을 쉬며 울음 울 때 제 머리도 아드득 뜯어 싹싹 비벼 내던지고 잔디도 부드득 뜯어 비벼 던지고 버들도 조로록 훑터 맑은 시냇물에 들뜨리고 무정한 세월이 흐르는 물과 같이 빠름을 나를 두고 한 말인가

젊은 나이의 이 몸이 오늘도 님을 이별하고 독수공방 어찌 살까.

290

풍뉴 번화 다 버리고 일부둉스 ᄒ난 나를
되 업시 의심ᄒ니 원심인들 아니 날가
아마도 이 말른 유정낭군 졍닷톰인가. (風雅 131)

李世輔

풍뉴 번화=멋스럽고 흡족한 삶을(風流 繁華) ◇일부둉스(一夫從事) ᄒ난 나를. 일부종사는 평생 한 지아비를 섬김(一夫從事) ◇되 업시=죄 없이 ◇원심인들=원망하는 마음인들(怨心) ◇유정낭군 졍닷톰인가=사랑하는 낭군과 정을 다투는 것이 아닌가(有情郎君).

通釋

모든 것 다 버리고 오직 낭군 하나를 따르는 나를
죄 없이 의심하니 원망하는 마음인들 아니 날까
아마도 이 말은 사랑하는 낭군과 정을 다투는 것이 아닌가.

291

풍뉴 압혜 됴흔 곳치 호걸 남즈 스랑이라

향긔 나고 고은 틱도 츄파 날려 숑졍이라

아마도 인긔가졀은 노류장화. (風雅 388)

　李世輔

풍뉴 압혜 됴흔 곳치=풍류 앞의 좋은 꽃이　◇츄파 날려 숑졍이라
=은근한 눈짓을 하여 정을 보내니라(送情)　◇인긔가졀은=인개가졀
은. 사람이면 누구나 꺾을 수 있는(人皆可折).

　通釋

풍류 앞에 보기 좋은 꽃은 호걸 남자들의 사랑이다

향기 나고 고은 태도 눈짓을 하여 정을 보내니라

아마도 누구나 꺾을 수 있는 꽃은 기생인가.

292

풍류즈약시의 짠 말 ᄒᆞ는 그 스름과

삼경촉ᄒᆞ 세우즁의 슐 취츠 가는 님은

아마도 다시 보면 졍 어려워. (風雅 112)

　李世輔

풍류즈약시의=풍류작약시(風流綽約時)에. 풍류가 있고 약해보이면
서도 맵시가 돋보일 때에　◇짠 말 ᄒᆞ는=엉뚱한 말을 하는　◇삼경

촉ᄒ 세우즁의=삼경촉하(三更燭下) 세우중(細雨中)의. 한밤중 촛불 아
래 이슬비 내리는 때 ◇슐 췌츠=술이 취하자 ◇졍 어려워=정을
주기가 어려워.

通釋

멋스러우면서도 가녀린 태도가 몹시 마음에 드는 때 딴 말 하는
사람과
한밤중 촛불 아래 이슬비가 내리는 때 술 취하자 가는 님은
아마도 다시 보면 정을 주기가 어려워.

293
皮租쌀 못 먹인 희예 물이쥴이도 하도 하다
陽德 孟山 酒湯이와 永柔 肅川 換陽이넌들 져 다 타먹은 還上를
이 늘은 내게 다 물립쏜야
邊利란 네 다 물찌라도 밋츨란 내 다 擔當허오리.
(蔓數大葉) (海一 629)

皮租(피조)쌀=피좁쌀 ◇물이쥴이도=무리꾸럭도. 무리꾸럭은 남의
빚이나 손해를 대신 갚아 주는 일 ◇하도 하다=많기도 많다 ◇陽
德 孟山(양덕 맹산)=평안도에 있는 지명 ◇酒湯(주탕)이=술파는 계
집 ◇永柔 肅川(영유 숙천)=평안도에 있는 지명 ◇換陽(환양)이넌=
서방질하는 계집 ◇還上(환상)=환자. 나라에서 봄에 양식을 빌려 주
었다 가을에 받아들이는 제도 ◇늘은 내게=늙은 나에게 ◇물립쏜
야=물릴 것이냐 ◇邊利(변리)란=이자는 ◇물찌라도=물더라도 ◇

밋츨란=밑은. 밑은 여성의 성기를 가리킴.

通釋

피좁쌀도 못 먹는 해에 무리꾸럭도 많기도 많다
양덕 맹산의 술파는 계집들과 영유 숙천의 서방질하는 계집년들이
저들이 다 타먹은 환자를 이 늙은 나에게 다 물릴 것이냐
이자는 네가 다 물더라도 밑은 내가 다 담당하겠다.

294
하날천 싸지 땅의 집우 집죠 집을 짓고
너불홍 거칠황 허니 나릴 달월이 발거구나
우리도 은제나 정든 임 만나 별진 잘숙. (調詞 50)

집우 집죠=집우 집주(宇宙) ◇너불홍 거칠황=넓을홍 거칠황(洪荒)
◇나릴 달월=날일 달월(日月) ◇별진 잘숙=별진 잘숙(辰宿)

通釋

하늘천 따지 땅에 집우 집주 집을 짓고
넓을홍 거칠황 하니 날일 달월이 밝았구나
우리도 언제나 정든 님을 만나 별진 잘숙.

294-1
하날천 싸지 쌍 너룬데 집우 집쥬 집을 지여
나릴 다월 달 발근 밤에 별진 잘숙 잠을 자니

淸風이 細雨를 모라다 잠든 나를. (源一 736)

通釋

하늘천 따지 땅 넓은데 집우 집주 집을 지어
날일 달월 달 밝은 밤에 별진 잘숙 잠을 자니
맑은 바람이 가랑비를 몰아다 잠든 나를.

294-2
하날천 싸지 터의 집우 집주 집을 짓고
날일쯔 영창문을 달고 달월쯔로 거러두고
밤중만 정든 님 뫼시고 별진 잘숙. (편) (詩謠 132)

通釋

하늘천 따지 터에다 집우 집주 집을 짓고
날일자 모양의 영창문을 달고 달월자처럼 걸어 두고
밤중쯤 정든 님을 뫼시고 별진 잘숙.

295
흰 눈 멀고 흔 다리 절고 痔疾 三年 腸疾 三年 邊頭痛 內丹毒 다
알는 죠고만 삿기 개고리
一百 쉰대자 쟝남게게 올을 제 쉬이 너겨 수로록 소로소 소로로
수로록 허위허위 소숩 쮜여 올라 안자 느리실제란 어이실고 나 몰래
라 져 개고리
우리도 새님 거러 두고 나죵 몰라 ᄒᆞ노라. (蔓橫淸類) (珍靑 562)

痔疾(치질)=항문에 생기는 병 ◇腸疾(장질)='腹疾'(복질)의 잘못인 듯. ◇邊頭痛(변두통)=편두통 ◇內丹毒(내단독)=안으로 곪아 들어가는 단독. 단독은 다친 곳으로 병균이 들어가 생기는 급성의 병 ◇쉰 대 자=오십 자가 넘는 ◇쟝남게게 올을 제=기다란 나무에 올라갈 때에 ◇쉬이 너겨=쉽게 여겨 ◇소솝 쒸여=솟구쳐 뛰어 ◇새님 거러두고=새로 만난 님을 약속해 두고 ◇나종 몰라=결과가 어떻게 될지 몰라.

通釋

한 눈 멀고 한 다리 절뚝이고 치질 삼년 복질 삼년 편두통 내단독 다 앓는 조그만 새끼 개구리

일백 쉰 자가 넘는 기다란 나무에 오를 때는 제가 쉽게 여겨 수루룩 소로루 소로룩 수루룩 허위허위 솟구쳐 올라 앉아 내려올 때는 어이할고 나는 모르겠구나 저 개구리

우리도 새님을 약속해 두고 나중 몰라 하노라.

296

한 번 보고 두 번 만나 청춘이 샹합이라
빅발 환흑 구든 밍셰 이 갓치 허황ᄒ랴
엇더한 경박ᄌ를 쏘 다시 싱각. (風雅 130)

李世輔

샹합이라=서로 꼭 들어맞다(相合) ◇빅발환흑=흰 머리카락이 다

시 검어짐 ◇경박ㅈ를=언어와 행동이 경솔하고 믿음직하지 못한 사람(輕薄子)을.

通釋

한 번 보고 두 번 만나니 젊음이 서로 꼭 들어맞더라.

백발이 다시 검어질 때까지 함께 하자던 굳은 맹세가 이같이 허황되랴

어떠한 경솔하고 믿음성이 없는 사람을 또 다시 생각하는고.

297
히당화를 쳔타 ᄒ니 안 썩느니 게 뉘 본고
녹슈 명ᄉ 됴흔 곳의 썰기마다 봄 빗치라
아마도 번화 무궁은 풍뉴 가인인가.(風雅 381)
李世輔

쳔타 ᄒ니=천하다고 하니. 또는 천하다고 한 사람 ◇안 썩느니=꺾지 않는 사람 ◇게 뉘 본고=그 누구를 보았느냐 ◇녹슈 명ᄉ=녹수명사(綠水明沙) 또는 녹수명사(綠水鳴砂)말고 푸른 물과 깨끗한 모래 ◇번화무궁은=번화무궁(繁華無窮)은. 번성하고 아름다우며 한이 없는 것은 ◇풍뉴가인인가=풍류가인(風流佳人)인가. 멋을 아는 아름다운 여인인가.

通釋

해당화를 천하다고 하면서 꺾지 않는 사람 그 누구를 보았느냐

경치가 좋은 곳에 떨기마다 봄빛이다
아마도 번성하고 아름다움이 무궁무진함은 멋을 아닌 여인인가.

298
희도 가고 봄도 가고 샴하가 쏘 지나니
정녕이 오만 긔약 몃 광음을 허송인고
엇지타 뜻 안닌 한 이별리 샹봉 느져. (風雅 354)

李世輔

샴하가=삼하(三夏)가. 삼년이 ◇정녕이 오만 긔약=정말로 오겠다
고 한 약속 ◇몃 광음을 허송인고=몇 해를 그냥 보냈는고 ◇뜻 안
닌=뜻하지 아니한

通釋

해도 가고 봄도 가고 삼년이 또 지나니
정말로 오겠다고 한 약속이 몇 해를 허송했는고
어쩌다 뜻하지 아니한 이별이 상봉을 늦게.

299
향낭긔 그늬 미여 님과 나와 어울 쒸니
사랑이 줄노 올나 가지마다 넛추럿다
져 님아 너무 누르지 마라 정 써러질가 흐노라. (海朴 507)

향낭긔=향나무에 ◇그늬 미여=그네를 매어 ◇어울 쒸니=어울려

뛰니 ◇넛추럿다=넌출졌다.

通釋

향나무에 그네를 매고 님과 내가 함께 뛰니
사랑이 줄로 올라와 가지마다 넌출졌다
저 님아 너무 누르지 마라 정이 떨어질까 걱정된다.

300
或先或後ᄒ야 가는 져 구름아 襄王의 잔쵀의 가는
힝혀 더듸 가면 夢雲雨 느즐쎠라
楚臺예 巫山仙女會를 네 다 알싀 ᄒ노라. (海周 552)
　金壽長

或先或後(혹선혹후)ᄒ야=앞서거니 뒤서거니 하며　◇襄王(양왕)의
잔쵀의=양왕의 잔치에. 초(楚)의 양왕이 고당(高唐)에 유락(遊樂)할 때,
꿈에 무산 신녀(神女)와 만나 침석을 같이하며 즐겼는데, 신녀가 떠나
면서 자기는 무산 남쪽 높은 언덕에 살며 아침에는 구름이 되고 저
녁에는 비가 된다고 말하였는데, 그 후에 과연 그러하므로 이에 신녀
의 사당을 세워 그 영을 위로하였다는 고사가 있음. 후세에 남녀의
교정(交情)을 무산지몽(巫山之夢), 운우지정(雲雨之情)이라 부름.

通釋

앞서거니 뒤서거니 하며 가는 저 구름아 양왕의 잔치에 가느냐

행여나 늦게 가면 운우몽에 늦을까 걱정이다

초대에 무산선녀들의 모임을 네가 다 알가 하노라.

301

紅塵을 이믜 下直ᄒ고 桃源을 차자 누엇스니 六十年 世外 風浪 쑴
이런 듯 可笑롭다

이 몸이 閑暇하야 山水의 邀遊헐제 一小舟의 不施篙艫ᄒ고 風帆浪
楫으로 任其所之하올 져긔 水涯에 視魚하며 沙際에 鷗盟ᄒ야 飛者
走者와 浮者 躍者로 形容이 익어스니 疑懼ᄒᄂᄫᆡ 잇슬 것가 杏壇에 비
를 믜고 釣臺에 긔여올나 고든 낙시 듸리우고 石頭에 조으다가 漁夫
의 낙근 고기 柳枝에 쒜여들고 興치며 도라올제 園翁 野叟와 樵童
牧豎를 溪邊에 邂逅ᄒ야 問桑麻說秔稻할제 杏花村 바라보니 小橋邊
쓴 술집의 靑帘酒 날니거늘 緩步로 드러가서 곳츠로 籌노으며 酩酊
이 醉한 後의 東皐의 긔여 올나 슈파람 흔마듸를 마음듸로 길게 불
고 다시금 뫼여 니려 臨淸流而賦詩ᄒ고 撫孤松而盤桓타가 黃精을 ᄭ
여 들고 집으로 도라들 제 芳逕의 나는 곳츤 衣巾을 침노ᄒ고 碧樹
의 우는 ᄉᆡᄂᆞ 流水聲을 和答ᄒᆫ다 문압페 다다라ᄂᆞ 막듸를 의지ᄒ야
四面을 살펴보니 夕陽은 在山ᄒ고 人影이 散亂이라 紫綠이 萬狀인데
變幻이 頃刻이라 松影이 參差여늘 禽聲은 上下로다 山腰의 兩兩 笛
聲 쇠등의 아희로다 俄已오 日落西山ᄒ고 月印前溪ᄒ니 羅大經의 山
中이며 王摩詰의 輞川인들 여긔와 지날 것가 뜰 가온듸 드러셔니 셤
쏠 밋테 어린 蘭草 玉露의 눌녀 잇고 울가의 성긴 곳츤 淸風의 나붓
긴다 房안의 드러가니 期約둔 月黃昏이 淸風과함긔 와셔 불거니 비
취거니 胸襟이 洒落ᄒ다 瓦盆의 듯ᄂᆞ 술을 匏樽으로 바다닉야 任과

흠긔 마조 안져 드러 셔로 勸홀 저게 黃精菜 鱸魚膾는 山水의 가츄
미라 嗚嗚咽咽 洞簫聲을 닉 能히 브러스니 淸風七月 赤壁勝遊ㅣ 여
긔와 彷佛ᄒ다 거문고 잇그러셔 膝上의 빗기 놋코 鳳凰曲 흔바탕을
任시켜 불니면서 興딕로 집허스니 司馬相 鳳求凰이 여긔와 밋츨것가
竹窓을 밀고 보니 달이 거의 나지여늘 밤은 ᄒ마 五更이라 솔그림ᄌ
어린 곳의 鶴의 꿈이 집허거늘 딕슈풀 우거진데 이슬바람 션을ᄒ다
玉手를 잇끌고셔 枕上의 나아가니 琴瑟友之 깁흔 情이 뫼갓고 물갓
타야 連理에 翡翠여늘 綠水의 鴛鴦이라 巫山의 雲雨夢이 여긔와 엇
덧턴고 뭇노라 벗님네야 安周翁의 悅心樂志 이만ᄒ면 넉넉ᄒ야

　이 後란 離別을 아조 離別하고 길이 슘어 任과 함긔 즐기다가 元
命이 다 ᄒ거든 同年同月同日同時에 白日昇天 ᄒ오리라. 安玟英

　(言編) (金玉 177)

　紅塵(홍진)을=속된 세상을. 번거로운 세상을　◇이믜=이미　◇桃
源(도원)을=武陵桃源(무릉도원)을. 도연명의 '도화원기'(桃花源記)에 나
오는 이상향(理想鄕)　◇六十年 世外風浪(육십년세외풍랑)=육십년 동
안 살아온 세상 밖의 바람과 물결. 여기서는 현실 생활과는 관계 없
이 가악(歌樂)만을 일삼고 살아온 생애를 말함　◇꿈이런 듯 可笑(가
소)롭다=마치 꿈인 것처럼 어처구니가 없다　◇山水(산수)의 遨遊(오
유)헐제=자연을 즐기고 재미있게 놀 때　◇不施篙艣(불시고로)ᄒ고=
상앗대와 노를 쓰지 아니하고　◇風帆浪楫(풍범낭즙)으로=바람으로
돛을 산고 물결로 노를 삼고　◇任其所之(임기소지)하올 저긔=배가
가는대로 맡겨 둘 때에　◇水涯(수애)에 視魚(시어)하며=물가에서 고
기가 노는 것을 보며　◇沙際(사제)에 鷗盟(구맹)ᄒ야=모래벌판 끝에

서 갈매기와 벗을 하며 ◇飛者(비자) 走者(주자)와 浮者(부자) 躍者(약자)로=날으는 놈 뛰는 놈과 물에 둥둥 떠다니는 놈 펄쩍 뛰어오르는 놈들로 ◇形容(형용)이 익어스니=서로 친숙해졌으니 ◇疑懼(의구)홀 비 잇슬 것가=의심하고 두려워할 바가 있겠느냐 ◇杏壇(행단)에=살구나무가 서 있는 둔덕에, 원래는 공부하는 곳을 일컫는 말 ◇釣臺(조대)에=낚시터에 ◇고든 낙시 듸리우고=미늘이 없는 낚시 드리우고 ◇石頭(석두)에 조으다가=돌을 베고 졸다가 ◇柳枝(유지)에=버들개지에 ◇興(흥)치며=흥이 나서. 흥얼거리며 ◇園翁 野叟(원옹야수)와=시골에 묻혀 사는 늙은이와 ◇樵童 牧竪(초동목수)를=나무하는 어린애와 마소를 먹이는 아이를 ◇溪邊(계변)에 邂逅(해후)호야=시냇가에서 만나 ◇問桑麻說秔稻(문상마설갱도)할 졔=누에치고 베 짜는 것을 묻고 벼농사에 대해서 말할 때 ◇杏花村(행화촌) 바라보니=술파는 집을 바라보니 ◇小橋邊(소교변) 쓴 술집의 靑帘酒(청렴주) 날니거늘=작은 다리 가에 술집을 알리는 깃발이 바람에 날리거늘. '靑帘酒'(청렴주)는 '靑帘旗'(청렴기)의 잘못. 예전에는 술집을 알리는 기를 세웠음 ◇緩步(완보)로=느린 걸음으로 ◇꼿으로 籌(주) 노으며=꽃가지를 꺾어 산가지를 삼아 술 마신 양을 헤아리며 ◇酩酊(명정)이 醉(취)흔 後(후)의=몸을 가누기 힘들 정도로 취한 다음에 ◇東皐(동고)의 긔여 올나=동쪽에 있는 언덕에 기여 올라 ◇슈파람=휘파람 ◇뫼여 나려=산에서 내려와 ◇臨淸流而賦詩(임청류이부시)호고=맑은 시냇가에 노닐면서 시를 짓고 ◇撫孤松而盤桓(무고송이반환)타가=외로이 섯는 소나무를 어루만지며 배회하다가 ◇黃精(황정)을 까여들고=황정을 까서 들고. 황정은 '죽대'의 뿌리로 약재로 쓰임 ◇芳逕(방경)의 나는 꼿츤=향기로운 꽃들이 피어 있는 길가에 날리는 꽃들은

◇衣巾(의건)을 침노ᄒ고=옷과 두건 속으로 떨어지고 ◇碧樹(벽수)의 우는 식는=푸른 나무에서 우는 새는 ◇流水聲(유수성)을 和答(화답)ᄒ다=흘러가는 물소리에 대답한다 ◇夕陽(석양)은 在山(재산)ᄒ고=지는 해는 산위에 있고 ◇人影(인영)이 散亂(산란)이라=사람들의 그림자가 어지럽다 ◇紫綠(자록)이 萬狀(만상)인데=자색과 녹색이 어우른 것이 여러 가지 모습인데 ◇變幻(변환)이 頃刻(경각)이라=빠른 변화가 눈 깜박할 동안에 일어난다 ◇松影(송영)이 參差(참치)ᄒ여늘=소나무 그림자가 기즈런하지 않거늘. 해가질녘의 나무 그림자가 비추는 모습 ◇禽聲(금성)은 上下(상하)로다=새의 울음소리는 나무의 아래 위에서 들린다 ◇山腰(산요)의 兩兩 笛聲(양양적성) 쇠등에 아희로다=산허리에서 들리는 짝을 이룬 피리소리는 쇠등에 올라탄 아희들이 부는 것이다 ◇俄已(아이)오=아이고. 아아 ◇日落西山(일락서산)ᄒ고 月印前溪(월인전계)ᄒ니=해는 서신으로 지고 달은 앞 시내를 비추니 ◇羅大經(나대경)의 山中(산중)이며=나대경이 놀던 산속이며. 나대경은 중국 송(宋)나라 여릉(盧陵) 사람으로 자(字)가 경륜(景綸)임 ◇王摩詰(왕마힐)의 輞川(망천)인들=왕마힐의 별장있던 망천인들. 왕마힐은 중국 당나라 시인 왕유(王維)의 자이며 망천은 그의 별장이 있던 곳 ◇여긔와 지날것가=여기보다 나을 것인가 ◇섬쫄 밋테 어린 蘭草(난초) 玉露(옥로)의 눌녀 잇고=섬돌 아래 어린 난초는 아침 이슬 방울 때문에 잎이 수그러져 있고 ◇울가의 성긴 꼿츤=울타리 가장자리에 띄엄띄엄 있는 꽃은 ◇期約(기약)둔 月黃昏(월황혼)이=약속이나 한 듯한 저녁 달이 ◇胸襟(흉금) 洒落(쇄락)ᄒ다=가슴속이 시원하고 상쾌하다 ◇瓦盆(와분)에 듯는 술을 匏樽(포준)으로 바다닉야=질동이에 떨어지는 술을 바가지로 받아서 ◇黃精菜(황정채) 鱸魚膾(농어회)

는 山水(산수)의 가츄미라=황정으로 만든 나물과 농어회는 물과 뭍에서 나는 안주를 모두 갖춤이다 ◇嗚嗚咽咽(오오열열) 洞簫聲(통소성)을=흐느껴 우는 듯한 통소의 소리를 ◇淸風七月(청풍칠월) 赤壁勝遊(적벽승유)ㅣ 여기와 彷佛(방불)ᄒ다=중국 송나라의 소동파가 칠월에 뱃노리를 했던 적벽의 풍경과 여기가 비슷하다 ◇膝上(슬상)의 빗끼 놋코=무릎 위에 비스듬히 놓고 ◇鳳凰曲(봉황곡) ᄒᆫ 바탕을=봉황곡 한 가락을 ◇興(흥)대로 집허스니=흥이 나는 대로 짚었으니 ◇司馬相(사마상) 鳳求凰(봉구황)이 여긔와 미츌것가=옛날 漢(한)나라의 司馬相如(사마상여)가 卓文君(탁문군)을 얻으려고 불렀다고 하는 봉황곡이 이것과 비교가 되겠느냐 ◇竹窓(죽창)을 밀고 보니=대나무로 결은 창문을 열고 보니 ◇달이 거의 나지여늘 밤은 ᄒ마 五更(오경)이라=달빛이 거의 낮처럼 환하거늘 밤은 이미 오경이 되었다 ◇솔그림ᄌ 어린 곳의 鶴(학)의 꿈이 깁허거늘=소나무 그림자가 어른거리는 곳에 학이 깊이 잠들었거늘 ◇玉手(옥수)를 잇끌고서 枕上(침상)의 나아가니=아름다운 여인의 손을 이끌고서 침상으로 올라가니 ◇琴瑟友之(금슬우지) 깁흔 情(정)이 뫼갓고 물갓타야=금슬을 벗삼은 것과 같은 깊은 정이 산같고 시냇물 같거늘 ◇連理(연리)에 翡翠(비취)여늘 綠水(녹수)의 鴛鴦(원앙)이라=連理枝(연리지)에 노는 비취새와 같거늘 푸른 물에 원앙과 같도다 ◇巫山(무산)의 雲雨夢(운우몽)이=楚(초)나라 襄王(양왕)이 高唐(고당)에서 노는데 꿈에 선녀가 나타나 동침하여 즐기고 떠나면서 아침에는 구름이, 저녁에는 비가 되어 무산의 기슭에 나타나리라고 했다는 고사에서 나온 말로 남녀간의 행락(行樂)을 비유해서 씀 ◇安周翁(안주옹)의 悅心樂志(열심락지)=안주옹의 마음과 의지를 기쁘고 즐겁게 함. 주옹은 안민영의 호임 ◇길이 슘어=아주 숨어 ◇元命(원명)이 다 ᄒ거든=주어진 목숨이 다하거든 ◇白日昇天(백일승천)=신선이 되어 한낮에 하늘로 올라감.

通釋

속세를 이미 하직하고 무릉도원을 찾아 누웠으니 육십년 살아온 속세를 모르고 산 세월이 꿈인 듯 가소롭다

이 몸이 한가하여 자연에서 즐기고 노닐 때 작은 배에 노와 사앗대도 없이 바람과 물결을 노와 사앗대를 삼아 배가 가는대로 맡겨둘 때에 물가에서 고기가 노는 것도 보며 모래톱에서 갈매기와 약속하여 나는 놈 뛰는 놈 물에 둥둥 드는 놈 펄떡 솟구쳐 뛰는 놈들과 낯이 익었으니 의심하고 두려워할 바가 있겠는가. 살구나무가 있는 둔덕에 배를 매고 낚시터에 기어올라 미늘 없는 낚시를 드리우고 돌머리를 베고 졸다가 어부가 잡은 고기를 버들개지에 꿰어 들고 흥에 겨워 돌아올 때 농사짓는 늙은이와 나무꾼 아이들과 마 소를 먹이는 아이들을 냇가에서 만나서 누에치고 베를 짜는 것을 묻고 벼농사에 대해 이야기할 때 술집을 바라보니 작은 시냇가 다리에 술집을 알리는 깃발이 날리거늘 느린 걸음으로 들어가서 꽃가지를 꺾어 수를 놓으며 거나하게 취한 뒤에 동쪽 언덕에 기여 올라 휘파람 한마디를 마음 내키는 대로 길게 불고 다시 뫼에서 내려와 맑게 흐르는 물가에서 시를 읊조리고 외로이 서 있는 소나무를 어루만지며 배회하다가 황정을 까들고 집으로 돌아올 때 향기로운 꽃들이 피어 있는 길에 흩날리는 꽃은 옷 속으로 파고들고 푸른 나무에서 우는 새들은 흐르는 물소리에 화답하는 듯하다. 문 앞에 다다라서는 지팡이를 의지하여 사면을 살펴보니 석양은 이미 기울었고 사람의 그림자가 어

지럽구나. 자주 빛과 녹색이 어우른 것이 여러 가지 형상인데 변환에 잠깐 사이로구나 소나무 그림자가 가지런하지 않거늘 새소리는 나무 아래 위에서 들린다. 산허리에서 들려오는 짝을 이룬 젓대소리는 쇠 등에 올라탄 아이들이 내는 것이다 아이고 해는 서산으로 지고 달은 앞 시내에 비추니 나대경의 산속이며 왕마힐의 망천이라 한들 여기 보다 나을 것이냐 뜰 가운데로 들어서니 섬돌 아래 어린 난초는 반짝이는 이슬에 눌려 있고 울타리 가장자리에 띄엄띄엄 서 있는 꽃들은 맑은 바람에 나부낀다. 방안에 들어가니 약속이나 한 듯한 저녁달이 맑은 바람과 함께 와서 불거니 비추거니 마음속이 다 후련하고 상쾌하다 질동이에 떨어지는 술을 바가지로 받아내어 님과 함께 마주 앉아 잔을 들어 서로 권할 때에 황정나물과 농어회는 뭍과 물에서 나는 안주를 갖춘 것이다. 흐느끼는 듯한 퉁소소리를 내가 능히 불었으니 소동파의 맑은 바람 칠월의 적벽강의 뛰어난 경치를 노래한 것과 방불하다. 거문고를 이끌어 무릎 위에 비스듬히 놓고 봉황곡 한 가락을 님을 시켜 부르게 하면서 흥이 나는 대로 거문고 줄을 짚었으니 사마상여가 탁문군을 얻기 위해 불렀다는 노래가 이것에 미치겠느냐 죽창을 열고 보니 달은 거의 낮처럼 환하거늘 밤은 이미 오경이라 소나무 그림자 어른어른 하는 곳에 학은 깊이 잠들고 대숲이 우거진 곳에 이슬을 머금은 바람이 서늘하다. 아름다운 여인의 손을 이끌고 침상에 올라가니 금슬이 벗을 삼은 것 같은 깊은 정이 산 같고 물 같아 연리지에 앉은 비취새와 같고 푸른 물에 노니는 원앙과 같다. 무산의 운우몽이 여기와 어떠한고. 묻노라 벗님들아 안주용의 기뻐하고 즐기고 즐기는 심지(心志)가 이만하면 넉넉하다.

　이 후에는 이별을 영원히 이별하고 아주 숨어서 님과 함께 즐기다

가 주어진 목숨이 다 하거거든 같은 해 같은 달 같은 날 같은 시각
에 죽어 대낮에 하늘로 올라가리로다.

<金玉叢部>에
"古之桃源 亦今之桃源也 我之隱於此行樂 毋乃天賜神佑耶"
고지도원 역금지도원야 아지은어차행락 무내천사신우야: 예전에 도
원은 또한 지금의 도원이다. 내가 이런 행락에 잠길 수 있는 것은 무
론 하늘이 내려주시고 귀신이 도운 것이 아니겠는가?"라고 했음.

302
華堂 賓客 滿座中에 彈琴하난 王上點아
네 집 出頭天이 왼七月가 十二點가
眞實노 山上山이면 與爾同枕 하리라. (界面調) (東國 313)

華堂 賓客 滿座中(화당빈객만좌중)에=그대 집에 귀한 손님이 자리
에 가득한 가운데 ◇彈琴(탄금)하난 王上點(왕상점)아=가야금을 타
는 주인아. '왕상점'은 파자(破字)로 왕자(王字)에 점이 있으면 주자(主
字)가 됨 ◇出頭天(출두천)이=주인(主人)이. 파자로 천자(天字)에 머
리를 내밀면 부자(夫字)가 됨 ◇왼 七月(칠월)가 十二點(십이점)가=
있는가 없는가. 칠월(七月)를 외로 쓰면 유자(有字)가 되고 무자(無字)
는 총획이 12획임 ◇山上山(산상산)이면=나갔다면. 외출중이라면. 파
자로 산자(山字) 위에 산자(山字)가 합치면 출자(出字)가 됨 ◇與爾同
枕(여이동침)=너와 더불어 같이 자다.

通釋

그대 집에 귀한 손님이 자리에 가득한 가운데 가야금을 타는 주인아

네 집 남자가 있느냐 없느냐

진실로 외출했다면 너와 같이 잠을 자리라.

302-1

華堂賓客 滿座中에 彈琴하는 王上點아

一八用이 出頭天이 左七月인야 山下山인야

지금에 八四十一四點이면 與我同寢. (樂高 979)

　一八用(일팔용)=파자로 이자(爾字)를 말함 ◇左七月(좌칠월)인야 山下山(산하산)인야=있느냐 없느냐 ◇八四十一四點(팔사십일사점)이면=없으면. 파자로 무자(無字)가 됨.

通釋

그대 집 손님이 가득한 가운데 탄금하는 주인아

너의 서방이 있느냐 나갔느냐

지금에 없다면 너와 같이 잘까.

302-2

草堂賓客 滿座中에 아릿다온 王上點아

너희 집 出頭天이 山上山가 左七月가

眞實로 山上山이면 與我同枕 ᄒ리라. (解我愁 156)

초당의 손님들이 자리에 가득한 가운데 아리따운 주인아
너의 남편이 외출했느냐 있느냐
진실로 외출했다면 너와 같이 자리라.

304

花落春光盡이요 樽空ᄒ니 客不來라
鬢髮이 희엿시니 佳人도 畵餠如ㅣ로다
少壯에 隨意歡樂이 엇그젠 듯 ᄒ여라. (平擧) (源國 342)
　朴英秀

　花落春光盡(화락춘광진)이요=꽃이 지니 봄날이 다갔고　◇樽空(준
공)ᄒ니 客不來(객불래)라=술통이 비니 손이 오지 아니 한다　◇鬢髮
(빈발)이=살쩍과 머리카락이　◇佳人(가인)도 畵餠如(화병여)ㅣ로다=아
름다운 여자라도 그림의 떡이로다　◇少壯(소장)에 隨意歡樂(수의환락)
이=젊어서 마음대로 즐긴 것이.

通釋

꽃이 지니 봄날이 어느새 다 갔고 술통이 비니 손님도 아니 온다
살쩍과 머리카락이 희어지니 아름다운 여자도 그림의 떡이다
젊어서 마음대로 즐기고 놀던 일이 엊그젠 듯하여라

305
화원의 봄이 드니 난만화쵸 다 퓌엿다
ᄉ랑타 썩거들고 쵸당의 도라드니
그 즁의 무한졍회야 일너 무샴. (風雅 93)
　李世輔

화원의=꽃이 피어 있는 동산에(花園)　◇무한졍회야=무한한 감정
과 회포야(無限情懷)　◇일너 무샴=말하여 무엇.

通釋

화원에 봄이 되니 꽃이 만발한 화초들이 다 피었구나.
사랑하다가 꺾어 들고 초당으로 돌아드니
그런 가운데의 한없는 감정과 회포야 말하여 무엇.

306
화쵹동방 만난 연분 의 아니면 미덧스며
돗는 히 지는 달의 졍 아니면 질겨슬가
엇지타 한 허물노 이다지 설게. (風雅 127)
　李世輔

화쵹동방=화촉동방(華燭洞房). 첫날밤이 신랑 신부가 자는 방　◇
미덧스며=믿었으며　◇질겨슬가=즐겼을까　◇한 허물노=한 번의
실수로　◇이다지 설게=이처럼 서럽게.

通釋

부부의 인연이 의리가 아니었다면 서로 믿었으며
사는 동안의 정이 아니었다면 서로 즐기었을까
어쩌다 한 번의 실수로 이처럼 서럽게.

307

후ᄉ를 위ᄒ미요 원심은 아니연만
가면 몹슬년 되니 다시 돌녀 못 가리라
두어라 이도 ᄂᆡ 팔ᄌᄂ니 든 졍 어이. (風雅 125)
　李世輔

후ᄉ를 위ᄒ미요=후사(後嗣)를 위함이요　◇원심은 아니연만=본래
의 마음은 아니지만　◇가면 몹슬년 되니=개가(改嫁)하게 되면 몹쓸
년이 되니　◇다시 돌녀=다시 마음을 돌려　◇든 졍=들었던 정을.

通釋

후사를 위함이요 원래의 마음은 아니었지만
가면 몹쓸년이 되니 다시 마음 돌려 못 갈 것이다
두어라 이것도 내 팔자니 이미 들었던 정을 어이.

308

희기 눈 갓트니 西施에 後身인가

곱기 꼿 갓트니 太眞에 넉시런가
至今에 雪膚花容은 너를 본가 허노라.(羽平擧數大葉) (金玉 53)
　安玟英

西施(서시)에=춘추시대 월(越)나라 미인　◇後身(후신)인가=다시 태
어나서 전생과 달라진 몸인가　◇太眞(태진)에=당 현종의 애희(愛姬)인
양귀비의 ◇雪膚花容(설부화용)은=눈처럼 흰 살결과 아름다운 얼굴.

通釋

희기가 눈과 같으니 서시의 후신인가
곱기가 꽃과 같으니 양귀비의 넋이런가.
지금에 눈처럼 희고 아름다운 얼굴은 너를 보았는가 한다.

<金玉叢部>에
"讚 海州玉簫仙"
"찬해주옥소선:해주의 옥소선을 칭찬함"이라 했음.